交錯的幸福

友人贈序 夢與想

今次有幸被邀請寫下書的序，四個字——受寵若驚。何解呢？我本人放下書包也好幾年，肚皮墨水也剩不了多少，而且有點不擅辭令。不過，鑑於作者的勇氣和鼓勵，我嘗試寫下一些感想吧。

好！首先，說一說書，這是一本武俠小說。如果你不是太清楚，恭喜你跟我一樣。最初聽到書名《交錯的幸福》時，我以為是愛情小品；心裡都對作者——濤兄，朋友間稱謂他的花名——有點驚訝和佩服。難道濤兄改筆路？原來想得太多，只是武俠小說裡存在著愛情關係，這亦是人之常情。至於佩服，我倒是頗欣賞他出書的勇氣。

我相信每個人在成長的過程中，總會發過幾個夢與想吧！說簡單一點就是想做的事。可惜人越來越長大，投身於現實的社會上起伏跌倒，被約定俗成的價值觀們糾正後，最初的夢想，可能一個接一個被漸漸遺棄於腦後，做了一個又一個的倒模公仔。

還是會偶然記起自己的夢想嗎？我有呀！想實踐嗎？我想呀！有勇氣實行嗎？

說話總是容易說得動聽，可笑是知易行難，說來一臉慚愧。現實與理想當中，我選擇了向現實低頭，做一份平淡的工作生活著。

這本書的作者——濤兄，我與他相識應該算起來有二十年，可以說得上一起玩大。猶記得中學時代，濤兄已經充滿一股「寫作癮」，滿肚的墨水，滔滔不絕地寫下一頁又一頁的文章。除了和我們努力地進修網上遊戲知識外，就是閱讀寫作。曾幾何時，他還說過會寫下一本小說並成書。

那個何時，我真的想不起了。那時年輕的我，以為他一時開玩笑心態，發一發夢而已，所以一直沒有認真放上心。在傳統思維的教育下，教導我在長大過程中，放棄一個又一個不安定的選擇，安分守己的認為選最安全的路，就是最合適自己——考好公開試、做大學生、畢業後做好工、賺錢賺錢賺錢、賺好多錢……相信有不少讀書人都一路默默的走著這條路。

這亦令我認為，濤兄會慢慢忘記這個夢。

歲月匆匆的走過，我倆畢業後各自投身於社會。二零一五年的某月，當我在職場上浮浮沉沉，為無聊的人事、人工而苦惱的時候，濤兄有日居然對我說：「我準備出書，你會支持我嗎？」我承認，雖然我當時二話不說就支持。不過聽到的時候，其實是想阻止他的。我一心覺得只是浪費心機，又賺不了錢，何必白忙一場呢？倒不如用時間做兼職、賺錢和進修好過。

直到後來，他認真的一手一腳，去準備這本書的來臨，做一個又一個漫長沉悶的準備工夫。看到他一絲不苟地埋首苦幹的同時，又要兼顧工作，絕對是吃力不討好。我記得曾經提醒過濤兄，出書幾乎預計是壞結果。但他輕輕的拋下幾句：「出書是一個夢想的實踐，結果不是最重要。我享受的是留下的過程，而不需要用錢去衡量。」

自此之後，我用了不少時間，反覆思考自己一路走來的歲月……沒錯！夢想不一定很偉大，更沒有需要用錢去衡量質量。我的思路只是狹窄地用了金錢作考量事情的可行性，對快樂無疑地加上了一道無形的限制。快樂本來好簡單，夢想可以來得直接一點，不是不應該想，而是用想辦法去實現。想深一層，每個人只有一條屬於自己人生單程路，沒有折返的可能，三心兩意只會錯失更多機會。

我開始明白濤兄的執著，那個看起來平凡又渺小、很原始的夢想，在他自己的人生路上卻染出一道意義重大的色彩。

別人眼中，或者看起來像孤芳自賞，或者根本毫無吸引力，或者被諷刺被看低。但夢想本來就是將天馬行空的夢，想辦法成可見可行的事實。夢想的定義在每個人的心目中，定義都不盡相同，看出來的事實總會有不同的見解，何必要太在意別人的眼光？或者太介意別人的想法？而一直原地踏步的人是我，或者不下於我一個，抱著類同的想法而在兜兜轉轉的人是你，或者真的太多或者了。

這刻我要藉這次機會，要多謝濤兄令我想通了一些事，亦要說一聲抱歉，我看低了自己，看低了濤兄，看低了夢想。大概要到出版，濤兄才會看到這個序。哈哈！

還望大家找到實現夢想的勇氣，我開始反思自己發過的夢，那麼看到這裡的讀者呢？你有沒有想起那些屈膝於心深處默默無聞的夢想？最後，請細心欣賞濤兄的武俠世界。

神秘的化驗師——六

友人贈序

與星龍君相識多年，得知他將要出版他人生的第一本著作，實在感到興奮。我十分榮幸能獲邀為星龍君的「巨著」撰序。剛認識星龍時，就感覺到他有一份與別不同、脫俗的文化氣息。到後來從文學班同學口中得知，他課餘時亦會寫詩及參與其他文學創作活動。對於當年十來歲的我，除了跟其他同學一樣「食花生」以外，亦心想：「何來那麼多時間去創作？」或許，這就是星龍君與別不同的地方——盡他一切能力，全神貫注去實現自己的夢想。回想過來，星龍對夢想的倔強，或多或少也影響了我的世界觀。當身旁的人都只為公開考試，為著世俗的價值而努力時，就是有這麼一個「怪人」，不理世俗眼光，勇往直前地奔向自己的夢想。像他這樣的勇氣，我要經歷多少次失敗，才敢於對自己負責，為夢想背水一戰？這份倔強，或許也是我跟星龍投緣的源起。

人來人往，緣起緣滅，有多少故人、多少過客在我們生命中停留過？讓我們幸福過？

《交錯的幸福》是星龍君耗逾十年時間，融合了自己四分一人生的著作。故事雖然以古代作背景，但星龍卻把自己的世界觀、倫理觀、愛情觀等都表現在每一章節及人物創作裡。我相信每一個故事、情節都是星龍君人生的縮影。所以我應該說這是星龍君的小說創作，還是他的小自傳呢？

說實在，我在《交錯的幸福》的戲份其實並不多，重點就應該落在梁柏龍尋找石影瑤的過程吧！梁柏龍雖自稱「獨行俠」，但卻時常渴望著家人師長寄望於他那份的信心、友情給予他的力量、愛情帶給他的溫暖。可惜，作為一個大男人，他又說服不了自己放下身段，以及一如既往的執著，到底這令梁柏龍失去了多少幸福？錯過了多少幸福？結局又會是怎樣？我相信讀者能通過細讀每一個故事和章節去尋找答案。

或許，我也可以說這書是星龍君對人生的自省。「獨行俠」只是世人安給梁柏龍的框框，他說實在就是一個尊師重道、胸懷理想、重感情卻不懂表達的小男人，在等一個永遠屬於他的石影瑤出現，在屬於他們的烏托邦隱世，過著他們向往的生活。

還要走多遠，還要兜多圈。

唯獨這種遠，源自我愛跟理想周旋。

凌又亂，只差半寸，我未完全，雙腳未斷。

亦要守住這一寸，一息不斷。
不甘志短，走出深淵。

Li, S. W. Y.
星龍君損友

友人贈序

終於，實現了自己的夢想之一，恭喜濤兄！一個振奮人心的榜樣，小妹很是羨慕，因為我只會看看劇集，憧憬主人公和滿腦子的純粹幻想，真的說來慚愧，我想我是要有很大的決心或直接破釜沉舟才能實現我所幻想的吧。

這是頭一回，有朋友出書，而且找我寫序，真的幸福來得太突然了！老實說，沒寫過還真不曉得從何寫起，該寫什麼。有想過參考卻又懶得翻書參考，我這個人原來還挺懶的。不過後來想想，我覺得但凡是用了心、有意思的文字，我猜讀者們應該也不會抗拒，所以不如來個不一樣的序，和讀者們分享一下個人心情也是另一種得著吧。

《交錯的幸福》讓我發揮，自由想像聯想，我還是覺得這二十一世紀步伐都太快了，什麼都要快人一步，促成了各項專門、病菌、以至小孩踏入社會競爭等都快轉了幾倍，追求交錯的美感。沒錯，正是越難越愛！不過，不經一番寒徹骨，焉得梅花撲鼻香？自古以來，迂迴曲折而修成正果，更耐人尋味。只是這個已經開始扭曲的快速，令滲拌在幸福之中作調味的牽制加重分量，有些回不去從前簡單幸福的味道了。

很明顯，我不是一個喜歡快或急的人，因為本人屬於慢工出細貨型，所以總認為我屬於那種沒有生產就沒有收入的窮藝術家，也總覺得我生錯了時代。按照漸快的社會步伐，那我應生在古代，天真想想也許我穿越了時空，所以不太適應呢。雖說時間就是金錢，把握每分每秒看得更多做得更多的確沒有錯，但我注重的是過程。因為結果很短暫，只有那瞬間，佔時最長的卻是過程。正如此刻已成為過去，未來在下一秒開始，下一秒已成為現在，所以人應活在當下，接受、享受和感受身邊的一切，放下營營役役的思想，無所懼怕，盡情投入角色，豐富原來重複又乏味的生活。

好吧，亂說了這麼多自己的事，還是該認真傳統一下，畢竟我也希望書籍大賣。濤兄的文筆真的很不錯，以我對他的認識，用字一定經過一番考量，十分認真用心地描繪故事內容。他本身也常常在網誌、部落格等暢寫個人心情與生活，出書絕對不是心血來潮亂蹦出來湊熱鬧的念頭。他籌備了好一段時間，真的很用心，我也對他很有信心！傳統序文的話我只能說那麼多，故事還是留給捧著書的你去感受吧，就當作一場沒有計劃過的異地自由行，讓每一顆文字帶領你遊覽墨水渲染的風光！

小妹很久沒寫文句，各位親愛的讀者們，請多多包涵，不要因為小妹的文筆差或者是內容飄忽跳脫，而錯過一本你可能讀後會愛上的故事喔！

水凝

友人贈序

跟作者的相識始於一個讀書會，回憶當時有幾位書友在會後，提議大家一起去吃個飯繼續「吹水」。我是有點喜出望外，路上我已經忍不住跟大家分享自己的偉論。

討論就總是有正有反的，遇上某書友的批評，我卻不懂得如何反應。這種挺尷尬的感覺，是星龍立即出聲說了句話，就輕輕化解了。我那時心中甚是感激，覺得「呢個人幾好人喎」。之後我們都加了對方為社交網站的朋友，方便以後聯繫。

這種萍水相逢，想不到可以見證他夢想成真之餘，亦能夠有幸留下點筆墨，寫個序以作支持。

每個相遇，就是會令你體驗到意想不到的事呢！

在這個文字及書本都變得不值錢的年代，依然敢於實現這個夢，敢於創作一本具有獨特風格的小說，真心令我佩服。我不禁跟星龍表達了：我希望有天，我也可以像他一樣，出一本自己寫的書，圓個夢。這種夢就全靠讀者們多多支持實體書及保持對文字的熱愛了！

特寄語此書獲得空前成功，亦期待他下一本新書的出版。

八月森

友人贈序

什麼是「幸福」？每個人對這個詞彙的定義也不一。而「幸福」對我來說，是懂得為一些幸運的事感到快樂和懂得感恩。

本人是《幸福的交錯》的作者在遠方的朋友，認識作者已經八年，這些年來也是透過互聯網來聯繫。想不到他誠邀本人撰寫本書的序言，這個亦是我的幸運和福氣。首先要借這篇序文向作者說聲謝謝。

到底主角的幸福是怎樣交錯？

是因為時間而錯過對方，還是……

二零一五年十月

於英國倫敦的 hwt

友人贈序

當作者問我可否為他這本書寫一個序言的時候，我有點驚奇，因為我從未試過為別人的書寫序言。之後聽他分享自己的寫作歷程時，我被他那份對親人的懷念和對文字的熱誠所感動。我深信，成書是他的一個夢，一個構思了十年的夢想。今天，一顆憑著自己多年努力灌溉的夢想的種子，終於發芽成長了。

我很欣賞作者的寫作動機，他一方面想藉作品去表達對爺爺的懷念，另一方面想透過筆耕去表達自己對文學的熱愛。爺爺堅強積極的生活態度，帶領作者走過無數孤單和失落的時光，作者透過文字，把自己內心最深處的感受流露在字裡行間。作者用時間去造就了文字世界，而我相信文學亦治療了作者的傷痛。

讀者或許能在字裡行間中找到一個年青人成長的經歷，一些青春的盟證。我邀請各位去閱覽此書，去感受一段苦澀青春之餘，也去見證一個十年的夢想是如何實現出來。

舊同事 贈筆

目錄

第一回　無法信服的預言

南宋高宗紹興二十六年，距北宋滅亡已將近三十載。完顏氏建國號「大金」，與南宋以淮河作分界，成對峙局面。金國士兵滅宋後四處搶掠燒殺，宋朝故土的人民陷入水深火熱之中……

位於宋金交界的白塘村，是一條純樸的小漁村。一日，金兵大舉來到，男殺女擄，只見一名七旬老人失足俯跌，眼看金兵長槍刺來，轉眼便死。突然，一柄匕首從半空打來，直透金兵胸口，那金兵當場斃命。帶隊元帥看到，凝神四望，喝道：「是誰？」

「廣德元帥，誰容你帶人在此胡作非為了？」語聲剛罷，附近數名金兵頃刻倒下，血如泉湧，無聲而逝。忽見一名身長六尺，雙眉濃密，虎眼薄唇，一頭垂肩散髮隨風飄起；一身白衣，腰束黑甲帶，腳踏貂皮靴，腰配長劍，正是「飛龍寶劍」！不少金兵見狀，早嚇得冷汗直流，股慄欲墜。帶隊元帥是滅宋大將，汴京都尉廣德元帥，只聽他道：「你……難道是威鎮北方的『飛龍俠士』唐嘯風？」

這白衣大漢正是唐嘯風。他年少好武，為人敦厚，於北宋徽宗重和年間拜師學藝，習經練武。靖康之難隨師及民眾千餘人直搗金軍大本營，殺將三十餘人，士兵不計其數。後來其師亡於南宋高宗建炎二年，當時只有十八歲的唐嘯風，四處流浪，奪官府錢財助貧困百姓；殺貪官，誅凌虐百姓者，又隱居深山習武，風雨不息。由是名頭廣傳江湖，北宋故土人民對他敬若神明。他武藝精湛，能不動聲息取敵人性命，金兵寇賊因而聞名喪膽，望風而逃。由於唐嘯風行動發招有如靈活遊走的飛龍，便取「飛龍俠士」彰顯其功德威武。

此刻碰個正著，金兵的命運可以預計。百多名金兵走的走，亡的亡，不消一盞茶時間，動亂已告平息，四周回復平靜。

忽聽一人道：「為什麼不留些金兵給我呢？吃飽了想動手腳也不能。」唐嘯風回頭道：「劉兄，多年不見，正欲再度拜訪，今次偶然重聚，還算有緣吧！」

這說話的人一身淺黃衣，背負大刀，頭上束著髻子，雙眉幼長，雙眼略偏圓，臉形略方，鬍子佈滿嘴唇附近，雙手繫著鐵環，是唐嘯風遊歷江湖時認識的俠士，姓劉，名寶元，字桑，比唐嘯風小一年；品性率直，說一不二，行事雖以忠義為先，但易受其他因素影響而變節，亦好武藝。七歲從師習武，略讀經書，為人勇武，深得其師寵愛。靖康之難抄截金兵退路，殺敵無數，而唐劉二人就在那時認識，不時一同破壞金朝官府，或分頭到處濟助百姓；曾以流星錘力敵千餘人，大勝而歸，但行事神秘，因此民間只知有此人，卻不知其名。他正從南方的京石鎮運輕功到此閒睡，卻碰著了唐嘯風。

劉桑閃身上前扶起跌在地上不起的老人，只見他臉上並無傷痛神色，反而持杖俯背，抬頭細看二人，哈哈大笑。二人不明所以，劉桑喝問：「我倆從來救人不求感謝，我敬你年長且扶你而起，為何你反看我倆大笑？」那老人道：「老朽名喚『靖空』，哈哈哈……」

「靖空大師」是有名的占卜者，生於哲宗紹聖元年，五歲精通星象之術，十一歲時算出北宋國運於二十多年後終止，而出現南宋偏安局面。果然於二十多年後欽宗靖康元年，汴京城破，北宋滅亡；自此長居白塘村，其算術之準，名聞遐邇。唐嘯風和劉桑巧遇奇人，不禁一驚，忙拱手俯身。只聽靖空大師道：「兩位大俠立功於世，為人民赴湯蹈火，老朽甚為欣賞。上天有好生之德，必定不會讓兩位大俠就此湮沒塵世。」

唐嘯風和劉桑只道是民間將建殿供奉他倆等的行徑，反正「富貴如浮雲」，有沒有也是一樣，不過嘴上仍道：「請恕鄙人愚鈍，不解大師深意，但亦感謝大師指點。」靖空大師哈哈一笑，轉身便走，頃刻間已不知所蹤。

劉桑笑道：「這大師好像說得我倆將得功名而留芳百世，我又不覺得是什麼功名，在朝廷眼中可能我們還是多管閒事的傢伙。」唐嘯風雙手交疊胸前道：「不，他的原意沒這麼簡單，連廿多年後國家敗亡的事都能運於掌中算出，想來我倆各自會有一番波折要經歷。」劉桑聽罷笑道：「是什麼都不打緊，要來的自然會來，用不著這麼費神去想。而且我倆身經百戰，有什麼東西沒有見過？只管好好活著就足夠了。這陣子風聲緊，別著了金狗子的道兒。」

唐嘯風笑道：「這個自然明白，感謝提點。對了，今日來到此處，未知何事？」劉桑答道：「路過此處，想找個地方睡覺罷了。我倆也好久沒把酒言歡，今天得好好痛飲一番！」唐嘯風說道：「隨時奉陪！」二人相顧大笑，前往酒莊吃肉喝酒，彼此言及舊事，感慨良多，及至圓月高掛空中，四處燈火俱熄，二人才投了一間客棧，回房休息。

第二回　接近粉碎的種子

天色微明，四周依舊寂然，此時正值八月初秋，天氣轉涼，冷不防的寒意正浸在不少人的心境……

這時唐嘯風已然醒來，突然聲音大作，門外傳來話聲：「客官，請問您在嗎？」唐嘯風把門打開，見一名店小二站著，將手上的信遞上道：「對面房的客官昨晚傳話，要我將信交託於你。」

唐嘯風把信接過，閉門拆信，看了一回，笑著想：「想不到多年來他還是如此，也許是蠻要緊的事。」轉念一想：「既然遠道而來，不四處走走也說不過去。」思念及此，逕自到客店內的用餐地方，喚了店小二作三斤牛肉、兩瓶女兒紅，卻仍是不夠，直吃了十多斤牛肉和喝了兩罈女兒紅。酒足飯飽，他揮手從袖內取出一疊鈔票放在桌上，然後漫步踏出客店，沿江西行。

過了數天，走了三十餘里路，來到一個小鎮，名為河鄉鎮。鎮長是一名持杖老者，姓歐陽，名行天，字禮師；作為鎮內副手「通判」一職，亦為皇帝耳目監視知州的政策，聯署推行縣務及各項當地政務。不過他沒久留，反而穿越西門往河鄉鎮西陸平野進發，那裡春時能享萬象更生之息，秋來可覽夕陽旁落之景，是一處動人舒適之地。

忽見不遠處有一小山丘，山丘頂上佈滿了竹林，由一條石路打通上下的通道，於是漫步而前，拾級而上，自在寫意。

行至半山腰，寂靜的環境中傳出一陣陣微弱的吆喝及呼罵聲，說的均是不堪入耳的穢語，聲音聽來比較稚嫩，看來是約七八來歲的孩童發出。唐嘯風聽後只道是小孩子玩樂爭吵，沒有放在心上。

但越向上走，聲音就越大，比在山腰時聽的更要響亮，接著的竟是「啪砰啪啪」的聲響，從聲音聽來，竟是多人在毒打一人！

「本想閒適的走，似乎連上天也要我管小孩子的事！」寫意自在的心情頓成擔憂焦慮：「小孩子體質不好，受不了太大重擊，要在弄出人命前趕到！」唐嘯風運起輕功，三個箭步已搶上山丘頂處，只見頂上是塊空曠草原，不見人影，而打鬥聲卻越來越急，忽見草原旁有個小竹林，於是縱身躍上竹樹枝椏，遠見一群孩童在竹林中的空地上拳來腳往，不住手的向那躺在地上的孩童招呼。

那孩童躺在地上亂滾亂翻，痛得呀嗚的一陣亂叫。唐嘯風生平最恨別人以眾凌寡，衝將上去喝道：「住手！多人欺負一人，算什麼話？你們沒爹娘管教麼？」身子落在那孩童身前，圍攏的孩童登時退開，中間一個胖大的小孩伸指罵道：「大叔！這小子口出狂言，羞辱於我，我們才打他。如今你卻助這無賴，想你有一身本領，只不過是助紂為虐的懦夫罷了！你憑什麼罵我們？」

那躺在地上受了重傷的孩童放聲大哭，哀號悽愴，也不管是誰，使盡全身氣力拉著唐嘯風的褲腳不放，塵土滿臉，雙目又滲出無數眼淚，有如斷線珍珠般落下來；接著情緒漸趨激動，兩個獼猴桃大小般的拳頭不住往唐嘯風腳上捶去。

唐嘯風轉身蹲下來察看他的傷勢，心中稍安：「還好來得早，要是他多挨一刻，必定抵受不了攻擊吐血而死。」但感腳上受拳的地方比撫摸還要輕柔，連搔皮抓癢的感覺也不如，渾若無事，心下憐惜：「想必這事情在他成長中會留有陰影，而且他體格瘦弱，乍看下只是比飢民豐滿一點，因為不缺糧水的緣故……」

正想得出神，那些孩童倒不怕受傷，一起衝前揮拳踢腿，擊打唐嘯風身上不同部位。只見拳腳到處，唐嘯風不閃不格，拳腳陷於身體不同部位，那群孩童欲待要拔拳撤腿，卻怎麼使勁也動不了。只見唐嘯風神態自若，雙眼只注視那受傷後躺在地上的孩童。

那群孩童再用別的手腳往唐嘯風身上招呼，仍落得同一下場。突然「砰砰」連響，再來是「啪啪」聲，原來唐嘯風運功，借內力震飛那群孩童，並在他們將飛未飛之際，乘勢借力在那群孩童臉上掌摑，行掌如風，看上來手腳紋絲不動。接著雙手抱起那受傷的孩童，運功搶下山回河鄉鎮去。

就在下山的時候，那受傷的孩童吐了些血，氣息薄弱，先奔到醫館找大夫，並四處打探孩童的家和名字。一些人認得他是梁府的兒子，見狀連忙正色起來，詳細說明路向和形容屋子的模樣，又協助唐嘯風到別處找補品給他；而唐嘯風一直狂奔，已無暇理會周遭之事，逕往梁府。

梁府是河鄉鎮中的大宅，由前縣令梁偉耀興建及居住，娶妻田氏，後誕下一男嬰，正是現任鄉令大夫梁天全。梁天全於靖康之難後與何靜成婚，何靜的父母在北宋時於淮寧縣任官，但在靖康之難後金兵進城時慘遭殺戮。而梁偉耀由於在南方任官，因此舉家不受戰火侵凌。後來梁天全和何靜落難河鄉鎮，暫居此地，又在高宗紹興二十年誕下一男嬰，就是那名受傷的孩童。

唐嘯風奔至梁府門前，凝丹田之氣喊道：「前輩，令郎受傷了，快開門！」左手運勁挾定他，右手運內息助他療傷調和，從而令其氣息雖薄弱，卻呼吸自如。

梁天全和何靜聞聲大驚，急忙趕到門前把門開了，這時大夫也來到，相偕而入。何靜看見兒子身上滿佈傷痕，面上血淚縱橫，雙眼緊緊閉著，大為心痛，不禁落淚，邊走邊哀哭：「嗚嗚……是誰傷了我兒，實在忒也歹毒……嗚嗚……」梁天全見妻子哀傷，又見兒子落得如此模樣，不禁大怒罵道：「現在不是哭的時候啊！且讓大夫看看如何，即使散盡家財也得救回兒子……」

「前輩，敢問孩子姓名？」唐嘯風踢開房門，將那受傷的孩子輕放在床上，轉身問道。

梁天全黯然道：「他姓梁，名柏龍……感謝『飛龍俠士』唐大俠的救命之恩，未知大俠在何處發現犬兒？」梁天全心中雖急亂，卻認得眼前人正是名震江湖的大俠唐嘯風，是以直說而無多加問候。只聽唐嘯風答道：「是在鎮西的陸平野附近的小山丘上，那時他正遭群童毒打，饒是我能這麼早發現，但他仍徘徊鬼門關前……我浪跡江湖三十餘年，從沒見過孩童間的打鬧能演變成血淚交橫的衝突……相信不只他的肉體抵受不了這攻擊，連無邪純真的心亦被粉碎……」

這時大夫診斷完畢，嘆氣站起，梁天全和何靜急步上前問道：「我兒怎樣了？」那大夫嘆道：「他受了猛烈攻擊，受了很重的外傷，更兼體格較弱，令他臟腑多處也受了重傷。因此，你們看到唐大俠身上的血污，正是他內裡的死血，還好吐了出來，否則積存體內，終成致命之毒。那時即使華陀再世，也返魂乏術了。此傷斷非七、八天的功夫便可治癒，我且寫下藥方，每天卯、午、戌三個時辰餵服，不可提早和延遲服用。直至他回復常人狀態時，再於坊間買些補氣活血的藥材，讓他飲用數天；但不可一次服用過多，且必須待三個時辰後才可再進食別的補品。」梁天全和何靜聽後稍感安慰，連聲稱謝。何靜道：「我送大夫出去，順道採藥回來，你留下來照顧龍兒吧！」梁天全點頭稱是，便走到床沿和唐嘯風照顧梁柏龍。

大門剛開，一些百姓聚在門外，看見何靜眼睛紅腫，忙問：「梁夫人，令郎可安？」何靜微笑道：「現在需按時服藥來醫治，往後再用些補品調理便可，諸位有心了。」說著微微躬身。

左邊一個腰繫黃帶、身穿麻衣的中年漢子送上一些饅頭，笑道：「咱老家沒什麼了不起，就這饅頭最有名！當天若不是梁家虎子相救，我焉能站在此地？」何靜大奇，問道：「犬兒性格內向，文靜而好讀書，而且年僅六歲，能幹什麼大事，還救了您性命呢？」那中年大漢道：「梁夫人有所不知了，那天我打算到郊外採藥，順道採些花給我娘子，誰料竟在荒野迷路，又逢山賊截劫。那刻我身無分文，想到就此死去，心中不禁難過。怎知小郎竟藏在樹幹後，拿著平常堅硬鋒利的鋸齒草，使勁地鑽進那山賊的屁股！那山賊痛得大叫，手持的匕首也弄跌了。另外兩個山賊分神，舉刀便往小郎那處砍去。他很機警，在樹林中兜轉，把山賊耍得團團轉，讓我能乘機拾起匕首，刺往其中一個山賊的要害。我奪了大刀便砍，三個山賊悉數斃命；小郎卻不知他們已死，還拿鋸齒草使勁地打山賊們的屁股，直呼『你這麼壞，娘親教我要打你屁股』等話。」當他說罷，餘眾大笑，拍掌叫好。

「對啊！近來治安不好，出鎮時即使帶著武器也不能保全性命。何況國家新定，局勢未穩，若不是小郎相助，這裡不少人早死於非命了。現在令郎受了傷，雖蒙唐大俠相救相助，用不著我們這些鄉巴佬來管，但這裡不論是食物、補品或是衣服，皆是我們的心意，請梁夫人笑納。」說著，人人雙手奉上帶來的禮品，有些人甚至跪地哀求何靜收下。

何靜從沒想過兒子這麼膽大，騙她出外走走，竟到鎮外遠處遊玩，還殺山賊助人，真的啼笑皆非，不知應否教訓兒子。但見他們如此讚賞，又跪地又欠身，忙伸手扶起跪地的平民道：「各位大仁大義，快快請起、請起！犬兒品性頑劣，我一定好好管教，但各位帶來的禮品，我實在不能收下……」

不少平民聞言莞爾，其中一人道：「梁夫人，您收下吧！令郎年紀尚幼，頑皮是有的，但他樂於助人，我們心裡一直敬佩他、欣賞他。現在他遭逢此難，我們內心都感到難過，這點薄禮就請您收下吧！」

那大夫也助他們一把，說道：「梁夫人，您便收下吧！有次我到茶館為客診症，走的時候遺下一個箱子忘了拿。令郎雖力弱，卻放在地上推，直推了半個時辰到我醫館前。那箱子放的都是珍貴藥材，弄丟了恐怕就尋不回來了，多虧令郎才可保全啊！」

眾人誠意滿溢，眼神充滿和悅之色，何靜雖感難以推卻，但仍再三婉拒。不過，最後還是被眾人說服，收下各種禮品放進屋內一架木頭推車上，便和大夫前往醫館抓藥。

話分兩頭，唐嘯風和梁天全正坐在房中照料梁柏龍。看見兒子傷痕纍纍，梁天全也失去辦公的幹勁，一臉憂心的向唐嘯風道：「要唐大俠費神相助，梁某實在不勝感激。」唐嘯風見梁柏龍氣若游絲，平舉右掌道：「前輩不必多禮，反正現在我閒著無事，也想弄清楚這到底是怎麼一回事。」梁天全拱手道：「犬兒乃平庸之輩，要唐大俠勞心，實在不敢。梁某自當教訓犬兒，他惹出大禍來，斷斷不能毫無歉意。」

唐嘯風聽後，鄭重的道：「此事未必全是令郎的錯。恕我多管別人的家務事，令郎正處於好勝、對凡事好奇的年紀，兼之精力充沛，未懂事而闖禍乃屬常事。實不必嚴厲問責，應恩威並施，教導他每天自省，才是最重要的，望前輩明白。」

梁天全心裡有點不滿，養兒之道哪需後輩指點？縱是一代大俠，也不應如此過問。臉上卻不動聲色，微笑道：「得聞唐大俠之言，梁某獲益良多，深表感謝。只是犬兒卻不是頑劣這樣簡單……」

第三回 任性裡的認真

突然傳來敲門聲，梁天全應道：「進來！」何靜輕步進入，帶上房門，走到梁天全身旁坐下來才道：「剛剛燒了柴，現在正熬著藥湯，該可在戌時前熬好讓龍兒飲用。」梁天全點點頭，望向兒子道：「我看他養成了收藏心事的習慣，不知是否好事……」何靜猛然想起平民贈禮一事，將因由仔細說了一遍。二人於是相偕出門，將禮品打理、安置好，然後才回到房中。

「令郎狀甚樂天，不像是這樣的人。」唐嘯風說道。「唐大俠有所不知了。」梁天全搖搖頭，頓了一頓，接道：「我兒素來喜歡思考和看書，對別人開玩笑、將道理歪曲會異常不滿。因此與親人相聚，只要有人把話說得不中聽，他便動輒扔筷子等物攻擊別人。由是眾親人對我兒俱不存好感，只道他是不能相樂的一群，漸漸地疏遠他、排擠他，不再與他說話。每次衝突總是悲劇收場，他便會又哭又怒的用行動以示不滿……」

唐嘯風無言以對，只感到一陣陣無奈。方才一役，他看出淚水背後其實有著堅忍的意志在這個男孩身上流露而出，但梁天全只沒完沒了說著心事似的話來。只聽梁天全接道：「由於不被親人重視，他屢次出風頭，但每次也因方法不當而碰釘子，連父母的面子也不要了，只顧著發脾氣。吵了數次，也拿他沒法，既然如此，亦只好放任他了。」唐嘯風心想：「噢！這樣他的未來便糟糕了！」何靜此時也道：「當然，這孩子也很不錯，思想比同齡人更成熟。雖然人長得不是很聰明，生性卻比較極端，老是執著自己認為對的事，有時也很自私呢！可能是打從小時候，他爺爺便很愛他、什麼都給他的緣故吧！不過他爺爺在幾個月前已經仙遊了，他哭得連覺也睡不好、吃亦吃不香……」

說到這裡，梁天全神色凝重，板起臉道：「往事別提了！龍兒在南宋偏安不久後出生，現在應該他自己會想吧！那時帶病沒能治好，逃離時卻是這般不幸……唉，但他的想法和行動有別於一般孩子，旁人在笑在跳，他卻獨自一人看書，說話不敢正視別人，走路也只顧低著頭……我也無可奈何了。」

唐嘯風聽到這裡，不禁對這位奇特的小孩子產生出一點點興趣：「天下能人異士多不勝數，奇人也常聽聞，但他這麼年幼……想法和行動不一致就被認為是『外人』，也太慘了吧！」

忽見何靜站起離開，不久便端著一碗藥湯進來。原來在梁柏龍的父母互談之際，不經不覺已到了戌時。唐嘯風輕輕扶起他，讓他倚在自己身上並道：「前輩，讓我來吧！」隨即接過盛有藥湯的碗，左手撬開梁柏龍的嘴唇，將藥湯慢慢倒向嘴唇的縫隙中。

待得藥湯喝得一滴不剩，已是子時到了。唐嘯風道：「我每隔一晚在這看顧龍兒，兩位前輩回房休息吧！時候不早了，今晚照顧龍兒的責任請交給我。」何靜道：「龍兒若在夜中有事，你便到客房找我們吧！不用怕打擾我倆。」唐嘯風點頭稱是，二人並肩回房休息。

唐嘯風瞧著梁柏龍的臉孔，心中感到一陣傷感，卻是沒來由有一些共鳴，看來是有事發生，卻想不到是什麼事。見梁柏龍喝藥後微見好轉，心下大慰，撐得多個時辰，終於自個兒合上眼睛，坐在椅上睡去了。

接連數日，梁柏龍一直臥病在床，每天除了大小解、喝藥湯，便是昏睡；傷痕瘀腫並未消退外，氣息運行卻漸穩。隨著梁柏龍日漸康復，已過了三個月……

這天寒風呼呼，下著茫茫白雪，梁柏龍在悉心照料和藥湯調理下，已能站立行走，只是元氣未復，加之時值隆冬，梁柏龍唯有躲在被窩中看書，別的卻沒有做。

回想起被欺負的經歷，梁柏龍還不時做噩夢，加上外堅內弱的性格，使他有時憤怒地向外對抗，更愛用外表掩飾自己內裡的不足和空虛。憑著驚人的記性，和好讀古書的書生本性，深得老師喜愛，也取得不錯的成績。可是他的行為卻激起不少同門弟子反感，時常遭受排擠，落淚悲傷。連場無情風雨，多次摧毀他脆弱的自信。唐嘯風除了額外指點經書要旨外，還傳他調運內息之功，倒對他的心事不太注意。

漸漸地，梁柏龍的內功建立了一些根基，不經不覺已過了兩年……

這天清早，梁柏龍悄悄地離開住所，留下一信於桌，再吃兩個饅頭便走了。

唐嘯風走到梁柏龍的房門前，叫了兩聲仍不聞回應，於是推開房門，只見房中空洞洞、並無一人，慢步走入，奇道：「剛剛傷癒，一大清早獨個兒往哪兒去呢？」遊目四顧，見桌上放了一封信，急忙拆開來看，信中寫道：

爹爹、娘親，對不起，我剛傷癒便四處亂走。我只是約了好友石衛飛到陸平野附近的山丘上練練自學的武功，午飯時便回來，不必擔心。

您們的愛兒
梁柏龍

唐嘯風得知因由後便放下信封，離開住所往山丘頂奔去，滿心疑惑地想：「我只教了他運內息的法兒，而且他日常多從文習經，哪像四處亂蹦的小孩子？又有什麼自學武功？」半盞茶左右的時間，他已奔到山丘頂上，並躲在竹樹高處的枝椏上，細看動靜。

只見一名孩童擺開架勢，左掌下砍，或右掌打探，顯然便是梁柏龍；而另一個則盤膝坐地，身穿棗紅色布衣的小孩，不時提點梁柏龍怎樣出掌劃腳，應是信中梁柏龍所提及的好友——石衛飛。

石衛飛和梁柏龍同樣生於高宗紹興二十年，但梁柏龍較石衛飛年長三月。石衛飛先祖石志健在北宋期間於襄陽城曾任知州一職，娶妻吳氏後轉任地方小吏，後舉家遷至河鄉鎮中居住，並誕下一子一女；其女卻於童年染疾夭亡，其子名飛嚴，字啟重。石啟重娶妻陸如，陸氏誕下一子，其子便是石衛飛。

石衛飛生性溫純，不好讀四書五經，不像梁柏龍喜歡幻想；思想較踏實，堅忍不屈，好仗義，但易受情緒支配，是喜怒形於色的人。自小便廣交朋友，應付交際如運臂使指，深得別人歡迎和信賴。

話說回來，二人或對樹而練，或對掌過招，每招都格格相扣，顯然不是胡亂耍出來的武功。

唐嘯風看了一會，心道：「原來是『空手奪白刃』！可惜力道還不足以制敵，畢竟他倆還是小孩。」轉念又想：「猜不到龍兒他是這般愛武功的，真是拐多少個彎兒也想不到這點！不過看他已安全渡過危機，我也該放下心來了。」

梁柏龍越練越有勁，直把石衛飛打得無從招架，唯有不絕閃避的份兒。只聽石衛飛道：「柏龍哥，今天好像變得拼搏了些，是不是有目標了？」梁柏龍右手一劃，喃喃的道：「我是想練好身子，爹爹跟我說，如果我不好好鍛鍊自己，長大後會沒女孩子喜歡。」說罷迴身一腳，啪的一聲，打得石衛飛向後一個踉蹌，險些仰天摔了一交。好不容易站穩身子，才道：「嘩！你別太用力，我們不是要分勝負啊！」梁柏龍見狀走上去搭著石衛飛，抱歉道：「啊！對不起！你沒事麼？」石衛飛啞然失笑，心道：「我既站穩了，又何來有事？」當下笑道：「沒事沒事。來來來，咱們再比劃比劃。」梁柏龍笑道：「好！咱倆今天又可以打個痛快。」二人說畢，又鬥成一團。

唐嘯風目睹此狀，不禁憶起兒時與師父比武的情形，而現在師父已然離世，自己亦已近知天命之年，想到過往世事，心中不禁油然生酸。卻見梁柏龍雖性格乖僻，但為人忠直，又如此用功，嘴邊微微一笑，心道：「看來我已明白當初靖空大師那句話的含意了。」

看一會、想一會，不覺已到中午時分。梁柏龍與石衛飛累得坐倒在地，梁柏龍道：「我該回去吃飯了，以免爹娘擔心。好朋友，下次再練，好不好？」石衛飛拍手笑道：「好，我再找你，一同走吧！」說罷二人並肩一起，又跳又笑的走下山去。

唐嘯風隨在二人丈許之後，心想：「龍兒日常不苟言笑，給人滿臉哀愁的感覺，內裡其實太深不可測了……」眼見梁柏龍能康復過來，他便打消了追問當年被群童欺凌一事的意欲，繼續緊隨二人漫步下山。

第四回　小頑童的武思

梁柏龍與石衛飛回到鎮門後互相辭別。梁柏龍大踏步走回家，忽覺身子一輕，雙腳離地，腰間有些事物束著，以為自己被賊人擄走。微感害怕，於是猛力一掙，又掙之不脫，身子動也不動。定睛看時，原來是當日把他從群童手中救出來的那個恩人！只是自己受傷臥床達三月之久，還沒有機會問問他尊姓大名。喜上眉梢，問道：「前輩，你的名字叫什麼？」唐嘯風微笑不答，足底加勁，轉瞬間已到了宅門。沒想到他不走正門，反而縱身一跳，在瓦頂上一點，剎那間已躍過正門，落回地上，然後一手放開梁柏龍。梁柏龍正想這輕功想得出神，忽感身子一重，失去重心，向前俯跌一交，「哎喲」一聲，倒在地上。

唐嘯風沒去理他，揮袖說道：「跟我進房去。」說罷便轉身離開。梁柏龍站直身子，伸袖拭去面上的泥垢，又快步跑去，跟隨在唐嘯風三尺之後。

進房後關上門，梁柏龍待唐嘯風坐穩，搶將上去伏在地上磕了一個頭，說道：「前輩，您肯教我武功嗎？」唐嘯風默然不語，梁柏龍抬頭一看，見他鐵青的臉，似是不會答應他的，於是又磕了幾個頭，昂然道：「我不是在玩的，請您收我為徒吧！」唐嘯風一笑，接道：「那麼今晚你敢獨個兒去陸平野附近的山腳下麼？」梁柏龍想也不想，連聲應道：「我敢！一言為定！」唐嘯風接道：「那麼今晚山腳下見，我先走了！」一言甫畢，急步搶上，推開了門，快步離開。

梁柏龍心道：「前輩這麼做，一定有意思的！我先去告知爹娘，免得爹娘擔心。」心計算定，走去大廳中找爹娘傳話。梁天全和何靜聽後大喜，齊聲問：「真的？」梁柏龍臉色一變，說道：「還有假的？我可不會拿這個開玩笑！」說罷小嘴一扁，低頭不語。

梁天全道：「兒子，你爹和娘不是跟你說笑，那人是人稱『飛龍俠士』的唐嘯風，武功精湛，乃行俠仗義之輩。爹只是激勵你，趁著你年紀小、記性強，好好的跟唐大俠學藝，做一個有情有義、頂天立地的男子漢！」梁柏龍接道：「我一定會好好的跟前輩學武功，不負爹娘的期望。」何靜道：「唐大俠豪氣蓋世，也沒答應收你為徒，先別自認為一定成功。龍兒，為人不可驕傲和過於自滿，要謙虛和腳踏實地去實踐，不要只說不做，知道嗎？」梁柏龍點頭以示明白，梁天全道：「時候不早了，飯菜也弄好了。龍兒，快吃飽點，別餓壞了肚子。」說罷三人相偕用膳。

待得天已全黑，梁柏龍帶了一個饅頭，急步離開自己的家，穿過鎮門，逕往陸平野附近的山丘下奔去。

此時荒郊吹著秋天的涼風，天空中只掛著一彎新月，甚是黯淡。梁柏龍走了一炷香時間才到山丘腳下，遊目四顧，不見有人，當下輕喚：「前輩！前輩！您在哪兒？梁柏龍到了啦！」只聽一個人在旁輕聲應道：「龍兒，我在你左邊的三步之處，你過來！」

梁柏龍依言向左走了三步，只覺左腳上微有事物，當即退後一步，又向左走了一步，才坐在地上，說了聲：「前輩！」唐嘯風站起身來，伸手一指，說道：「龍兒，你看，你猜是誰往山上去？」梁柏龍站起身來，循他所指的方向望去，只見半山腰有兩三點火光不住上移，想了一會，仍不解問道：「前輩，都這麼晚了，還有誰會上山？」唐嘯風接道：「剛才我看見幾人走來，便躲在樹後查看，只見一名大漢領了兩名金兵，正搬著一個沉重的箱子上山。瞧模樣收藏在內的該是金銀珠寶。今天晚上，本來打算叫你隨我上山對答問題，卻碰上了此事。來！龍兒，跟我去教訓他們！你跟在後面，別亂走了，免得找你不著。」梁柏龍道：「是的！無論發生什麼事，我都聽從前輩的話行事。」

二人對答完畢，一前一後的快步上山，直至追近那些金兵丈許之後，才放緩腳步，跟隨其上。梁柏龍不敢墮後，緊緊的跟在唐嘯風兩步之後。

大約過了一個時辰，終於上到山頂。那名大漢用火把將四處照了一下，朗聲道：「來！把這箱金銀埋在下面！」兩名金兵依言照辦，拿起放在背上的大鏟使勁往下掘，一盞茶時間後，挖了個長、闊皆為一丈的正方形大坑，準備把那個盛有金銀的大木箱放入大坑之中。只聽得那大漢道：「附近好像有個小鎮，是不是？」又聽得其中一名金兵答道：「是！而且我先前扮成平民混入鎮中，那裡美女甚多，人民生活富裕，一想到這些，便想去搶！只可惜我金國大軍未到，不能妄自行事。」那大漢聽後大笑，陰沉地道：「可要在攻下此鎮時留一名最美的給我啊！哈哈……」

金兵無惡不作，遠近皆知。唐嘯風越聽越不像話，身子上躍，斥喝道：「大金國的蠻子們，美夢做得不錯，但到此為止吧！」三人一怔，轉身望去，只見一名大漢及一個小孩走上，並無他人。那大漢用火把一照，驚道：「你是『飛龍俠士』唐嘯風？」頓了一頓，罵道：「這裡用不著你多管閒事，快滾開！」

唐嘯風聲調一變，說道：「你們這些金兵壞事做盡，難道要老天爺來管嗎？還是要你娘來管？」左邊的那個金兵怒道：「你竟敢羞辱大金國的人，今天就教你這『死』字是怎麼寫！」那大漢叫道：「哥兒們！都給我上！」左邊的那名金兵拔出大刀，衝將上去廝打；右邊的金兵則拿起大鏟，直往梁柏龍身上招呼。

那持大刀的金兵一刀快似一刀，唐嘯風卻故意聳肩，腳步轉動，一臉輕鬆姿態，心裡暗笑：「這只是蠻力而已。」轉念一想：「就讓你玩一會。」這名金兵看來已征戰多年，是以刀劍槍棍手法純熟，出手勁道十足；梁柏龍自恃身形細小，在山丘頂上亂跑亂走，拿大鏟的金兵一時亦奈他不何。

眼看快要沒後退之路，唐嘯風思念及此，大喝一聲：「你也玩夠了！」轉守為攻，拳腳飛影，使人眼花繚亂。持大刀的金兵不懂招架，登時斃命；接著一招「猛虎破門」，擊在持大鏟的金兵胸口，立即五臟俱碎，轟然倒在地上。

梁柏龍笑道：「喂！肥叔叔，你的兩個傻瓜都死了，敢和我單打獨鬥？」那大漢見唐嘯風一下子便將兩名金兵打死，心膽一寒，又見梁柏龍辱罵自己，不禁大怒，斥道：「臭小子，你是活得不耐煩了！」梁柏龍毫無懼色，轉身彎腰，屁股不住左右擺動，再轉頭扮個鬼臉，伸伸舌頭道：「哈哈嘻呵，大冬瓜，有種便來！」那大漢雙手持著火把，把前面情況照得清清楚楚，眼看這孩童如此羞辱他，不禁怒氣充頂，臉色紫脹，斷斷續續的罵道：「臭……臭小子！看我用火把你燒成灰燼！」說罷雙手舞動，火把上的火燒成一個火圈，再向前送。梁柏龍閃身指道：「哈！真好！有人陪我玩了，剛剛那個不太好玩呢！」因為他身形細小，無論那大漢如何上燒下擦、橫灼直打，都打他不著。

梁柏龍畢竟是八歲孩童，童心未泯，這時孩子氣大發。正玩得性起，忽然心生一計，走到懸崖邊嘻嘻直笑，卻不說話，站著笑道：「大冬瓜還是追不到我，正一蠢材！」說著又扮個鬼臉。那大漢被他耍得團團轉，喘氣甚急，心裡正怒，不顧一切地向前猛力用火把直推。眼看一團火球撲臉而至，梁柏龍滾地右閃，與此同時，唐嘯風大步走上，心裡暗讚：「龍兒果然聰明！」他一拳打出，使招「龍噬九方」，正中那大漢背部，一招便令對方全身筋骨俱碎，墮下山崖，不見蹤影。

梁柏龍伸頭望去，不禁問道：「山丘下林木處處，他帶著火把墮下去，會不會令森林大火？」唐嘯風走近俯看，說道：「這裡墮下不過二十丈左右，相信強風和墮下的衝力所形成的風必定能將火把吹滅，不必擔心。」轉身接道：「龍兒，咱們過去坐，我有話跟你說。」梁柏龍站起身來，說道：「好呀！」

二人走到草原上的兩塊石上坐下，唐嘯風問道：「龍兒，你學武功，所為何事？」梁柏龍答道：「我想用武功練好身子，不用常常去看大夫，也不容易給壞人欺負我。」唐嘯風笑道：「不是怕將來沒女孩喜歡嗎？」梁柏龍登時一怔，心想和石衛飛的話何時讓你聽去了，只有無言以對的低頭玩弄手指。

唐嘯風哈哈一笑，心想：「他未歷世事，不知江湖險惡，這也是小孩子純真可愛之處。」當下說道：「那麼你長大後想做什麼？」梁柏龍側頭仰望星星，答道：「不知道，但一定會好好報答爹娘養育之恩。」唐嘯風心想：「事親至孝，一向是我敬重的人，龍兒真是一個乖孩子。」伸手搭在梁柏龍的肩上，說道：「龍兒，學武之道遙遙無盡。你要記住，做人要憑良心行事，做事不要有求回報。仗義行事，自會得人敬重。」梁柏龍笑道：「我明白了！啊！時候不早了，也該回家啦！」唐嘯風說道：「好！明早你叫你爹娘到大廳，我有話要說。」梁柏龍點頭笑道：「沒問題！」說罷二人緩步下山。

第五回　各自的修行

梁柏龍與唐嘯風回到河鄉鎮，已是子時三刻。梁柏龍肚子忽然咕咕一響，唐嘯風問道：「龍兒，你沒吃飯麼？」梁柏龍笑道：「有是有的，也玩得累了……」右拳突然一拍左掌，說道：「啊！我差點忘了！」拍拍肚皮，並從懷中掏出一個尚暖的饅頭，放入嘴中吃起來。唐嘯風道：「龍兒，剛才從山丘頂上滾來滾去，全身都髒了，你不怕？」梁柏龍笑道：「不怕不怕！我平時都是這樣，沒事的。」二人談談說說，終於回到家中，梁柏龍伸伸懶腰，打了個呵欠，說道：「前輩，我很累啦，明兒大廳見。」說罷快步離去，眨眼間已不見人影。唐嘯風聳聳肩想：「這孩子也夠活潑。」逕自回房休息。

清晨時分，太陽剛剛升起不久，唐嘯風便獨自走到後院，練起拳腳功夫來；耍得一個時辰，直到天色大明，才停下來想：「總覺得很多事都力不從心，還好是不太需要與不同的人相處，每天對著些聖賢詩書、寫寫文章，也是不錯。反正今天早上與前輩也是有話說，還是回大廳去。」念及此逕到大廳。

唐嘯風一進大廳，梁柏龍就呱呱叫道：「前輩！前輩！您是否有話要說？」此時梁天全和何靜居坐大廳正北，當下走到他倆跟前，拱手道：「兩位前輩，眼下龍兒健康成長，唐某深感快慰。只是……未知您們能否答允唐某一個請求？」梁天全答道：「唐大俠力行仁義，梁某素來欽服。若能幫得上忙，梁某自當盡力而為。」唐嘯風微微一笑，說道：「唐某獨自往來，流浪四方，不覺已近知天命之年。龍兒的認真和志氣，我深為欣賞，今日欲招他為徒，傳承武功，未知兩位前輩意下如何？」梁天全哈哈一笑，說道：「犬兒品格乖僻、天資魯鈍，承蒙唐大俠看得上眼，收為徒弟，梁某實在求之不得。」轉頭望望梁柏龍，招手道：「龍兒，快過來跟師父磕頭。」

梁柏龍聽到唐嘯風終於答應收他為徒，不禁大喜得又叫又跳，一會走到椅上叫，一會繞著唐嘯風團團轉，甚至拿起椅子高舉跳舞。梁天全拍案罵道：「龍兒！休得無禮！」唐嘯風忙勸道：「梁前輩，不要緊，我就是愛他不拘禮法的性格。」梁柏龍見父親發作，才肯乖乖的走到唐嘯風身前，俯身在地，咚、咚、咚的磕了八個響頭，叫了聲：「師父！」然後站起身來，說道：「我會跟著師父好好學武功、學做人！」唐嘯風笑了一笑，才接道：「好！好！從今天開始，我就是你的師父，你要好好的聽我話，努力學武功、學做人。來，我今天先教你練功的口訣和動作，跟我上山去！」

梁柏龍邊走邊道：「爹！娘！我跟師父去啦！」梁天全道：「努力吧！別放棄啊！」隱約聽得他在叫了聲「知道」，便笑了一笑，對妻子道：「好啦！咱們也回房談談啦。」說罷二人又逕自離去。

梁柏龍隨唐嘯風而行，二人腳步矯健，不用多久，便到了山丘頂上坐下。

唐嘯風道：「我先把內功修練的口訣傳你，待你學得八、九成，我才授你武功。」梁柏龍道：「好啊！不過師父你別說得太快，我聽不來的。」唐嘯風於是說一段，讓梁柏龍背一段，不過唐嘯風連說三四遍，他才能勉強記得清楚，背誦時仍未可琅琅上口。

這樣的又背又記，梁柏龍才於黃昏時記習清楚全部的內功修練要訣，唐嘯風說道：「我每天問你一次，錯了一句一詞，就打你一下屁股。當然，我只會用一成的力，往後的成果，就要看你了。」梁柏龍退後兩步，說道：「啊！明天肯定屁股開花了。」唐嘯風道：「你要是努力地學，我怎會有機會打你屁股？」梁柏龍道：「好！我一定會記得滾瓜爛熟！」唐嘯風右手一揮，指著山路道：「你每天來回跑這山道五次，直至練得一口氣就能跑足全程，而且沒有喘氣，才算合格。」梁柏龍一聽，心下驚慌，想道：「這不是跑死我了？還要來回五次？哎喲！不好！」唐嘯風接道：「好，現在你試試，我會隨在你身後保護你，不必擔心。倘若你真是不行啦，就慢慢地走動著，可別坐下，記住了嗎？」梁柏龍道：「是，是，謹遵師父教訓。」說罷獨個兒跑落山丘，開始修練體能。

唐嘯風心想：「龍兒，你可不要怪我這樣教導你。只是你體格不好，個子瘦弱，若不好好鍛鍊，學到武功也是枉然。」邊想著邊運功而行，不一會就趕上梁柏龍。

梁柏龍走到山丘腳下，雙手撐腰，氣急地道：「啊……啊……師父……我……我沒……氣啦……怎……怎能再……有力氣……跑上山去……呢？」唐嘯風搖頭道：「唉！算了算了，你休息一下，再跑上去，直到太陽完全隱沒西山之後，才與你回家。快一點，別再拖拖拉拉的走上來！」梁柏龍不去理會，獨自望著晚霞，心道：「我一定可以做到的！」鬆了口氣，又使勁走上山丘。

梁柏龍氣息厚重，拖著開始發軟的雙腳向上走，時跑時停，終於上了山頂，累得倒在地上打了個滾，呼吸急促。過了半個時辰，才呼吸平穩，不再喘氣。唐嘯風見他吃力異常，心感憂慮：「不知要多少時候，他的身體才強健起來。」當下呼道：「龍兒，今天到此為止吧！教得太多，對你這一刻的學習是沒用的。咱們該回去了。」梁柏龍多希望師父這麼說，不禁喜上眉頭，叫了聲：「好啊！」說罷急步奔下山丘，頭也不回的說道：「走啦！師父！」唐嘯風啞然失笑，心道：「這孩子真是的，只要一說回家就精力充沛，不過練起武功，或是背誦口訣，都很認真，絕無半點馬虎。」心頭一樂，展開「蜻蜓點水」的輕身功夫，快步趕將上去。

梁柏龍邊跑邊想：「不知何時，我才有師父這樣的本事呢？」當下更不搭話，一邊跑，一邊背誦唐嘯風適才所教的修練內功要訣。花了三炷香時間，因為沒力，才走到自家宅門前停住腳步，才想起不見師父，心想：「師父到哪兒去呢？」轉身四下張望，只見街上人來人往，就是不見唐嘯風的影子，嘆了口氣，坐在家門前，心道：「我且在這兒待師父回來就是。」

天色全黑，梁柏龍還不見唐嘯風回來，此時已到十月，涼風陣陣吹過，不禁使人有點寒意。梁柏龍突然一拍手掌，轉身想道：「可能師父早就回家了，虧我還傻乎乎的愣在這兒。」正要提手敲門，忽感身子輕盈，再定睛一看，果然是唐嘯風。

梁柏龍笑道：「師父啊！你到哪裡去啦？要是你再遲一點回家，我就冷死在門前了！」唐嘯風高躍之時，在半空使招「橫風掃旋」，落地時離宅門一丈有餘，才對梁柏龍道：「我再教你修練內功的姿勢，同時授你一招外力型的武功。學會之後，今晚開始便可邊誦口訣，邊練內功；平時大白天可到後院練其他功夫和跑山丘，隔十天我再傳一招新武功給你，一年後再演給我看。」說罷擺開架式，說一聲：「看清楚了！」雙手一上一下，互相替換，自內而外打了幾轉，呼的一響，雙掌齊發，把宅門前的一座岩石打得碎成數塊，然後道：「這招『排山倒海』是基本功，你試試看。」指著屹立於地、一塊四尺來高的岩石，接道：「你要把它打碎，才算過關。現在我幫你把這石搬到後院去。」一言甫畢，飛身上去，左手從岩石底下一托，提在手上，快步的奔向後院去。

梁柏龍驚訝道：「嘩！好大的力量啊！搬著這麼重的岩石仍能來去自如，宛若手中無物。我想古時項羽能力舉大鼎，威嚇眾人，師父與之相比，也差不了多少。」理所當然，大鼎的重量與這座岩石相比，可謂天差地別，只是這點梁柏龍卻不知道。說罷當即提起腳步，逕往後院奔去。

剛走到後院時，聽得唐嘯風道：「龍兒，你自己一個在這裡練招，晚上睡覺時才練內功，知道嗎？」梁柏龍跑前去，應了聲：「知道了！」然後便學著唐嘯風剛才的架式，運起雙掌。唐嘯風則回大廳端了飯菜出來，坐在後院的椅和桌上吃起來，並從旁指出並糾正梁柏龍運功時的錯誤之處。這樣練了三個時辰，才回大廳吃飯休息。但大廳留下的飯菜多半已經變冷，只好自己走到廚房拿饅頭吃。

梁柏龍又累又餓，不用多久，廚房剩下的三個暖饅頭已被吃光；喝了些水，便走回房間中，練起唐嘯風所傳的內功來。

這樣每天朝早練功，中午跑山丘，晚上修習內功，梁柏龍的身體漸漸強健起來。一年之期一到，內功和外功都頗有根基，輕身功夫也不差。

自此以後，唐嘯風每年審查梁柏龍的習武進度，並隔十天授與他新的武功，如是者每天練習不輟，外功、內功和輕功有了不錯的根基，不知不覺間已過了六年……

梁柏龍此時已達十四之齡有餘，武功的根基已完全扎實，並把唐嘯風的畢生武功學成了大半，耍招時格格相扣；無論高縱矮竄，掃腳出掌，無不顯得輕靈矯捷，勁道十足。這是因為唐嘯風將全副心血精力貫注於梁柏龍身上之故，雖然他有時不聽管教、我行我素，但師徒的感情仍有增無減。因此梁柏龍對唐嘯風的尊敬，就比得上自己的父母了。所以一家三人和唐嘯風的感情，也就建立了不能言喻的深厚關係……

卻說石衛飛自那天與梁柏龍分別後，逕自回到房中靜坐，突然門聲響起，進來一名婦人，石衛飛笑道：「娘，有事嗎？」陸如臉色甚為不安，說道：「孩兒，趕快收拾東西吧！慢一點就來不及了。」石衛飛大奇，問道：「有什麼事非走不可？」說著站起來，收拾起居用品，不消一會，便收拾好一個大包袱出來。

「我們快走！到茶館再說。」陸如說罷，人已急步向外走去。石衛飛問道：「娘，不用等爹嗎？」陸如沒有回答，只是快步走著。

到了茶館，陸如的不安轉成哀傷，掩臉而哭，石衛飛心裡更感奇怪，當下問道：「娘，家中的事跟爹有關嗎？」陸如按捺不住，哀號起來，過了一會才傷感的道：「你爹不願與上級同謀，以取民間錢糧，因而開罪了他。上級暗中勾結金人，只怕……只怕……」神色哀慟，再也說不下去。

街中傳來話聲，卻道：「大事不好了！石大人府中失火了！快來幫忙呀！」陸如拍案而起道：「糟了！金人果然派兵去替那上級殺你爹啦！」石衛飛大驚，怒問：「什麼？」不待陸如，逕自往家中奔去。

趕到自家附近，只見火光衝天，濃煙四起，石衛飛心裡悲憤交集：「怎會這樣？這些可惡的金狗子！」忙俯身闖入宅中，嚇得正在救火的人手足無措，只是叫道：「小子！危險呀！別跑進去！」

石衛飛在家中四處亂闖，拼命的叫：「爹！爹！你在哪兒？」叫得兩聲，濃煙刺眼，鼻子不能吸氣，縱使如此，仍是不停走著。忽聽大廳傳來打鬥聲，剛躍過燃燒著的門檻，在熊熊烈火中只見一名中年大漢身中多刀，血流不止。那人左手持著劍，四周卻有十多名金兵圍站著，當下用盡力氣叫道：「爹！快跑呀！」石啟重聽得叫聲，強行轉身，伸出右手揮道：「飛兒！危險！快走，別管我！」這時金兵一擁而上，忽然一條火柱從天而降，向眾人襲來……

這時屋頂聲音大作，一人從屋頂躍下，一手抱起石衛飛，縱身一躍，恰好從火柱墮下的隙縫間走開，並由來處逃走。石衛飛眼見父親身陷險境，自己卻無能為力，心中有氣，也做不到什麼，只氣得昏過去了。

就在救石衛飛的那人逃開後，石府中聲音大作，大宅被燒得支離破碎，沒入火海之中。陸如親睹丈夫橫死於火光中，心感哀傷，難以自制，迅速奔入宅內，躍入火海……

天色漸暗，石衛飛驀地醒來，作了場惡夢。坐起來大叫：「爹！」只聽一把粗厚的聲音道：「好小子，醒來了嗎？」石衛飛環目四顧，下床站著問道：「你是誰？這是什麼地方？」只見房中一名身穿淺黃衣服、背負大刀的大漢，哈哈一笑，說道：「這是我家，你爹娘已經死了，自家也被燒成廢墟了。」

石衛飛低下了頭，雙拳緊鎖，黯然道：「可惡的金兵！殺了我爹娘，燒了我的家……」雙眼充滿悲憤，叫道：「我不會放過你們的！」

那大漢聽了，哈哈一笑，石衛飛怒問：「有什麼好笑？」那大漢笑道：「我姓劉，名寶元，字桑。你志氣雖大，但你有本事一個人殺死那麼多金兵，為你爹娘報仇嗎？」

石衛飛被他一語驚醒，忙走到劉桑跟前俯身道：「那就請前輩教我武功吧！」劉桑道：「小子，學武功不是容易的事，而且武功也不是報仇的工具。我跟你第一天認識，你憑什麼要我教你？」石衛飛眼淚落下，哭道：「我什麼都沒有了……我跟您學武功，即使是為了替爹娘報仇，也不是為了求什麼……我……」聲調一轉，哀慟道：「一個無能為力的人，難道可以憑意氣來達成自己所要的目標嗎？如果連您都遺棄我，那麼我還是死了算了！反正我只是一個小孩，又能做到什麼了……

嗚……」

劉桑見他言辭懇切，神情激動，又想到自己年歲已不小，一身武功就此湮沒塵土，實在可惜，當下便道：「小時候，我也是無父無母，吃別人掉的東西、撿別人不要的當成自己的，辛辛苦苦挨到現在……這世上也許有很多這樣的悲劇，少一樁或可免卻不少人的眼淚吧！」言念及此，心意已決，當即行拜師禮儀，又在屋內大廳設置石衛飛父母的靈位，並命令石衛飛按時上香，以示孝敬。隨即將練功要旨傳給石衛飛，希望有生之年能將全身武功，傾囊相授給他，承其衣缽，並寄望石衛飛長大後能造福人間。

自那天失去父母和家園後，石衛飛變得更加堅強、不好言語，冰冷的眼神彷彿是他的永恆代表。他不想說話，不想再受到情感支配：「每一次被感情左右，很自然影響表現，我……要將這些可惡的人全部打倒！」自此便勤奮練功，六年一過，武功造詣盡得劉桑所傳，頗有根基。

時為孝宗隆興二年秋分。這日清早，梁柏龍又獨自在後院練功，唐嘯風走到後院看他，叫道：「龍兒，過來！我有話問你。」梁柏龍聽得師父呼喚，縱身高躍，在半空打了個觔斗，落了下來，問道：「師父，有何要事？」唐嘯風咳了幾聲，說道：「想不到這六年裡，你的武功進步得很快，而且頭髮也斑白了……」說著伸手一指，梁柏龍道：「這問題我自己也不明白，從小到大，旁人總愛利用這點攻擊和嘲笑我，也是令人困擾。倒是師父，也是六年的時間，頭髮卻全白了……」

唐嘯風哈哈一笑：「這些不是問題，反正人總有老的時候。你平常拿樹枝練我教的劍法，一定是練不好的。今天我除了教你新的武功，還會送你一件禮物，你看了保準喜歡。」說罷便從背上拿出劍來，放在桌上，對梁柏龍道：「這是『飛龍寶劍』，是你師公送給我的。這把劍鋒利無比、削鐵如泥，拿在手中並不笨重，你試試看。」梁柏龍依言拿起劍鞘，拔出長劍，只見劍尖和刃鋒在太陽照射下閃現出耀眼的光芒。然後又運起長劍，在後院空地練了「分花拂柳」和「枝掃打猿」。收劍回來，笑道：「謝謝師父，這把劍真好用。」唐嘯風笑道：「好，我把餘下的兩招劍法相授給你，看準了！」說罷立即從腰間抽出長劍，一招「龍騰雲海」，接著再使一招「畫龍繪鳳」；長劍舞成多個影子，宛如有千手千劍一樣。梁柏龍呼道：「讓我試試！」一言方畢，拔出長劍，「唰唰唰唰」的一陣揮動長劍的破空之音，便學著師父使出劍招來。他資質比較魯鈍，學得不快，但只要明白箇中竅門，自然懂得招式的出手與迴避之處。師徒二人長劍飛舞，空中劍花四射，直到中午時段，二人才收劍休息。

梁柏龍說道：「師父，我何時才可到其他地方遊歷？」唐嘯風道：「眼下你武功不弱，但外面如此險惡，你想到外走走又有何目的？」梁柏龍臉色一變，微微俯首道：「找一個人……和尋找屬於自己的身分！」當即站起，說道：「師父，請待徒兒用餐後再回來練功。」話未說完，人已不見，卻還聽得到他的聲音存在。

唐嘯風心裡迴響著梁柏龍剛才的一句話，心想：「找一個人和自己的身分，是誰呢？又是什麼身分？龍兒從小作風已與常人不同，甚至與世俗作對，想必是要證明什麼而存在著吧！」想到這裡，不禁一樂：「也許是一件好事。」站起身子，吸了口氣，練起掌法來。

梁柏龍用膳完畢，便逕自回後院去練功，看到唐嘯風兀自練功，走過去笑道：「師父，咱們比劃一下，好不好？」唐嘯風道：「好！來吧！」說罷二人各自縱身上前，拳來腳往，或雙劍交加，打得甚是激烈。

梁柏龍的武功是唐嘯風親傳的，唐嘯風自然懂得格招擋架。梁柏龍無論想做什麼，全都在唐嘯風預計之中，只是手下容情，才讓他耍了二三十招；要是立分勝負，三招內便足矣。梁柏龍收劍後躍，笑道：「師父，您太強了，我不是您的對手啦！」唐嘯風仰天大笑，說道：「這個自然，但你若肯苦練，過得十年左右，也打得過我了，哈哈……」

唐嘯風微微一笑，心道：「他心中只希望能夠四處遊歷，並證實自己所想的意義，實在奇怪，這種想法與行動毫無根據，只有他才懂。說出來毫無說服力，也無人想明想知，或許正是如此，令他成為同輩中不受歡迎的一類吧！難怪梁天全之前這樣說，他的倔強，實在無人能阻。但願他不要用在錯的一面就好……他是有種患得患失、疑真似假的感覺嗎？」

第六回　傷痕與信念

將一些虛無的念頭具體化，希望在這個世界尋找答案。一直修練體能及武功的梁柏龍最近一直重複與爺爺對話的夢境，時間越久，那種念頭就越強。

「何解？這個人是如此真實，彷彿就在眼前與自己說話一樣。我已經專心習武，又將之前抄下的內功經文讀了又讀，卻老是重複著不同影像。每一晚更在熟睡時不斷更新經歷，不說出來人家以為我白日夢做得多，快變瘋子了。」梁柏龍轉身揮出一劍，卻想得出神，一時不察，劍便脫手甩出，在半空打轉。

一個身影跳出，接著長劍，落地就問：「龍兒，往日你很少在練武時失了心神，最近是否仍想著遊歷的事情？」唐嘯風斬釘截鐵地問。

「遊歷……之前衝口而出，實在不知天高地厚。抱歉，師父，就算您真的給我機會遊歷，我也不知去哪裡才是，更別說想做些什麼。」梁柏龍俯身拱手。

「既然這樣，你說的『尋找屬於自己的身分』又是怎麼一回事？你最近思想很古怪，我也不太懂你想怎麼樣啊！」唐嘯風將長劍遞上，讓他套回劍鞘，叉手問道。

面對師父板起臉的認真神色，梁柏龍怔住了，呆了一下，當下又答：「我最近睡覺時老是跟爺爺對話，而他身後就有一個異常動人的女孩子，年齡跟我相若。奇妙的是，以我這種把人嚇得跑到老遠的性格，她卻不以為意，還跟我做朋友。加上最近石衛飛自家中失火後便一直失蹤，他是否已經不幸身亡，我也全不知曉。只是這些事情，以我的年齡看來，可以說是預言，也可以說是白日夢做得太多。不過，我該如何是好……」梁柏龍黯然地低下頭。

唐嘯風點了頭，用手按著他的頭道：「所以你想到外面走走，看看碰不碰到這個女孩子，而且同一時間想看看爺爺的身分之類，是不是給你的問題吧！我沒推斷錯吧？」梁柏龍點點頭：「而且從小到今，父母都沒跟我提過爺爺到底在哪裡，只推說去了很遠的地方，也不是時候說。現在我想來，自爺爺走後，我都沒看過他的墓。」

「加上，你好朋友石衛飛遭遇近乎滅門的慘事，相信他的打擊一定很大。但我可以直言，他雙親若真的走了，打擊絕對比你胡思亂想的要大十倍以上。而且都這麼多年，你不能再用小孩時認識的他來對待他。」唐嘯風娓娓道來，梁柏龍也不知如何是好。

「既然你定下決心，亦須先跟父母明言，這是必要。」接著只聽唐嘯風道：「你跟我來，一同見你的父母。」說著便轉身大步走著，梁柏龍緊隨其後，二人逕自到大廳去。

到了大廳，只見梁天全和何靜居坐其中，正自談論公事，唐嘯風道：「打擾兩位前輩。」說著抱拳一揖，梁天全聽得話聲，轉身說道：「唐大俠不必多禮，可有要事？」唐嘯風道：「兩位前輩是否願意讓龍兒放眼天下，踏足江湖？」何靜聽後，心感不安，說道：「龍兒始終年少，要他一個人到處流浪，我怎能放心？」梁天全笑道：「其實兒子留在家中，除了讀書以外，基本上什麼也不懂。既然你教了龍兒武功，他四處走走也無妨。」何靜語氣變重，說道：「不行！你忘記了他上次給別人打傷的樣子嗎？」梁天全道：「你太緊張啦！那時龍兒連自我保護也不會，怎能跟現在相比？」轉頭望著梁柏龍道：「龍兒，你害怕往後要自己一個人生活嗎？」梁柏龍一直等待這個機會，今次由師父唐嘯風提出，父親亦允許，怎會想後退？當下搖頭道：「不會！而且我也有事要做。」

何靜見局勢無法扭轉，也只得點頭答應：「那好吧！但你得小心。」梁天全撫掌大笑，說道：「既然如此，龍兒，你在這數月便想一想打算到何地遊歷，出發之期定於明年春分。反正現已入秋，將近冬季，這時動身也不便。」唐嘯風道：「謝謝兩位前輩成全。」梁柏龍笑道：「謝謝爹娘！」說罷二人相偕離去。

回到房中，唐嘯風道：「好了！我也該離開這裡了！」梁柏龍大驚，問道：「師父要走了？往哪兒去？」唐嘯風笑道：「自有相見之日，你長大了，不要凡事都依靠別人，要相信自己。」梁柏龍眼泛淚光，點頭應諾：「知道，我會努力，不負師父多年教誨。」唐嘯風伸手輕撫了他的頭一會：「真的看著你由小孩子變成少年，也不知會否看到你長得更大了。出外闖闖，除了會找到答案，也可能令你真正成長。少了胡思亂想，感覺會更踏實。」梁柏龍似懂非懂的記在心中，拱手還禮，唐嘯風便轉身一躍，眨眼間已不知影蹤。

梁柏龍難抵傷感，只是落淚，卻不出聲。過了一會，才想：「師父既走，家中也沒多少事要管和收拾，不如到山丘上用樹做練功的靶子，看看我的功力如何。」心計算定，便出門逕往西方的山丘走去。

上到山頂上，剛找到大樹時，只聽有人說道：「臭小子，差不多八年沒見你了。」聲音嚴峻，帶有喝罵之意。梁柏龍一怔，心道：「這聲音……好像在哪裡聽過？啊！原來是他！」說話的人，就是當年毒打他的其中一名劣童。

雖然當年大家還小，但長大後各自的樣子也沒怎麼變，只是大家都長高了。那群劣童吃了一記耳光後，自此也不敢到山丘來玩，是以梁柏龍一直練體能時，都沒有看到他們的影蹤。梁柏龍對於這陰影既驚且恐，微有怒火，心道：「好啊！有活靶子練功啦！」當下叫道：「八年前你們差點將我打死，現在又不知悔改，見我孤身一人，又想重演舊戲嗎？」

那群少年當然也一樣記得這事情，也最討厭別人提起他們昔日的醜事，其中一個高大的站出來怒道：「臭小子，當日不是那大叔救你，你焉能活到現在？是你口出狂言在先，我們都沒有管你，你卻多事！如今看你，體格與昔日一樣，都是這麼瘦弱，是否打一頓不夠？」梁柏龍怒火大熾，心想：「好啊！旁人欺我樣子不好、頭髮斑白和體格瘦弱，難道我心裡好受了？」想起在書齋讀書時被群童詆毀攻擊，滿腔憤恨頃刻間就要發洩出來。猛然轉身，面向著那群劣童，心道：「不能就此原諒你們！」當即怒喝：「你們人再多也沒用，看我怎麼收拾你們！」

那名高大的少年衝將上去，叫道：「快求爺爺我放過你！」梁柏龍踏上一步，怒叫：「別妄想！看招！」說罷一招「猛虎揮爪」，左手抓過去，右掌儲含勁力；那名少年低頭一閃，原來那招是誘敵之用。梁柏龍見他向下閃避，右掌即時拍出，一招「龍飛九天」，正中他的丹田穴。此時他的內力已頗有進境，發力時收控自如；加之他怒火攻心，竟使上十成勁力，那高大少年的身子登時往後直飛出去，壓到一名肥胖的少年。

那群少年見他只兩招間便把自己的「首領」打倒，心中一凜，同時暗讚：「果然有點本事，怪不得這麼大口氣！」身側一個胖少年道：「臭小子，找死麼？」這時，那群少年的「首領」也站起身來，怒道：「好！咱們一起上，瞧你怎麼擋架！」說罷眾人齊聲呼喊，衝將上去，兩個揮拳直取梁柏龍的雙頰，兩個飛腳朝他腹上踢去，另外兩人一左一右、自外而內的分攻兩側。

梁柏龍見他們來勢洶洶的跑過來向他揮拳踢腳，急忙舞起雙掌，上一招「冰龍降雪」，下一招「虎趕牛羊」，架開上拳下腳的攻擊；再使「蜻蜓點水」的「點到即止」，身法輕靈飄逸，那群少年一時打他不著，更被梁柏龍玩得團團而轉。正玩得性起，心道：「試試師父所教的『虎龍相逼』！」

「虎龍相逼」是唐嘯風所創的功法，以「剛、敏、狠、迫、猛」五字訣為要；龍的招式以「剛」、「狠」和「迫」字訣為主，虎的招式則以「敏」和「猛」字訣為主。當年唐嘯風練了很多關於龍和虎的招式，比如「猛虎破門」、「神龍怒吼」、「冰龍鋼甲」和「虎咆巨嘯」等，因種類繁多，應敵時攻不克、防不穩，所以將部分招式強化，比如「冰龍鋼甲」便化為「冰龍降雪」等，補其漏洞不足。而其餘的則加以修改，再拼合起來，這樣便攻敵於不備，制敵於先機。無論敵人身法如何瞬捷，或筋骨如何矯健，只要成功使出第一式「龍神飛躍」，敵人便會受制於己。即使人數眾多，且四方八面的攻來，都能一一化解及反擊。

那群少年一轉身，胸口、頭部、左腰、右肘或左腳早已被梁柏龍擊中。登時怒火中燒，又衝將上去廝打。他們這般蠻打，只迫得梁柏龍不住閃避，一時也奈他們不何。

梁柏龍內功已頗有根底，唯體格較弱，如今只因在功夫上造詣較高，是以身上還未著了他們的拳腳。正自苦惱脫身之計，忽見數個拳頭從旁掠過，之後就有兩名少年仰跌於地，滾來滾去的喊痛。舉腳一掃，再後躍三尺，看清楚來助的人的背影；一看之下，心中大喜：「是石衛飛！想不到這麼久不見，他也學會了武功……」當下更不打話，左掌拍出，右腳橫掃，復又上前纏鬥。

石衛飛耍拳掃腳，拳影飄飄，使招「雪花飛影」來護著自己，同時向餘人發動攻擊，神色冷酷地道：「看來你蠻喜歡和人打架，當真沒事可幹？」說著右掌橫削，使的是「鐮刀割禾」，一名少年當場倒地不起。

梁柏龍縱身上躍，使招「雁翼掃魚」，踢開三名少年，心裡暗道：「怎地多年不見，他竟變得如此冰冷？難道師父說中了，他已雙親俱亡？」

那群少年身上不住給二人拳腳招呼，只是心裡硬要逞強，是以疼痛萬分，仍不叫痛。面對不能還擊的事實，高大的那名少年氣得臉色紫脹，幾成黑色，罵道：「你曾是我的手下敗將，又瘦又弱、力道微小，沒點男兒氣概……打倒我的話，我給你磕頭叫你作哥哥！」梁柏龍翻身下地，右掌使勁拍出，接著左掌橫劈，使的是他最純熟的「龍吼震地」，那名高大的少年不懂閃避，登時胸口和下腰又中了掌。

石衛飛見他們瞎纏不休，不禁感到厭煩，心道：「麻煩的傢伙！」右腳斜掃，左足一點，在半空運勁橫踢，餘眾最終忍受不了，嘩呀驚叫；不是人疊人的倒在一起，便是趴在地上動也不動，已無還擊之力。

梁柏龍眉動眼轉，瞪著那名高大的少年，然後手擺腳邁，走過去伸腳踏著他的頭，豎起大拇指一指自己道：「怎麼啦？你沒力氣起來啦？你不是想叫我哥哥嗎？眼下實現你的夢想了，還不磕頭！你這混蛋，口出狂言，曾經傷我，又毀我面子，該當何罪？」說罷拳頭捏得格格作響，咬牙切齒、滿臉怒容的望著那名高大的少年，不再言語。

那名高大的少年側目看他，見他滿臉怒容，臉色黑如烏雲，又聽得格格之聲，自知定要受人魚肉一番，微感害怕，心中卻死不認輸，更不低頭求饒，反而怒道：「打便打，說什麼狗屁話！」梁柏龍聽後大怒，說道：「什麼！你說我什麼？你的狗屁話倒教人討厭煩惡，死到臨頭還不求饒，看來不給顏色你看，你是不會學乖的！接招！」說罷腳使「風掃落葉」，手使「冰龍傲行」，接著又使招「燕尾彈枝」，再接招「花摧群草」……這樣接連使了十餘招，每招也用上平生之力擊下去，直打得那名高大的少年臉青瘀腫，嘴角流血，渾身是傷……

正要舉掌劈落，石衛飛伸手格在梁柏龍的掌下，說道：「你再施半點棉力，就把他打死了，做人不要過分記仇，眼下你已打成他這狼狽的樣子，什麼仇也報了吧！應該放了他啦。」梁柏龍這掌將落未落，見石衛飛伸手來格，怒氣才消了一點，提腳後擺，向前一踢，那名高大的少年向後打了幾個滾，已負傷在身，連爬起來的力氣也沒有。當下更不打話，俯在地上，頭也不轉。餘眾走去扶他蹣跚離去，梁柏龍惡狠狠地道：「滾！以後也不想看到你這狗態！」那群少年聽後雖怒，但人多也對付不了二人，又奈他不何，只有心中咒罵。過了一炷香時間，那群少年才走得不見影蹤。

梁柏龍見他們已離開了，銳氣頓消，轉身望著石衛飛。此刻二人互相對望，沒有說話。堅定的眼神彷彿說著彼此的故事，無盡的傷痕交錯著，延續於各自的心靈……

七、八年的分隔，彼此也在成長，連感情也隨時間淡化，卻洗不去二人心底裡各自的傷痕。梁柏龍沒有說話，他知道喪失父母的傷痛，這刻的自己絕對無法明瞭，只得說道：「想不到大家都成了這樣子，你不但學了武功，更大有進境，往後你有何打算？」石衛飛轉身仰首，冷冷的道：「不用你多心。」梁柏龍心裡被刺了一下，心道：「活了十幾年，打從心裡當你是知己，為何要這麼冷冰冰的待我？」

當下走上一步，問道：「你何苦如此，縱使你失去父母……」這句話正說中石衛飛心裡的要害，未等梁柏龍說完，他便抽出背後長刀，直指梁柏龍，雙目含淚道：「你從小至今都可以向父母撒嬌，我可不行！你根本不會明白真正的寂寞到底是什麼！」

梁柏龍登時一怔，腦海裡浮現幼時在書齋和同學相處的片段：「正因性格獨特，才不受世人歡迎和認同……精神受到折磨，而嗚呼痛哭時，誰又明白我內心的苦楚，給予我慰藉？」想到這裡，按捺不住，流出眼淚，輕聲道：「或者我的確不能感受到真正的寂寞，而且寂寞於我來說，每人的定義也有不同，但你不會連小小幸福都沒有吧？」拔劍一揮，後躍三尺，哭著道：「我的確不了解，但我也為了明天的幸福在努力，而且你父母的愛仍長存在你心中，不是嗎？」

「你住口！」石衛飛舞長刀，向梁柏龍狠狠的打去，張口呼道：「不明白的人，沒資格說道理！」梁柏龍舉劍一格，「噹」的一聲，哭道：「是……我的確不明白，有很多都不明白！但為什麼追求自己的幸福也不被允許？如何才算明白？怎樣才算明白？你告訴我！」

石衛飛愣住了，大刀脫手而飛，在半空中打了幾圈，「咣」一聲落在地上。他急忙躍前一撿，翻身站好，一雙淚眼被怨怒掩蓋，狠狠的道：「我會記著你揮劍的無情！」梁柏龍側首應道：「我也是。」石衛飛伸手擦乾眼淚，快步離去。

「為什麼……為什麼要這樣？根本毫無意義！」心神大亂，舞劍一揮，一棵大樹就此深深地刻下一道劍痕。梁柏龍漫步回家，心裡再沒有餘力想石衛飛的事情；大概就連他自己，也不知道怎樣想，不知道如何做才是正確。

時值農曆八月十五日，在中秋的夜晚中，眼淚與混沌的思想絞在一起，不知如何了事，也永無止境似的延續著。梁柏龍便以練功及跑山丘來繼續度過這些日子，靜候春天到來。

待得大地回復生機，春分已至。這日清早，何靜拿了一套黑色的衣服給兒子。梁柏龍換好衣服，將部分銀兩藏在懷中，又背上了唐嘯風所贈的「飛龍寶劍」，然後走到父母的房門前，呼道：「爹！娘！我走了，您們要多保重！」正要轉身離去，忽聽房門「吱呀」一聲打開了，只見柏龍的父母雙雙走出。何靜道：「北方是外族的領地，南方仍是大宋的土地，但沒穿得這個模樣去見人家是不行。只是外面好人、壞人都混雜一起，你要帶眼識人、慎言慎行，別著了壞人的道兒。」梁柏龍笑道：「娘，我雖年少，不過我懂得分清是非黑白，您別擔心。」梁天全道：「好！你要記著剛才你娘跟你說的話，現在我跟你娘送你去鎮門離開。來！一塊兒走！」

打開宅門，只見一大群鄉里在門前相候。原來唐嘯風離開時，跟鎮長說了梁柏龍將出遊的事，鎮長再知會街坊，是故如此。鎮長歐陽禮師走上前來，將一個大包袱送給梁柏龍，說道：「龍兒長大得真快，眼下的旅程勢必艱辛，內裡有很多應急的物品，當能解決你的不時之需，也相信足夠你三月之用。」梁柏龍向眾鄉里作了個揖，以示感謝。梁天全道：「因犬兒出遊而要你們和鎮長大費周章，怎好意思？」說著微微一笑。鎮長歐陽禮師笑道：「應該的！龍兒幼時也幫了我們不少，這點小禮，就當是我們的小心意吧！」說罷眾鄉里都一同應了聲：「沒錯！」鎮長歐陽禮師笑道：「好啦！時候不早了，我送龍兒你到鎮門去！」說罷便領導在前，緩步向鎮門走去。

餘眾緊隨其後，沿途梁柏龍遊目四顧，將河鄉鎮中的屋宅、店舖和道路等各物盡收眼簾，或印在腦中。心想：「不知今天一別故鄉，再會何時呢？」

自知此次行程將會備嚐艱辛和遙遠無比，加之河鄉鎮是他土生土長的城鎮，不多不少都有點感情存在。這刻分別，的確教他有依依不捨之感。

送君千里，終需一別。梁柏龍站在鎮門外，呼道：「各位鄉里，還有鎮長，謝謝您們！後會有期！」頓了一會，又道：「爹！娘！您們要好好保重，別太掛念我了！」這才轉身，沿南方的路而行，不經不覺間已走出了十餘丈，距離河鄉鎮遠了。前面是一條長路，卻不知通往哪兒去。

梁柏龍在這郊外深深地吸了口氣，說道：「天下這麼大，也不知是否能尋得此人。就算找到，又能證明得到我的身分嗎？」一言甫畢，縱身前躍，幾個起落，又走了一丈遠。就這樣運功而行，走了大半天，至日落時已抵長江附近的碼頭，以及一間小客棧附近；只消再多走一會，該可到達另一個城鎮。

梁柏龍心計算定，才走進客棧中投房休息。

第七回　流星一瞬的相遇

梁柏龍坐在床上，不一會有個小二提了盛有熱水的盆子及一塊乾淨的布巾進來，笑道：「客官慢用，小的出去了。」說罷走了出房，並帶上門。

一個十多歲的少年行走江湖，壓根兒沒有什麼大事要闖，也無多少閱歷要說人知道，更莫說一個朋友，連找個萍水相逢的人一起談天都大有問題。梁柏龍一個人呆在客房，望著天花板在想：「不知我要到的地方、要遇見的人，會有多少呢……」想得出神之際，卻打了個呵欠，原來光是這樣胡思亂想就不見了五個時辰。當下有床不睡，勉強支撐在桌上繼續想，直到精力耗盡，就伏在桌上睡著了。

直至日上三竿，陽光從窗簾外照進來、映在梁柏龍的臉上時，他才微睜雙眼，腦中一閃，站起身來道：「糟了！我睡過頭啦！」此刻他連忙站起來收拾包袱，忽聽咕咕聲響，方醒覺自己還沒有吃多少東西。當下負劍攜裝，匆匆下樓去。

坐下來沒一刻，他便叫了飯菜吃，然後拔開葫蘆塞子，咕嘟咕嘟的喝了數口水，然後雙手托腮，苦思昨晚的事及往後的日子。

吃過飯後付了錢，問明路向，得知南方五里左右有個城鎮，便提起精神，繼續趕路。

沿路風光如畫，流水潺潺，天色明朗，構成了充滿天然之美的前景圖。梁柏龍步履輕盈迅捷，剛到午時，便走到一座城前。於是住了腳佇在城門前，心想：「這就是客棧掌櫃說的明州府吧！」一個箭步，便搶入了城內。

一入城門，聽得一名大漢邊跑邊叫道：「前面有很多人啦！不知又發生何事呢？大夥兒一起來看看熱鬧啊！」梁柏龍聽得這人叫道，心下好奇，也不問誰，便朝那大漢說的方向走去。

約走出了兩三丈的路，眼看前面聚了不少百姓，擠得密不透風，梁柏龍只得在人叢中左鑽右竄，好不容易才走到人叢之前，只見一個穿著華麗的女孩站在六名金兵前方，不住口的言語。

只聽那女孩道：「剛才你們從我身旁走過，我的錢袋就不見了。還有，你們吃飯不給錢，這算是什麼話！」其中一名金兵站出來罵道：「小丫頭，亂說什麼？本大爺沒偷你錢袋！不過吃飯不給錢就是理所當然的，你多管什麼？」

南方局勢初定，偶爾還是有些金兵出沒，不過宋朝官員很少會管，所以他們才會肆無忌憚的生事，只要沒弄出人命就好。梁柏龍看那女孩相貌，但見在日光映照下，她皎潔雪白的臉上微現紅暈，麗若朝霞；一身粉紅緞衣襯上花絨鞋，顯得其人格外標緻。圍觀的人見那女孩生得標緻，素來又痛恨金兵的作為，當下即傳來一陣喝罵聲。

那女孩左手平舉，示意眾人住口，圍觀的人也漸漸地靜下來。又聽她道：「你不是在說笑吧？」祥和的臉色一變，有如罩了層嚴霜，接道：「真是不打不招！想要死到臨頭才肯承認嗎？」

站在後面的五名金兵各自抽刀一揮，「錚錚」之聲一時大作，途人為保性命，全都後退了十尺，最前的人們更不敢亂動，唯恐被亂刀斬死。只聽前面那個金兵哈哈直笑，嗔道：「哈哈……女娃兒，你真的活得不耐煩麼？今天敢打擾本大爺的心情，待會有夠你受！」梁柏龍聽後微感有氣：「你們這些韃子壞事做盡，殺人放火，無惡不作。現在六人欺負一個小姑娘，好不要臉！」有念及此，雙足前後跪地，以便那女孩有危險時，能一躍而出，解其困厄。

那女孩喝道：「少說廢話！接招！」說罷縱身上前，掌影飄飄，力道看上去，竟不比梁柏龍遜一籌，反而有過之而無不及。

站在後面的金兵挺刀上前，橫揮直砍，勢勁雄厚。那女孩見五柄大刀同時襲至不同方位，忙使招「雁翼掠波」，身子忽向右避，再凌空騰起，雙腳橫掃後推；五名金兵不是頭部中腳，便是胸口吃腿，「啪啪啪啪」的直響，似是一掃而過，實則還有後招補上。左腳下掃，雙掌不斷迴旋拍出、收回，每一招又是各自不同。梁柏龍心中暗讚：「好厲害的武功！看來我的擔憂是多餘了。」

圍觀的人眼見少女孤身力敵六名金兵，打得勢如破竹，均連聲喝彩叫好。不過，正在這時，陡見其中一名金兵舉起大刀，突向那女孩的背部打去。那女孩驚覺之際，已然太遲；本想迴身急避，又恐身前五名金兵可能同時攻到。圍觀的人突見狀況有變，不約而同地叫了聲：「當心背後！」

就在此時，忽聽「噹」的一聲，那名金兵的大刀已被擋開。那女孩回頭用眼角一瞥，只見一名少年挺劍相迎，化此一厄。心中大喜，也不去理他，繼續與五名金兵酣鬥。那挺劍的少年，正是梁柏龍無疑。

圍觀眾人見這名身穿黑色布衣、身形瘦削的少年突然拔劍參戰，都喝了聲「好」。梁柏龍將劍柄舉起，放在肩膊想：「甜頭也吃得太早了！我要趕你們回家！」運足勁衝上前，一劍架開三個金兵的大刀；於是八人混戰，只見掌劍拳腳往來不絕。十數招過後，金兵們縱然力道再厚，刀法再快，身上也不免受了劍傷。那女孩見金兵負傷後，來刀力道漸弱，以一敵五已是簡單不過的事；再過了十餘招，六個金兵全數負傷倒地，連握刀站起的力氣也沒有。

梁柏龍迴身將長劍橫擺，刀鋒對準了三名金兵的咽喉，喝道：「還不快向這姑娘認罪！偷人錢財便想逃，吃飽了飯不付錢，妄想至極！」那三個金兵嚇得臉如死灰，斷續地道：「小人……無意得罪大俠，望大俠賜一條生路……金錢……好說好說。」說著，從胸口取出一大疊錢鈔，合計近萬兩，又將搶來的錢袋，雙手奉還給少女。梁柏龍收劍回鞘，罵道：「滾！再讓我看見，要你們這群韃子五馬分屍！」

金兵們互相攙扶同伴離去，心裡皆惱怒不已，只可惜技不如人，也無話可說。只得各自先後溜掉，頭也不回地敗逃而去，模樣顯得十分狼狽。

梁柏龍將金兵交出來近萬兩的鈔票放在小吃店的老伯手上，然後對他說：「不用怕，他們全都走了，這些錢你不要怕多，請收下，以後好好過安穩日子吧！」圍觀的人見兩人年少卻如此神勇，均鼓掌歡呼，一會兒過後才陸續散去。

小吃店的老伯伯忙握著梁柏龍的手道：「謝謝你啊，少年，否則我這爛檔快給金兵弄得血本無歸，連棺材本都給虧掉了。」梁柏龍拍拍他的肩道：「不用謝，你慢行。」老伯伯鞠了躬行禮道謝，然後收拾破爛的東西，將檔口整理，就慢慢離去了。

梁柏龍正要轉身離開，忽見剛才那女孩在目不轉睛地看著自己微笑，於是便走到她身前作個揖道：「閣下年如盛花，武功卻如此了得，小弟佩服不已。」那女孩微笑回答：「你過獎了，多謝你的相救之恩。」梁柏龍原本不以為怪，不過素怕與陌生人交往，如今看見這名花枝招展的女孩輕言軟語，一派溫柔，便感一種安穩漸漸浸潤內心。當下只是微笑，沒有說話。

「我姓石，名影瑤，還沒請教大哥高姓大名？」那女孩微笑地問。梁柏龍心中打了個突，一時間沒說話，心裡正猶豫是否說出自己的名字；正煩惱之時，嘴上卻已衝口而出答道：「梁柏龍。」

石影瑤見他一臉尷尬，似是而非的，說道：「大哥你是不是很怕跟陌生人相處喔？」梁柏龍被戳穿了心底的真相，只得點頭道：「哈哈！可以這麼說吧！」石影瑤把頭靠近，仔細打量了梁柏龍一下，微笑道：「難得有緣遇上，我到了這裡又跟父親失散，正悶得慌。大哥有時間，能不能跟我飲杯茶、聊聊天？」梁柏龍見自己左右無事牽掛，師父也未必正在等待自己，剛趕完路不久又跟金兵打鬥，正感到有點累，便答應道：「好的！沒問題！」當下二人一起走到大街的茶樓上，吃著點心喝著茶來聊天。

原來，石影瑤為當代豪俠蕭然的養女。尚在襁褓之時，父母因意外雙亡，恰巧蕭然路過，眼見嬰孩孤苦無依，實在可憐，便收其為養女；查明姓氏後，則替女娃起了「影瑤」一名。蕭然行走江湖卅載有餘，沒有娶妻，一生落泊，視石影瑤為親女看待；不僅傳授武功予她，還教她讀書寫字、琴棋書畫，加上她天資聰穎，領悟力高，是以年紀輕輕，文化底蘊與武功底子已有不錯的根基。

「叫你梁柏龍、梁柏龍的這麼長，叫起來又不好聽呀，不如我叫你龍哥哥，你叫我小瑤吧！」石影瑤斟著茶說道。梁柏龍微笑一下，說道：「嘛，都沒關係。」只見石影瑤左手繫上珍珠釧，雙耳戴上白金耳墜，頭上別著紫銀鑲環珠釵和玲瓏繡花簪；一頭長髮順直的垂至肩下，兩鬢一綹青絲傍在耳邊，兩邊各綁了一個藍帶蝴蝶結，甚是動人，似天河的小公主一樣引人注目。

梁柏龍心內暗喜：「這女孩還真是美得不可方物，看來這個朋友是交得過的。」石影瑤見他望著自己，淺淺一笑：「喂！你看什麼呀，難道沒有女孩子跟你做朋友嗎？」梁柏龍含笑不答，只拿著茶不住口地喝。

石影瑤見他笑而不語，心中也是一喜：「呆頭呆腦的男孩，幹嘛一個人在這裡呢？我得問問他。」「你待會打算往哪裡去？」石影瑤說罷，便將燒賣放入口中，不忘將筍肉包子夾給梁柏龍。「你問得真好，我也想知自己往哪裡去。如今不過是四處走走，其實沒什麼目標。或者去找師父，見見他吧！現在感覺是去遊玩，自己每日閒時習練已學的武功而已。」梁柏龍搖搖頭，吃起包子來。

咬了一口後，梁柏龍抬起頭來問：「對了！你說跟父親失散了，那你現在要去找自己的爹麼？」石影瑤嚥下了食物，說道：「對啊！治好肚子裡的蟲就走了。」梁柏龍只是點點頭，二人吃著談著，不覺已到了黃昏。

二人走出茶樓，梁柏龍道：「小瑤，路上好走，我們有緣再會。」石影瑤微笑點頭：「好的，我先走了，再見。」說著就轉身離開，一會兒就不見了影。

「唉！天色都晚了，得找個地方安身，不然露宿街頭就糟糕了。」梁柏龍伸了個懶腰，就沿大街走著。

明州府是南宋有名的第三大貿易市舶司，這裡的茶葉與絲綢皆轉運至臨安給皇宮享用，也供百姓交易及製衣的，是以明州府的百姓，即使是一般的人，衣服看上去也像顯赫人家；也因為這個原因，金兵一直對此地虎視眈眈，不時派士兵入城擾攘，甚至公然搶掠。一些忠義士兵和將領殺了金兵，卻被南宋朝廷以「怕滋事動怒金國」為名處死，因此百姓的安穩，就靠這些士兵將領的鮮血換來。

走了很久，終於找到客棧和房間安定下來。身子剛坐定，猛然醒起：「石影瑤……？」梁柏龍想到這裡，暗地一笑：「如此有緣，實在匪夷所思，也令人難以費解……」

想到這裡，門外傳來聲音：「客官，勞駕打擾了。」梁柏龍聽得小二說話，連忙應聲：「進來。」

小二推門而進，向梁柏龍作個揖，然後說道：「剛剛有位姑娘留下紙條，托小人傳話給客官：『明天早上，於城西外三里的草原相見。』」梁柏龍心裡大奇：「我這陣子除了石影瑤外，誰都不知，誰又會約我？難道就是她？」當下問道：「敢問大哥，傳話的姑娘長什麼模樣？」小二連忙答道：「她長得挺秀氣的，聽聞就是今天與金兵大鬧市集的那個女孩子。」梁柏龍心想，除石影瑤之外別無他人，當下放心，便向小二回一個揖，說：「感謝傳話，明天我付了房錢就前去。」小二答道：「不用。」接著便退出房並關了門離去。

「既然這樣，我今晚就早點休息，明天去看她找我有什麼事吧。」說著就回床休息。

到得天色大明，梁柏龍急忙帶齊行裝，出了客棧，就向城西的草原前進。

行了里許的路，就是一片樹林，梁柏龍心道：「三里左右，應該前面就是草原，得加快腳步才是。」當下運轉內息，展開輕功，快速地沿路穿越樹林。

這樣走了兩個時辰，只見眼前一亮，四處微風吹動，陽光和煦，柔照大地；草原上百花盛放，迎風飄搖，景致動人。梁柏龍走了很久，眼見風光明媚，心情極度愉快，不斷來回地跑，沒有片刻休止。

忽然有一把聲音叫道：「龍哥哥！龍哥哥！我在這邊呀！你不斷走來走去幹什麼呀？」梁柏龍住下腳步，四下望去，始終不見石影瑤的蹤影，只得大叫：「小瑤！小瑤！我在這裡呀，為什麼你看得到我、我卻看不見你？」

梁柏龍心想：「美是美，不過我覺得中間還有些我不知道的事情……而且，想來自己也是很簡單的，想太多反將其變得複雜了。明明只算是一面之緣，她找我又是為了什麼？」只聽她回應道：「我在你的西南面，你過來呀。」梁柏龍弄清方位，就跑過去說：「你別逃啊！」話聲剛落，已走到石影瑤身前。

「真糟糕，我忘了她女兒家愛美，準會更衣換妝的。」梁柏龍笑道：「小瑤，為什麼約我來這兒？」石影瑤直接回答：「我想見你呀，一個人真的很悶嘛。」梁柏龍怔著了，完全不知自己給她什麼快樂可言，回想起之前的夢境，心中暗想：「要觀察久一點才是，問題是，她跟爺爺到底有沒有關係……」

石影瑤見他又呆立不語，側身用左腳腳尖輕力擊在草地上，然後說：「第一眼見你，你就給我很穩重的感覺。而且看上去你很有書卷氣息，像一個文人書生，想不到你會武功。我獨自來到這兒，身邊沒有朋友，所以昨天分別後就繞圈子跟在你身後，當我推算到你大約在哪兒寄宿時，便搶在前留言給店主，約你今天相見。不過你蠻有氣的，跑了這麼久仍是臉不改容，我跟著你走還真吃力。」

梁柏龍聽完她說，方知一切都在她安排之內：「她輕功真好，一直跟著我，我卻沒有發現。」

當下說：「謝謝你，從小到大，都沒有人這樣稱讚我。現在我也是一個人，不過你還沒有找到父親嗎？」「我不想找啊！你很想我走嗎？」石影瑤小嘴一扁，然後轉開話題：「你知道『武林三傑』是誰嗎？」

「不是啦！你別誤會，跟你一起是很愉快的。」梁柏龍頓了一頓，猛然想起唐嘯風從前教導自己時的一段話，答道：「聽我師父說，當今冠絕武林的只有三人，江湖上稱『三豪俠』，他們分別是張黑迪、黃峯和蕭然。三人武藝均獨當一面，但深入的，我可不知道。」

石影瑤走近梁柏龍身旁，說道：「張黑迪是漢人，幼年卻居於現在金國的領土；聽我爹說，他勢力不小，掌一方軍權，因此日常行事，總有不少金兵跟隨。不過他為人面善心惡、見利忘義，但他搜刮的不是一般的金銀財寶，而是一些稀世奇珍和武林秘籍。就連少林寺的住持數年易替，也是他暗地裡幹的好事。」

梁柏龍道：「看來江湖上不得不防的人，大有人在。可是居然是三豪俠其中一位，那麼能箝制他的人卻不多……」石影瑤道：「對！另一個人是黃峯，他隱居深山，行事總顛倒無常，時而誣害別人，時而助人達成美事。不過性情卻異常地豪邁、不拘小節，他的『白雲推山掌』有十二路，每一路也很強勁，中掌的人表面如常，內裡的骨頭和五臟六腑卻已悉數粉碎！」

梁柏龍暗地讚好：「能以內力傷人，將敵人臉不改容地殺死，足證此人武功深厚非常！不想就連性情也和武功都是同一路的，看來比師父要強得多啊！」

石影瑤說到這裡，十分高興地笑著說：「最後一個豪俠就是我爹啦！」梁柏龍大奇：「什麼！小瑤，你爹是三豪俠之一？」石影瑤笑著說：「是啊！幹嘛要騙你。」這下梁柏龍真是晴天霹靂：「想不到她居然是蕭然的千金小姐，衣著打扮比得上達官貴人，怪不得武功這麼高強。」石影瑤見他好像被嚇呆了，忙說：「對呀！你不要這麼驚訝吧！我爹是蕭然，他四處流浪、居無定所，而且學識淵博，為人正直爽朗。不過我不喜歡他有時對我太多管制，好像怕我會接觸到壞人，被壞人教壞了。」

梁柏龍哈哈一笑，說道：「你爹做得對，你純品的樣子像是會被壞人教壞的。」石影瑤伸手打了他一下，說道：「有什麼好笑？人家是這個樣子不行嗎？」梁柏龍微微一笑，裝成詭異的聲音說：「對啊！引得壞人來教壞你，哈哈……」

石影瑤道：「你敢笑我？我就陪你玩！」梁柏龍正有此意：「還真是逞強的女孩子，三豪俠之一的蕭然居然有這個調皮女兒。」當下笑道：「好啊！這裡這麼大，你找到我才算！哈哈！」梁柏龍素來調皮搗蛋，只是強裝內斂文靜，有這些事出現，怎麼能不玩？當下抽身一躍，幾個箭步就走了。石影瑤趕緊追上去，叫道：「喂！你別逃啊！」說著便加快步伐，稍有靠近便伸手來抓。

梁柏龍放慢腳步，又時而加快。石影瑤輕功不錯，但力氣不足，勉力再追，突然失去平衡，「嘩」一聲叫出來；梁柏龍轉頭見她欲跌，想也不想就回頭躍至她身前，右手拉著她的左手用力，但石影瑤卻想反抗；她用右手一推，梁柏龍便失平衡向後跌，順勢也拉著她俯下來。

「啪」的一聲，石影瑤伏在梁柏龍的胸前，梁柏龍卻痛得一直在叫。

第八回　狂妄的守護

梁柏龍雙手運勁撐起身子，按著背部直呼：「啊，你真重呢！」當然就是被石影瑤一記打下來。

「敢佔本小姐便宜……看錯你了！」石影瑤雙頰紅了起來，「喔，你也是第一次接觸男孩子吧！我本來就是救你啊！你卻推我……」說著摸摸自己左頰紅中帶熱的掌溫，心中也有點氣上來。

梁柏龍瞧到她雪白的臉上，一抹紅紅的宛如落霞，帶幾分羞意，又帶半點孩子氣的嬌柔；雖然被打了一記，整個人卻因眼前美景而怔著說不出話來，最後只有拱手道：「抱歉，我不是故意……但如果不拉你的手，剛才一跌恐怕你會頭部落地，這樣不好了。我是貪玩了一點，令你不愉快，真的不好意思。」石影瑤低著頭，只見眼底下一對布鞋就在跟前，整個人不知所以地胡思亂想：「羞死了！羞死了！怎麼會發生這件事的？人家還是女孩子……」想著想著，又轉身背著他不發一言。

就這樣過了好一陣子，二人不約而同地開口：「龍哥哥！」、「小瑤！」說著，又怔了，石影瑤開口拍了他的頭一下：「傻瓜，跟你玩玩，你卻這麼認真。你真笨啊！」梁柏龍不知是氣還是笑：

「好，好，我真的很認真，我可不想一出來就這麼開罪第一個認識的人啊！」

過了一會，梁柏龍便大著膽子對她道：「天色不早了，我倆得要起行。」

「我哪有答應你同行啊……」石影瑤忸怩著回答他。

「那好吧！就此暫別。」梁柏龍不知如何了事，草草回答後，於是轉身向東而去。

石影瑤見他沒有鼓起勇氣哄哄自己，因意外觸碰而害羞與期待的感覺，一時間煙消雲散，呆呆的望著他的身影沒在遠處的草坪上。過了良久，才回復心神追了過去：「傻瓜，連一句話也說不出。」逕向梁柏龍消失處追上去。

直至走出了三里路左右，又回到樹林之間。這時已不知梁柏龍身在何方，更不知去路如何。一個人迷失在樹林之間，但覺天地之間只餘自己，孤獨無助，又沒有糧水，更無肩膊可依。想起父親及他，此刻猶在當時，倍感淒清；終忍不住淚，直湧上來，欲要流出。

正在這傷感攻心之際，樹林中跳出約十來人，都是粗衣大漢，各持朴刀在手。忽聽一把粗獷的聲音道：「女娃兒，怎麼一個人在這裡？不如跟我回去做壓寨夫人吧！你可以不留買路錢，我一定保證你過得好！」突然，一個體形略胖，身長五尺七的男人走進包圍圈中，哈哈大笑道：「哈哈！這娃兒如此嬌美動人，殺了她太可惜了。人來，把她捉回去！」

眾盜賊應聲而上，石影瑤卻毫無戰意，不閃不避，眼淚也流了出來。盜賊見她無故痛哭，也沒有停手之意，只是一眾圍上去，唯恐她被人救走或被她逃脫。

忽然林中傳來一個男子的聲音：「壓寨夫人？恐怕是做不成了！這個女孩子，我是要定了！你們要跟我爭嗎？」眾盜賊與胖男子向上一望，只見樹枝上有一名未及弱冠的年輕人，叉著手背靠樹幹而立。那胖男子是眾盜賊的首領，見多了一個小子礙事，心想：「憑你這個乳臭未乾的小子，居然如此大口氣。哼！不過也不成氣候。」忙下令道：「把這女孩子抓住！別管他！」

命令聲未休，少年已一躍而下，拔劍來招「盤龍遁地」，以飛龍般的疾風及劍氣震開了十幾個盜賊；隨即補上三招，一眾賊子完全無力招架，悉數震跌在三尺以外。更有個中劍身亡，倒在地上，除了那個首領只略退一步，石影瑤四周登時多了六尺空隙。

聽得聲音，又望見身前的布衣少年，石影瑤心裡既驚又喜：「你怎麼回來了？」

是的，從樹上跳下來救她的人正是梁柏龍。

那胖頭目當即擺開架勢，運勁拍打過來。梁柏龍收劍回鞘，推開來招，但力道太厚，一時支持不著，被震開了十數步，然後勉強站穩，心想：「這胖子蠻強的，看來今天脫身要難得多了。」只得脫口叫道：「小瑤！快走，不要留在這裡。」

石影瑤聽得叫聲，卻仍留在原地不走，而且還運勁來助道：「我不走！要走一起走！」梁柏龍搖頭心想：「這時候撒什麼嬌，兩個人被捉，可是會隨時被殺！難道兩個一起死會比一個死要好？」那胖男子聽到他倆對話，不禁怒火大熾：「吵什麼啦！原來是對落難鴛鴦，今天爺爺我就要你們從此陰陽相隔！」於是迴身一腳掃向石影瑤。

這一次力道更大，挾著強風而至。石影瑤無力抵擋來招，不知運勁還是離開，眼看腳掌要到，忽聞「啪」的響亮，她才睜大雙眼看清楚，腳掌已打在梁柏龍的雙掌上。

那胖子見他勉強支持，順勢加勁，梁柏龍終於抵不住強厚力道，整個身子被震飛到十尺外，背部猛撞樹幹，然後反彈飛前三尺再伏在地上。他身子顫抖，欲要站起，卻力不從心。

石影瑤一見之下大驚，跑上前抱起他道：「你是不是傻了？那招以你的武功強擋，弄不好就會傷重而亡，你這麼想死嗎？」梁柏龍雙手被腳力一推，已無力運勁，只是一口鮮血吐了出來，喘著氣道：「嘿嘿！反正我現在也是飄泊四方、找尋師父而已，一切都很簡單……」說著「嗚」的一聲，痛苦表情全現出來，然後又微笑地繼續道：「不過死在你懷中，倒有意思。」梁柏龍眼見事已至此，將內心鬱著的感情全都吐露而出。不過，最重要的心意，還是沒有勇氣說。

「傻瓜！傻瓜！我不要自己一個人啊！你說過要和我同行啊！我找回爹之前要多一個伴。」石影瑤意外重見他，早忘了他為什麼出現，只是顧著哭，連那個胖子都忽略了。

這時胖子與眾盜賊都迫了過來，只聽這首領道：「女的我是要定了，男的就歸天吧！」舉手就向梁柏龍的天靈蓋打去。

突然，從天飛來一把小刀，狠狠插進胖子出掌的右手中，鮮血登時直流；他「嗚哇」一聲，倒退幾步仰跌在地。只見他的右手漸漸發黑，痛苦表情越演越烈，盜賊們正自望向上方時，「呀呀」慘呼不斷，全都中刀倒地，再沒人爬得起來。

二人見突有高手來救，心中暗喜，石影瑤雙手抱著梁柏龍的肩，把臉蛋靠著他的頭頂，漸漸收起眼淚，心中暗想：「是誰懂這樣的暗器？而且暗器帶有劇毒，出手又快，武功也不錯。」正想到這裡，那胖子「呀」的一聲慘呼，便攤在地上，動也不動的死去了。

石影瑤沒有去望，只是看著梁柏龍的臉，拿出手帕替他擦去嘴角的血，破涕為笑道：「你不用死了，現在沒事啦！」梁柏龍見她忽哭忽笑，也忍痛笑了出來，慢慢道：「喔，小瑤不哭了？真想你繼續為我流淚。」她動掌輕力拍一下他的肩道：「我可沒為你什麼感動啊！你多心了。」

「我隱約感到與她的共鳴，這應該沒錯了。就算不是也好，是我多心了都沒關係，如果今後旅程多一個伴，倒也是件好事。始終，我有很多事情都沒了解就跑出來找答案，今天沒死，算是走運了。」梁柏龍傷了元氣，無力站起，只得說道：「小瑤，我想靠著樹幹來療傷，待元氣稍復，才回城買藥休養幾日，可以嗎？」石影瑤見他外表似是成熟穩重的文人，原來有時像個小孩一樣需要別人呵護，又見他剛才棄她遠去，心中有氣，故意笑道：「好啊！反正剛剛有人沒禮貌的扔下我，這是你的報應。」梁柏龍忍著痛又笑了：「你這個人，真奇怪。」梁柏龍想到這裡，心底暗笑，然後調運內息，將亂竄的氣調順，慢慢地將自己的氣變成力，暫時令傷不損經脈。

「只要他沒事，能多見他一刻，多與他聚在一起，我相信這已經足夠……」石影瑤嘴角含笑地想著，左手輕撫他的頭，雙眼望著他閉目療傷的安祥樣子，心裡甜絲絲地笑了出來。

一直過了一個時辰左右，梁柏龍才慢慢站起來，掃掃身上的泥塵，運功躍起，取回掛在樹枝上的包袱。著地時勉力站穩，差點便俯跌在地。石影瑤見狀，上前挽著他的手臂道：「要拿就叫我吧！你現在受傷，幹嘛仍要運功？我先扶你回城休息，明早再替你抓藥吧！」梁柏龍見她雙手輕抱自己的手臂，心中大石總算放下：「或者，我跟她應該有夢一般的緣分，可是卻也像夢一樣虛幻得難以捉緊。」想著想著，與她漫步而去。

石影瑤問道：「龍哥哥，你知不知道剛剛是誰救了我倆？」梁柏龍搖頭答道：「不知道，難道你知道？」她道：「我也不知道，但按常理而言，出手救人卻不露面，也不說一句。我想這個人還可能在附近看著我們呢！」梁柏龍只笑不語，過了良久，才悠悠地道：「不打緊吧！我相信他的心一定很善良，否則早就看著我們被強盜砍殺了。而且，有緣自能相見，他或者不喜為他人所知吧！我自己心情不好時也會這樣，把自己關起來冷靜一下。」石影瑤笑著道：「這是兩回事啊！怎麼你這樣胡扯。剛剛還有人口氣好大呢！說要定了我，其他人敢來爭就出手了。」

梁柏龍聽後啼笑皆非，知道自己口出狂言，結果招至慘敗，現在還要女孩子來扶，一時間又慚又羞。但聽見她只是出言引自己發作，開個玩笑，只得搖搖頭，別過臉望著另一方向，好讓她看不見自己的樣子，得以避開一下。然後才輕笑道：「我看有個小妹妹在路上哭起來，她迷路了很可憐，又要被賊子捉去當壓寨夫人，有點浪費呢！哈哈！」正笑得高興，胸口又痛起來，雙眼閉下來勉強忍著。

石影瑤見他被重重一擊，心想他只是運氣按著傷勢，如果遲了一時三刻，可能傷患復發，那時要治就費工夫了。當下說道：「你別說笑啦，我先回去跟你找客棧休息吧！反正現在黃昏，回到城裡還有藥可買，然後買回來熬給你晚上喝。」說著，扶得他更緊，走快了些許。二人花了一個時辰走回明州府，胡亂投了一間客店，梁柏龍便在房中臥床休息，石影瑤逕自買藥回來熬煮。

就這樣過了十多天左右，梁柏龍的傷已完全復元……

第九回 暴走的劍意

復元後的黎明，梁柏龍早就起來。他從小習練武功，無論子時睡或半夜三更才睡，翌日早上一定是在雞啼聲起、卯時便會起來練武，絕不偷懶。走到隔壁房中側耳傾聽，並無聲音，顯然是石影瑤還未起來，也不去喚醒她，走回房中推開窗戶，獨個兒望天思考。

自從來到明州府後，梁柏龍總算幻夢成真，碰上石影瑤。可是撫心自問，也是按良心行事，一是自己情愫早生，再者自己本身對石影瑤的意思，尚不確定是什麼一回事；需要時間肯定的話，自然會不想跟她太早分離。相思之痛，好比千刀萬刃同時刺入心肺，猶如一片黃葉凋零；又似枝椏發黃的枯樹快要全萎，卻又萎之不去；只像風中殘燭，不知何時而滅。他應該慶幸，來到江南剛好將近一月，便尋得這樣的伴；不過，卻未必如此簡單就能一起了。

「身分與人物，後者出現了。不過我得確認一下是什麼一回事，總覺得跟她一見如故，怕就怕在自己調皮的個性嚇走她，那就不太理想了。至於那時連續好一陣子的夢，卻因為到了江南的少許充實而淡化。相信爺爺是有些暗示，我應腳踏實地找些什麼做，不過這個可完全沒頭緒……」

直至太陽全露其形，方聽得後方的門「呀」一聲從內打開。只聽一把甜美的嗓子說道：「龍哥哥，咱們該起程啦！」梁柏龍轉身道：「懶睡的小靈精終於醒了！」石影瑤奔過去扭他的耳朵道：「你敢說我懶，我就把你的耳朵扭掉。」梁柏龍只感一陣痛楚，忙道：「好啦好啦！不說就是。說起來，我想該向江東一行，不如我們就去首府臨安吧！據聞那裡繁華熱鬧，說不定還會遇見我的師父。」石影瑤見他只顧說著自己的心願，完全忘記之前說過的話，登時小嘴一扁，道：「好啦！你自己去江東吧！」

梁柏龍完全莫名其妙，道：「怎麼啦，我倆一起去江東玩好不好？」石影瑤變得像一個蠻不講理的小女孩，身子微扭道：「你說過要跟我去找回我爹啊！」他搖搖頭，又好氣又好笑地想：「原來她是為了這個。」原來石影瑤一個人跑到江南至今，已有三個多月沒見過自己的父親，從小一向黏著父親的她，現在分開良久，不禁起了相思之念。

「時候不早了，我們去到臨安時，可能會見到你爹呢！」梁柏龍微笑著道，便與她並肩向碼頭走去。

就這樣，二人沉默地一起走到碼頭，梁柏龍才開口問了船家，跟了一艘正要運送貨品到臨安的商船同行。船上有酒客和商人，以交易者居多，二人走到船艙外面靠著坐下。

商船過了一個時辰左右，就乘風向西而行，沿淅江西返臨安。船上柔風拂面，陽光宜人；商船被江水包圍，景色令人舒暢。石影瑤按捺不住，靠在梁柏龍的肩上睡去。梁柏龍見她睡在自己肩上，心下又想：「為什麼呢？如果那夢是假的，為何她又這樣做？」轉個念頭又想：「不是啦！傻子，你想得太多了，她只是累了才靠在你肩上睡去。」想來想去，都沒有圓滿的解答，最後苦笑一下，右手輕撫著她的頭想：「大概，我只能隨著這路前進，至少我肯定自己是真的喜歡她。請讓我用時間證明這是真的，爺爺。」

商船乘著風走了兩日兩夜，加上浙江最近水流湍急，到得接近江口的臨安，已經是午時三刻左右。

臨安即是杭州，是美景、名勝眾多之地，人稱「上有天堂，下有蘇杭」正是此意。北宋滅亡後，高宗借武將伐金及平定盜賊之力，穩定了江南政權，並將杭州定為南宋首府，以江南為南宋的根據地，海外貿易及文化交流氣息甚重。而「找師父」本為梁柏龍到此的重要原因，但可能因為本來就無目的地南下，所以「找師父」又變成了一種寄託。

兩人在船上談及很多兒時話題，到得下船時，碼頭人來人往，仍有船不時往來，擠得碼頭的人肩擦肩地走著。

就在這時，人群忽然驚慌地向內陸四散，兩人被走動的人群衝來撞去，險些兒站不穩。擾攘一會，才看見三、四十人來到，個個樣子兇神惡煞，活像要找人充數一樣。只見帶頭的身高六尺，虎背熊腰，極其健碩，梁柏龍見後都怔了一個怔。只聽他道：「你們乖乖地將貨品交出來，不用交足，只交七成，我就保證你們生意上不受欺凌，和平交易；但若然不交，那你就交你的命出來！哈哈……」

梁柏龍張口道：「這些都不是你的，你憑什麼強搶？交給你們這些不事生產的無賴惡棍！」那男子見一名削瘦少年出聲喝止，不禁大笑道：「小子，老子要的從來不會得不到，難道我們要的你都要管？是不是不要命了？」

石影瑤見他傷癒不久，暫不宜動武，便拉拉他的衣袖，在他耳邊輕聲道：「龍哥哥，不要拼啦！你才剛復元……而且他比你健碩得多，像上次那個胖漢一樣。要是有什麼三長兩短，誰陪我找爹爹呢……」說到這裡，臉色一紅，妙目含情地看著他。

梁柏龍見她直言自己不夠健碩，也等於是說自己瘦弱無能，又說上次自己不夠那胖漢強勁，結果招致受傷慘敗。心裡氣一上來，只道：「沒什麼！如果因為怕死或不夠強壯而認輸，這不是我的性格，那十多年來的苦練也沒有意義了！」說罷便拔出劍來，幾個箭步就搶上前。

但他沒有聽出的是，石影瑤內心其實充滿害怕，話裡卻流露著對他的關愛，而不是要求他成為一個能將強盜分屍的英雄。

那男子見他不要命的衝上來，眼神中充滿怒火，自己也不出手，只是叫道：「眾兄弟，都給我上！」說著，他身後先衝出十來個男人跟梁柏龍過招。不過這些人武功甚差，梁柏龍乘著氣及劍招，幾乎一劍一個的打倒。到得惡棍悉數倒地身亡後，那男子又叫道：「上！」第二波也是十來人，但來招力道雄厚，梁柏龍避重就輕地應戰，或奔到敵人身後、弱處使出劍來，一招「虎挾風行」，一道鮮血如箭濺出，登時了結三個強盜。再來招「盤龍在湖」，劍身斜去，忽然長劍橫擺，五個強盜頓時斃命。拆多三四來招，那男子身後的強盜都死個精光，而碼頭則屍陳橫疊，滿地鮮血。百姓看見這少年武功如此了得，心想被壓榨之日終迎來完結一刻，連忙心裡為這少年鼓掌。

可是梁柏龍卻不以為然，剛剛乘怒出招，因此被眾人圍攻仍然能輕鬆招架，可是用力過猛，傷了回復不久的元氣，只能雙手執劍強行運氣站穩，但力量已大不如前。

石影瑤見他雙腳微抖，又呼喘氣急，得知他剛才戰鬥耗了太多元氣，加上舊傷未曾完全復元，得知他已無力爭勝。只得叫道：「龍哥哥，不要打好不好？」梁柏龍卻一心要將強盜打跑，沒有放這句話在心上；裝作沒聽見，強行運勁道：「接招！」劍身一擺，身子已然躍前。

那男子見他沒將那女孩的話放在心上，又不知他為什麼兇巴巴的上前就要廝殺。眼見同伴只賸下自己一人，心有不甘，於是運起雙掌迎面打去。劍掌一接，梁柏龍被力壓開，彈回十數尺外，終於支持不住，劍尖下插於地，半跪地上，呼吸更為急促。心道若說自己很快斃命，也不為過；登時內心痛得如被刀砍，不禁左手掩面，痛哭起來。

一掌已完，後掌又至，梁柏龍似是抵敵不過。突然，一名高大男子從半空躍下，站在梁柏龍身前，用一掌架開其勢，反手就是一掌還擊。那頭目抵敵不住，「嗚呀」一聲，鮮血噴出，飛墮入海，一陣水花濺來過後，就是一片如雷似鼓的掌聲。

梁柏龍在這一瞬間得救，得以有空隙回氣，然後就站直身子，轉身望著石影瑤。只見她一雙惶恐的眼光正瞧著自己不放，以為她受驚害怕，漫步走上她身前道：「沒事了！總算能……」話未說完，石影瑤左手一揚，梁柏龍臉上就吃了一記耳光，「啪」的一聲，清脆響亮，梁柏龍微側著身，按著自己的臉，不知所措地站著。

那高大男子轉過身來，望著他倆。石影瑤也沒去瞧他，只是一腔眼淚湧到眼邊，生氣地道：「誰要你逞英雄！我不要英雄！為什麼你要誤解我？」

梁柏龍只是低著頭，不說一話，瞥眼望去，只見她滿眼淚水，終於忍不住流了出來。石影瑤用右手拭去眼淚，把臉側過來，憂傷地道：「如果你覺得我只是小看你，或者不關心你……」說到這裡，邊走邊說道：「那麼我以後都不見你了。」說著，人已遠去，追之不及。

「哈哈……原來是這麼一回事。」那高大的男子站著起笑，梁柏龍內心雖然憂傷，但強行抑制，拱手道：「多謝大俠相救之恩，未知大俠高姓大名？」那高大的男子捋了幾下鬍鬚，才慢慢道：「我姓范名翼行，小兄弟叫什麼名字？」

「鄙人梁柏龍，師承唐嘯風。感謝范大俠出手相救，小弟才倖免於難。」他放低雙手，望著他意氣風發的臉不住打量。

范翼行個子高大，是江東有名的俠士，經常在江東出沒、行俠仗義，因此江湖上稱他為「江東遊俠」。他不時鋤強扶弱，殺賊救民，甚得江東一帶賢士和平民敬重。朝廷見他威名日盛，更曾發詔召他入宮與皇帝議政，但被他婉拒。不過他遊蹤不定，居無定所，能與他相見的人不是只有一面之緣，就只得一時三刻，因此他才被稱為「遊俠」。

范翼行笑道：「過去的便算了。不過看來你跟那女娃娃發生了不愉快的事呢！」梁柏龍情不自禁，流下淚來道：「前輩所言甚是。」范翼行收起笑容，說道：「我看出你剛才的劍招都充滿怒氣。

在你拔劍的時候，我看見她跟你說話，你卻不聽，上前就廝殺；到得你支持不住，她也在叫你，可是你仍不答她，結果你果然慘敗下來。你知道她生氣的原因嗎？你也知道自己為什麼會敗在那個男人手下嗎？」

梁柏龍內心只是一陣混亂與傷感在交織著，根本無暇細想自己到底做錯了什麼；用手擦擦臉上的淚，拱手道：「晚輩愚昧無能，未知她生氣的原因，更不知自己為何敗陣下來，願前輩指點一二。」言下極有禮數，卻包含著無盡的後悔與悲傷。

范翼行帶他走入臨安，找了茶樓安頓下來，才慢慢道出原委：「她跟你說什麼，我不用知道，但我看得出她的神情充滿關懷與愛慕，這是一個少女在年青時傾慕愛人的表現。平常女孩子就算父母迫嫁於人，若然郎君不對，也是委屈萬分，不見笑容；現今她對你如此器重，也不要你介入此事，目的只有一個。」梁柏龍追問道：「那是為了什麼呢？」范翼行見他好像完全不會的，只有直接道：「唉！傻小子，難怪那女孩子這麼生氣。她只想你留在她身邊，陪著她就足夠。而你卻冒險和逞強，最後敗陣收場，險些丟了性命。你想她生氣不？」

梁柏龍聽完這番話，才醒覺自己誤解了她那段話的真意，但現在已將她氣跑，說什麼話都沒有用，而且感覺十分慚愧。當下放棄追問，轉話題道：「那麼，前輩說晚輩敗陣的原因又是什麼？」

范翼行則反問道：「那麼你認為自己學武是為了什麼？」梁柏龍登時愣住說不出話來：「原因……學武是為了什麼？把金兵趕走，扶弱鋤強，為人民爭取他們的幸福，還是……」兒時在山丘上跟唐嘯風所言的，刻下被所有情緒支配，完全忘記，更絲毫回憶不起。他想到這裡，呼了口氣搖頭道：「抱歉，我不知道。」

范翼行笑道：「為什麼不知道呢？你難道拜師是亂來的嗎？」梁柏龍搖頭道：「當然不是！」隨即語氣變得委婉：「只是，學完武功後，連喜歡自己的人都守護不了，更讓她傷心得遠走高飛，有何意義？」范翼行舉起茶杯喝了一口，認真地道：「那麼，你就不是不知道，這就是你學武的意義了。」梁柏龍似乎仍不明白，看著范翼行不說一話。只見他站起來對著大街道：「我們學武之人，心術居首，我很高興看到你能見義勇為，為百姓的幸福而勇敢站出來跟別人抗爭。但學武功不是逞英雄，更不是拿來炫耀人前。世事若只是對與錯這麼簡單，律例就不用嚴明，作賊的到頭來也不會不得好死了。」梁柏龍也站起身來聽，只聽他道：「你剛剛以怒氣作為支配自己心靈的武術，這是習武的大忌。要記著，學武不是要爭勝，而是提升你的個人修為，增加自己的閱歷，讓更多人從武功中得到恩惠，並不是用武功破壞任何事。而你剛才的所作所為，正正破壞了與那個女孩子的關係，傷害她的心靈，也讓怒氣支配了自己，這是萬萬不可的。」

梁柏龍聽後方才大悟，後悔不已。只有拱手道：「多謝前輩指點，可是你的話有點深奧，我真的不明白，請你再教教我好嗎？」范翼行放下銀子，轉身拂袖道：「你跟我一起到北邊的樹林去。」說著，人已大步走去，梁柏龍亦尾隨其後。二人一前一後，不消半個時辰就到了樹林。

第十回 重逢裡的覺醒

范翼行縱身一躍，跳到樹枝上，叉手問道：「你會什麼武功？耍兩手給我看看。」梁柏龍拱手道：「我學的都是師父的技倆，現下晚輩就露兩手，失禮了。」說著，便擺開架勢，左膝微屈，雙掌舞動；不論前推後揮，或左拍右格，都顯得熟練精純，環環相扣。范翼行看著他舞掌揮劍，不時掃腳踢腿，心中暗讚：「好小子！雖然功力不高，但是每一招的運用也恰到好處，看來他是值得一教的傢伙。」直到過了一頓飯左右的時分，梁柏龍拍腳收掌，身子微躬拱手，以示完結。

他從樹枝上一躍而下，走到梁柏龍身前道：「不錯，唐嘯風是江湖上懂得龍虎之形武功的其中一人，不過這些武功都比較花費力氣。我看你身子不壯，但是內功也練得挺深厚，所以打上來尚可支持得住。」心道：「唐嘯風從不輕易收徒……莫非這孩子有過人之處？但看他骨格瘦弱，鬢邊微有白髮，模樣像一個笨小孩，到底內藏什麼玄機？還有當時給他一記耳光的女孩，又是何人？我得問清楚。」想到這裡，便張口問：「對啦！唐嘯風怎麼會收你為徒？」

梁柏龍答道：「其實也算是一種緣分吧！當初小時的我走在山上，跟一群不認識的孩童有些齟齬。那時我體弱多病，手無縛雞之力，他們便一人都能打敗我，卻偏偏一起狠狠地圍毆我，那時差點將我活生生打死了。就在我氣若游絲的一刻，師父就出現了，並教訓了群童們，救了我回家，甚至為我抓藥治病。」范翼行點點頭，梁柏龍續道：「若非師父如此盡力，晚輩怕已不在人世甚久，更無緣知夢，也無緣學武……」說著，神情黯然下來，低著頭不說一話。

「不過，我是有誠心跟師父學武功的，而且師父於我有救命之恩，此生無以為報。我想，我只能盡力孝敬師父，不作一些對不起他老人家的事，算是徒兒應作的本分吧！」梁柏龍抬起頭，堅定地道出了這段話。范翼行又點點頭，續問：「那當日跟你一起的女孩子是誰？」梁柏龍見他提起石影瑤，心中一痛，木無表情地答道：「她是江湖上三豪俠之一，蕭然的女兒。」范翼行大怔：「想不到她就是大俠之後……可是卻怎麼跟這小子糾纏在一起？」當下暫止各項疑問，卻放聲道：「誰在偷聽我們說話？聽了那麼久，為什麼不來一見？」

梁柏龍見他突言附近有人偷聽，心想自己的底細都被聽去，微感吃虧。放眼望去，四下無人，突然「噠」的一聲，身後一響，忙轉身作防禦狀。不過身一轉、眼一看，卻是大驚，眼前的人正是石影瑤！

范翼行一看，知是當天與梁柏龍一起的女孩子，便道：「你就是石影瑤吧！為什麼一直躲起來偷聽我們說話？」

石影瑤本來狠狠給了梁柏龍一記耳光後，便直走入臨安。但見繁華熱鬧，車水馬龍，商貿往來，絡繹不絕，自己卻孤身一人；走在大街無人聞，望望天空，由光至暗，明月照孤身，倍感淒楚。哭了良久，心裡放不下梁柏龍，也不知他跟那個高大的男子往哪裡去，於是在城內四處亂走；未幾卻見兩個身影向城北前進，於是尾隨上去，便碰巧遇上二人，時值戌刻。

梁柏龍既驚也喜，但見她滿臉眼淚，得知她是真心的關愛自己，碼頭一事實為自己一時之氣而誤解其意。當下走上兩步，輕按她的髮心道：「對不起，我誤解了你，但我不想你自己一人離去。」石影瑤沒有掙扎，只是任他按著自己的頭，未幾便提起左手拍了他的肩一下，心裡自是一陣悸動，一陣歡喜。

「是的，我也是，我很怕自己一個。不知道為什麼，離開你一段距離與日子，就是有種思念將我倆牽引著。」石影瑤微微一笑，想到自己重遇他，便覺天地之間如何廣闊，甚或再遇更多危難，也不再重要了。

范翼行叉手看著他倆神情親蜜的溫馨場面，憶起自己年輕時行走江湖，曾令不少家庭破鏡重圓，又或痴男重見怨女、相擁一生的場面，不禁嘆氣，微笑著想：「天下間最可貴的，莫過於此。」

石影瑤擦擦眼淚，說道：「龍哥哥，可不可以以後不要再扔下我？」梁柏龍內心愛意大熾，忙答道：「我不會扔下你，我們以後都在一起。」轉身道：「這位是江東遊俠范翼行前輩。」石影瑤走上去作了個揖，說道：「我從爹爹口中也聽過前輩的大名。」范翼行哈哈大笑，笑聲半晌方止。石影瑤對范翼行說道：「范前輩，他常常因保護不了我而不開心，又無法與壞人硬拼，如何是好？」范翼行早就看破了她的心思，笑道：「妳想我怎地？」石影瑤眉開眼笑，拍手道：「你教龍哥哥武功，他就可以保護我啦！」

范翼行笑罵：「兩個孩子小小年紀便談情說愛……龍兒的武功也不錯，你們兩個憑什麼本事要我教武功？」梁柏龍急忙走上數步，說道：「說實在，晚輩當初是有些迷惘，不過晚輩已經知道，眼下這刻是改變的開始。不敢要前輩教什麼絕頂武功，早前的救命之恩，一定來日再報！」說著拜倒在地，咚咚咚的連連磕頭。范翼行心中琢磨：「這孩子之言不是全沒道理，雖然是性急的呆頭傻子，不過倒清楚自己眼下需要求變。而且……我看這孩子很重情義，光是之前碼頭的那戰就足以證明。常言道：『好心有好報』，想這孩子剛才仗義勇為，不教他兩手也說不過去，就當他的好心帶來的回報吧！」

梁柏龍終於打動到范翼行的心。石影瑤心中暗喜：「龍哥哥可以學武功了，還以為這個傻子說這些話，肯定不會讓人感到安心！」范翼行一手提起梁柏龍，他只感身子有道勁力傳透全身，不運內勁相抗，是怕自己反受內傷，連忙道：「范前輩，你……」范翼行哈哈直笑，過了一會，才說道：「好吧！我看在你有俠義之心和滿肚子的誠意，就教你兩手防身吧！但師父不師父的這些，我沒放在心上，你想叫師父的就按自己的意思。」梁柏龍心想這個人真的隨便，但自己這麼拘謹卻很不自然。回過神來，自己已被他放回地上站著；范翼行咳了數聲，正色道：「好！梁柏龍，我傳你平生最得意的絕技，叫作『飛鸞十五劍』。來，瞧準了！」說著，抽出腰間的長劍，由第一式「鸞翼針羽」演至「白雪紛飛」，十五式劍法全數舞完。收劍回鞘，問道：「你看清楚了？」梁柏龍見他單手舞劍，每一式劍法發出，樹幹均從中裂開；每一式劍法舞完，一棵大樹便應手而倒。而且每一式劍法都剛猛厚勁，完全與自己跟唐嘯風學的路子大有差別。一棵樹倒地，心中便大讚一句：「好高強的武功。」聽得范翼行問道，只有說聲：「可以！」

范翼行雙手放進袖中，點頭道：「好！你練一遍給我看。」梁柏龍吸了口氣，心中微慌：「我還未記得全十五式的劍法，而且力道……」轉頭望著石影瑤，恰巧她亦痴痴地望著自己，眼中隱露神色，似乎在跟自己說話，但他卻不明箇中含意，只得點頭一下，從背上抽出長劍，模仿剛才范翼行的架勢，大喝一聲，飛身縱上。三式劍法過後，范翼行大聲吆喝：「孩子，錯了！剛才你在作夢嗎？」接著便指著梁柏龍喝罵一會，猶如五雷轟頂，快要連自己也控制不了。

面對連綿不絕的責罵湧向耳邊，梁柏龍的心宛如給數萬銀針狠狠刺落，加上初出江湖，一顆赤子之心完全不曉得世間之事。此時突遭高人指罵，心中又是害怕，又是傷感，眼淚終於如斷線珍珠落下，但不發出半點哭聲。咬咬牙，又再縱身而上，揮劍砍樹，同時心中仔細琢磨每一式劍招，糾正錯處，打起精神來繼續練下去。

這次卻出乎石影瑤與范翼行意料之外，梁柏龍竟成功將「飛鸞十五劍」練畢，中途沒半點失誤。力道比起范翼行雖差得遠，但也能在樹幹中留下寸許的劍痕。梁柏龍收劍著地，拿衣袖拭去臉上的淚水，對著范翼行拱手道：「弟子演得不好，望前輩見諒！」石影瑤走到梁柏龍身前，伸手摸了一下他的臉，柔聲問道：「龍哥哥，你沒事吧？」梁柏龍道：「沒事！」石影瑤轉頭望著范翼行，見他低頭不語，便對梁柏龍道：「龍哥哥，且聽聽他說些什麼。」話聲剛歇，范翼行朗聲說道：「好！這幾個月你在此處苦練，我在旁多加指點，直到你練成為止。」轉身接道：「今天已經差不多了，明兒見！」語聲甫畢，人已躍起，不一會便消失在樹叢之中。

一陣涼風吹過，宛如把梁柏龍的傷感一併帶走。石影瑤倚在他的懷裡，說道：「龍哥哥，不愉快的事忘了便是，不必耿耿於懷。」梁柏龍呼了口氣，說道：「小瑤，我是否很沒用？給人罵兩句就哭了，沒半點男兒氣概……」石影瑤抬頭看他，接道：「不是，我可沒有這樣想過。」梁柏龍嘆了口氣，鬆開雙手道：「小瑤，時候差不多了。我想再練多幾遍『飛鸞十五劍』。」石影瑤笑道：「好啊！我看你。」說罷走到大樹旁的草地抱膝而坐，梁柏龍再拔出長劍練起來，直到月掛中天，二人才並肩回城。

這樣一連數月，梁柏龍每天都到樹林中練武，范翼行在旁指點，石影瑤則獨自坐在一旁看。到得春末夏初，「飛鸞十五劍」已練上手，使劍的力道、位置、變化和速度無一不恰到好處。范翼行讚道：「好孩子！這武功也練得七、八成了，以後可要多加練習！」梁柏龍喜上眉梢，自己的付出終於獲得了成績，笑道：「多謝范前輩指點！」范翼行再三提示：「力道或許有限制，你師父唐嘯風跟我也是相識的，他打的是內勁為主，我教的卻是以外勁為主。若你本身力道不是很大，就只能靠速度填補差異。天道酬勤，希望日後你也會勤於修練。」頓一頓，才接道：「也別忘了自己說過的話。」梁柏龍數月來只顧練功，自己當初於碼頭衝動的事早就忘了。現在范翼行一提，登時想起：「啊！我差點忘了，我會試著不會那麼輕易動怒，但無可否認，這像練功一樣需要時間……」當即奔將上去，半跪在地說道：「我確實善忘，但這次教訓，一定緊記。」范翼行拍腿笑了聲：「哈哈……龍兒，請起！」梁柏龍依言站起，望著石影瑤微微一笑，她也回報一個微笑，眼中流露出讚美之意。

范翼行說道：「孩子，咱們也相聚了一段時間，也該分手啦！若然能碰上你師父，就代你說兩句話吧！你師父最心胸廣闊的，不會介意什麼人教過你。只要你肯用心學，一定會有所成就。有緣再見！」說罷雙足騰起，一枝箭似的離開了。

石影瑤道：「你教我『飛鸞十五劍』的其中一式，好不好？」梁柏龍耍手搖頭道：「不好。」隨即笑起來。石影瑤聽後卻撅著嘴道：「哼！不教就是了，誰希罕麼？」說著轉身背著他，一副不悅的樣子。

雖口說決不相授，但心中卻有為難，很想相授於她，但既然此武功力度雄厚，傳給她也不合路子。眼見她好像惱怒了，想要勸她數句，忽然心生一計，悄聲偷笑了一會，走到她身前笑道：「小瑤，你答應原諒我的話，我才教你。」石影瑤臉色登時大變，一張白皙如雪的臉上露出笑意，問道：「真的？」梁柏龍點點頭，心中暗笑：「嘻嘻！小瑤你可別高興，你中了我的大計啦！哈哈……」當下補一句道：「真的！但是你不能惱我！」石影瑤哪會細想為什麼梁柏龍突然肯教，以及背後的深義？連聲接道：「唔！我不惱你！」梁柏龍說了聲：「看清楚了！」

一言甫畢，撲上去在她臉、額、眼和嘴邊快速的各親了一下，隨即縱身兩尺，豎起大拇指道：「這招是我獨創的，是不是很強？」說罷臉色微紅，全身感到陣陣的暖意在上升和醞釀，不禁想再來一次，但怕過火，便強行抑制了自己的情感。

突如其來的幾個熱吻，使石影瑤感到一陣驚慌，接著便感到全身發熱，不由自主的想推開他，但心中又捨不得這樣做。在難捨難離的心情下，只有讓他在自己的臉上親到滿意為止。正自陶醉於浪漫一刻，忽聽他說話，才恍然大悟：「龍哥哥真壞！竟用計趁機親我，可惡呀！」卻是飛身追上去，梁柏龍見她異常認真的追來，態度兇狠非常，卻不敢輕敵，連忙用輕功去避。

就這樣在樹林奔走了兩個多時辰，石影瑤呼呼喘氣的叫：「龍哥哥你果然不是那些傻小子啊！怎麼這樣有氣的，跑了這麼久還面不改色。」梁柏龍停下腳步，輕身躍回她身前道：「這可能要多謝師父以前逼我做了些最討厭的事吧！本來我都以為做不到，慢慢地又做到了，只是很費時日而已，但也沒更好的辦法了。」

石影瑤雙眼晶瑩如星光眨著，一片疑問：「你最討厭的事？」梁柏龍雙手叉腰，望望身旁高大的松樹道：「就是跑山啊！雖然不是什麼大高山的，只是一座小山丘，但每天都要練。有數次病了沒練，就改了隔數天練一次，就這樣從小孩子跑到現在的我。當然，我現在也還是小孩子吧！總覺得想到的很多，做出來卻力不從心。」說著左腳腳尖踮地輕跺，低下頭像是苦惱的樣子。

「這個人，性情不穩定，又小孩子氣，但有時候卻給人一種與別不同的奇怪魔力。好像跟我說會改變什麼的，更多時候是返回原地，他好像在努力衝破內心脆弱的領域。只是，這得先經過些考驗才能看到。力不從心，大抵是想到自己本來如此，無法改變，但還是想盡力一試吧！」當下輕撫他的頭髮道：「我們還很小啊！你卻想得這麼多，真令人意外。不認識你的，恐怕會覺得你只是一個多愁善感的大笨蛋而已。」梁柏龍轉頭望著石影瑤，笑道：「沒關係，可能我真的是這麼愚笨。」

站在原地，互相對望；夕陽之下，意念交錯。彼此之間或者本來就沒有什麼，但對於梁柏龍而言，這也許是確定了爺爺的夢就是要他去找這個女孩子，奇在這只是他的想法而已。石影瑤單純覺得，自己孤身一人，碰巧有個少年作伴，也就覺得一起了也不錯，反正都是閒著。想到日後找回父親蕭然之前，能夠有這樣一個男生與她一起，不知應否要擔心多一人而生氣，還是笑著過。想著，卻已笑了出來。

梁柏龍見她低頭偷笑，不明所以地裝小孩子的聲音問道：「怎麼了？小瑤覺得不行嗎？」石影瑤邊笑邊道：「別裝了！你說得不太像。」梁柏龍接道：「咱們可別花太多時間在這些事上，免得誤了行程、荒廢了武功。」石影瑤笑道：「好，我聽你的，不過你不能再偷吻我了，否則我不放過你！」梁柏龍望回臨安的北門方向，聽得這句卻未及反應，被一下狠狠的踏在腳上，疼痛難當。「你啊！又打人啦！」梁柏龍靠在樹上，雖然是痛，卻是甜在心中。石影瑤眼看黃昏，跟梁柏龍一樣望回北門方向，當下計定，說道：「很累啊！剛才跑了好久。先回去找點吃，再好好聊天吧！我好像有很多事情都不知道。」

待得次日天色微明，梁柏龍微睜雙眼，緩緩站起來道：「這麼快便到日出了，今天很累不想練功，但還是不要躲懶比較好吧！完了後有什麼可以做的？」轉身低頭一看，只見石影瑤仍在入睡，心道：「小瑤沒這麼早就起來，不如我先打坐練功吧！」昨日回城後，兩人一直談天，從自己的出生如何，到自己如何學武功、怎麼一個人跑了出來……不知所以的一直沒完。梁柏龍起來時仍有點累意，但心中算定，便抱起石影瑤回床，自己就在地上打坐。到得吃午飯的時間，石影瑤終於醒來，忽聽她道：「龍哥哥，咱們該走了。」梁柏龍一怔，轉頭望她道：「你醒來了？」想來自己也沒吃東西，肚子餓得緊，於是說道：「也好，我們出去找點吃吧！我很餓呢！」於是二人並肩外出，找了房錢問明路向，就向掌櫃提及的名菜館走去。

走了一段路時，石影瑤猛然想起父親提及過，會在臨安與她相聚。她想：「不知爹爹現在會否在臨安等我？不知他到了沒有？也好，龍哥哥有機會見我爹爹，到時候……」

想到這裡，不禁笑了出來，梁柏龍見她忽然傻笑，心裡暗笑：「傻瓜！」想著想著，二人已到了掌櫃推介的名菜館前。

放眼望去，人民往來、喝茶談天者，不計其數；街道上百姓相樂，貨如輪轉，使二人急不及待就要找個地方坐下，享受這片歡欣。

正要進內，忽聞內裡聲音大作，於是停下腳步。忽聽得好幾張桌椅翻倒、杯碟砸碎的聲音傳出；不久，很多茶客都紛紛走了出來，樣子甚為驚恐。梁柏龍抓著其中一個男人問道：「怎麼啦？有人打架了？」只聽那男人道：「有一個人帶著十多人，從遠處包圍著一個大漢，兩方似乎是要廝打一場。但那帶著十多人的男人說會請了我們全菜館的人，並要求我們離開，但不用說我們也會走吧！他們一時錯手，說不定就會打中我們呢！」說完就匆忙離開。石影瑤聽後有點愕然，指著茶樓內裡說道：「又有趣事發生呢！龍哥哥，咱們進去看看！」梁柏龍道：「小瑤，我想是有人吵架、動氣生事，別鬧著玩啊！還是小心點進去吧！」於是二人步步為營，慢慢進入茶樓門內……

第十一回　暗湧

甫入茶樓，二人同時一驚——梁柏龍驚的是館內桌椅俱碎，部分更碎成粉末，顯然是受力之處，可見這武功深不可測，才教他吃驚；石影瑤驚的卻是看到父親，她不是怕父親看見梁柏龍與自己一起時諸多疑問，而是擔心父親的安危。眼看館內聚了十來人，父親縱然有三頭六臂，武功練到頂尖，也決計難逃。

梁柏龍見一人身穿黛藍錦袍，嘴邊與下頦微有髭鬚，手拿鐵棍，目光露出兇神惡煞之意，看上去微感嚇人，當即轉過了頭不看。只聽得有人道：「臭老頭，你知不知我們大爺是誰？」接著一群人連聲叫罵：「對！不想死的快道歉！」「看你只不過一個鄉民般的老傢伙，竟敢多事阻撓！」「還是快跪地求饒吧！」語言中帶有譏嘲諷刺，令聽者也感憤怒。梁柏龍心想：「這群人多半又是金兵，即使他們人再多一倍，我跟小瑤也可以收拾乾淨。只是拿鐵棍的那人，武功到底有多厲害？」

想到此處，忽感右臂被人鬆開，只見石影瑤指著那個手持鐵棍的大漢，低聲道：「龍兒，這人武功很厲害，別少看他！」梁柏龍悄聲道：「小瑤，我早知道了。」石影瑤慎重道：「聽我爹說，跟他武功能並肩爭先的有兩人：一人只居住在人跡罕至的地方，不是苦寒深山，便是幽僻叢林；居無定所，行蹤不定，跟我爹相比也是差不多，這人的名字叫黃峯。另一個人就是現在咱們看到的，那手持鐵棍的人叫張黑迪，居住在金國東北。他雖然是漢人，卻滿肚子的歹毒，比金兵的惡行還厲害百倍。」梁柏龍聽後心想：「雖然小瑤先前已說過，但現在多聽一次，當真感到一山還有一山高。既然適逢歹毒之人，怎麼那個華衣大漢一點兒也不怕，還氣定神閒地坐著喝茶？莫非他不知道這人的來歷嗎？」

轉了數圈還想不明白，只有低聲問道：「小瑤，坐著喝茶的那人是誰？為什麼不怕這群惡賊？」說罷卻聽不到回答，轉頭一看，只見她低頭掩口直笑，又感愕然，問道：「怎麼了？」石影瑤抬頭對著他微笑，說道：「這個華衣大漢是我爹，你說他會不會害怕？」邊說著邊目不轉睛的盯著他，嘴邊仍掛著美麗的微笑。

梁柏龍當下感到驚訝萬分，千算萬算也算不到這個華衣大漢就是石影瑤的父親、鼎鼎大名的蕭然。心中不禁打了個寒噤，隨即憂從心起：「假若小瑤的父親看見我骨瘦如柴，會不會不喜歡？或是他知道我又鈍又笨，又會如何？」此刻他真的百般滋味在心頭，這事實非自己所能預料，一時間不知如何是好。

忽聽張黑迪說道：「蕭兄，你我相識二十多年，交情也算不錯。你看在這份情義上，說出來吧！別教我過意不去。」言下說得甚是有禮，卻暗藏脅迫。那華衣大漢正是蕭然，只冷笑道：「張兄，你可別太抬舉小弟了。我蕭然行走江湖三十多年，有什麼不知道？不過你想知道的事，我是不會說的，請張兄見諒。」張黑迪聽後暗暗著惱：「諒這方法也說服不了他，不過給他發現在先，那時我要將這物據為己有，可就難了……好！一不做二不休，既然他說不行，唯有跟他廝打一場大架再說。」

想到此處，濃眉上揚，說道：「蕭兄，得罪了！無論如何我一定要知道這件事！」說著將鐵棍舉起虛舞數下，欲上前拼鬥。蕭然自知今次非戰不可，但敵方全都會武功，假如發動群毆，自己豈不是無力招架？正自思索脫身之計，陡聽有人說道：「爹，我來助您！」蕭然、張黑迪和那群大漢從聲音發出之處望去，只見一男一女並肩站在門前。男的一身灰色衣褲，背負長劍，臉形瘦削，正是梁柏龍；女的身穿淡紫衫褲，臉色微現暈紅，秀眉微蹙，嘴角含笑，麗若朝霞，正是石影瑤。二人站在門前已久，只不過張黑迪與蕭然談得出神，竟沒察覺到二人的存在。

張黑迪微感氣惱，說道：「兩個娃娃，大人的事小孩可不許管，快離開這裡！不然就不要怪我以大欺小了！」蕭然喝道：「瑤兒，別在這胡鬧！」石影瑤嗔道：「你們十來人對我爹一人，算是好漢不算？」張黑迪嘿嘿冷笑，對自己的部下道：「你們聽著，無論我有何危險，你們也不能躍出救我，知道了？」那群大漢應聲稱是，各自退出一旁。這樓館極大，是臨安首屈一指的茶館，十來個大漢一退，登時多了數丈有餘的地方出來。

張黑迪轉身對石影瑤道：「娃娃，我好漢不？」石影瑤轉頭望著蕭然，見他對自己點頭以示允許，當下對張黑迪說道：「叔叔，小女子有一事相求。」張黑迪笑道：「但說不妨。」石影瑤打開甜美的嗓子道：「你跟我爹單獨廝拼，以一百招分勝敗。假若一百招後不分勝敗，你就要離開這裡，不許為難我爹。」張黑迪笑道：「好！我就跟你打這場賭。要是你爹一百招內輸了……嘿嘿！就得聽命於我！」石影瑤早知自己父親與張黑迪的武功不相伯仲，說得上能夠並駕齊驅。當下更無顧慮，說道：「好！我來數，你們開始吧！」蕭然拔出長劍，說道：「張兄，請了！」一言方畢，人已飛身搶上，長劍交叉飛舞，去勢猛惡，直刺張黑迪三處要穴。張黑迪凝神接招，鐵棍舞成一團銀影，夾著勁風送了過去。

梁柏龍只看得連連稱讚叫好，石影瑤眼看口數，嘴巴忙個不停。二人進招極快，「一」字剛剛出口，餘音未盡，「二」字已出。蕭然與張黑迪兵刃相交，錚錚直響，身子飄忽靈敏，一招去勢未衰，二招又至，招來強風，把餘眾迫得步步後退，站立不穩。

再拆三十餘招，石影瑤已數到五十餘。二人心中各自欽服對方武功了得，當下打起精神，全力搏鬥。梁柏龍被強風一陣摧迫，向後踉蹌數步，勉力站穩，復又走回門前，屏息觀鬥，大氣也不敢呼一口；同時轉頭望著石影瑤，見她只微退一步，站得穩如泰山，心中暗讚：「怪不得小瑤的武功這麼好，原來她爹有此等本事，今天總算大開眼界啦！」

張黑迪聽得已拆了八十餘招，不禁暗暗心驚：「假如我再待下去，只要一百招過後，我就非走不可。那麼這事便查不出了……」轉念一想，心生奸計，棍招陡變，右棍左掌，又快又狠，只迫得蕭然連連倒退。蕭然見他想於十餘招之內打敗自己，只有變換劍法，嚴守門戶，不再進攻。

這樣一直打了兩個時辰，到了吃中午飯的時候才戰鬥完畢。二人不分勝敗，各自後躍三尺，眾人登時鼓掌喝彩。蕭然笑道：「張兄的『青風明月棍』與『洪濤傲煞掌』仍不減當年銳氣，反見更為強勁，真是佩服！佩服！」張黑迪哈哈一笑，說道：「蕭兄真會說笑的，張某跟你比還差得遠呢！你的『秋風飛葉劍』與『流星追影掌』也比當年強了不知多少倍。下次希望蕭兄指教一下。」蕭然笑道：「張兄不必過謙，其實咱們也是差不多的，日後若有機會，一定奉陪。」張黑迪心中極是不爽，但為了保持豪俠風範，仍是笑道：「好！」轉身對著石影瑤笑道：「我答應了你的，現下不分勝敗，我也該走了。」舉棍轉頭叫道：「咱們走吧！」說著展開輕功奔出門去，那群大漢依言走出，樓館內霎時變得一片寂靜，只留下梁石二人與蕭然在館內。掌櫃及店小二看到眾人走了，悄然進來，都未聽得掌櫃說話，蕭然便從懷內取出一疊鈔票，並道：「掌櫃，不好意思，弄糟了你的地方，也阻礙了你做生意。這些錢要是不夠，蕭某再給。」掌櫃與店小二看著厚厚的鈔票已雙眼發光，驚喜得嘴巴張成一個圓，掌櫃連聲稱謝：「謝謝客官！這裡已很足夠，買回來的桌椅及碗碟也可重新收拾，趕及開業了。」蕭然轉頭看看梁柏龍及自己的女兒石影瑤，再向掌櫃道：「蕭某望能暫借此桌，與女兒一聚，未知會否妨礙掌櫃收拾？」掌櫃收了這麼大筆錢，足夠半年不做生意仍可維生，急忙客氣答道：「客官如此厚禮，小人怎會為難？請隨便坐，反正今天要收拾，做不了生意，你們要叫東西也請隨便吩咐小人做吧！」說著便命店內二十多人一起幫忙收拾場地，並張貼告示，今天休業。

石影瑤快步上前，向著父親蕭然張手欲抱道：「爹，我很想念您！」蕭然愛憐地伸手抱女兒入懷，只聽她道：「爹，他明明是個大壞蛋，您幹嗎跟他說得這樣有禮？」蕭然鄭重問道：「假若我跟他拼命，現在咱們還會活著嗎？」石影瑤被這句話一塞，登時無言以對，只有那雙晶瑩雪亮的眼睛呆望不動。蕭然哈哈直笑，梁柏龍也不知做什麼才是，只有抱手靜望。

蕭然口中雖笑，心中卻打量著梁柏龍，暗自奇怪：「瑤兒來到江南也沒有多久，怎麼卻與這小子走在一起，還神情盈滿傾慕之意？這到底是什麼一回事？就且問問看。」笑聲突止，板起臉向梁柏龍問道：「少年，你從哪兒來？師從何人？」梁柏龍正自凝思，忽聽蕭然對問於己，神色極其嚴厲，微吃一驚，結巴巴的道：「我……我從河……鄉鎮來，尊……尊師是……唐嘯風和江東遊俠范翼行。」他雖說得結結巴巴，但說到師父名字時卻不敢吞吞吐吐，一鼓作氣的便說了出來。說罷額上不自禁冒出豆大的冷汗，手腳俱抖動起來，緊張之情直達頂點。

石影瑤怕父親嚴問梁柏龍，走上前拉了拉他的衣袖，低聲道：「爹，可別兇巴巴的嚇壞人了。人家心腸很好，不是江湖上那些狡猾的小賊呢！他對我很好啊！」要待再說下去，眼看父親鐵青的臉色，很是嚇人，也不敢再替梁柏龍增添美言花語來取悅父親。

不料蕭然臉色一變，神情變回平淡，問道：「兩位大俠也傳過你武功？那江東遊俠一定是傳你『飛鸞十五劍』的，至於唐嘯風，一定是『虎龍相逼』吧？」梁柏龍心中暗讚：「不愧是當今武林高人之一，見識倒也淵博。」隨即答道：「沒錯。」蕭然盤膝而坐，說道：「你們兩個過來坐吧！我有很多話想問你們。」梁柏龍剛坐穩，蕭然即問：「少年，你叫什麼名字？」梁柏龍要待開口回答，石影瑤已搶先開口道：「他叫梁柏龍，為人忠直，是個……」說到這裡，蕭然插口道：「夠了！

梁柏龍……」轉頭望著女兒問：「你叫他什麼？」石影瑤見父親不時打岔，或以神色示意不許她說，現在卻又要問，當即低頭，微惱地道：「哼！我不說呀，你自己想想。」蕭然見她為剛才自己的語氣和神色惱怒，只得問道：「梁柏龍，你有沒有乳名？」「我爹娘也叫我作龍兒，前輩不怕這名字親密的話，也可以這樣叫我。」梁柏龍正色答道。

蕭然搭著女兒的肩，哈哈大笑，說道：「你跟我的女兒怎會一起？」梁柏龍聽後大感羞怯，登時全身發熱不知如何作答才是。石影瑤聽後也是臉色一紅，嚷著父親道：「不要問這些好不好，人家還是女孩子來……」蕭然又是大笑，說道：「沒什麼，我這女兒任性得很，你要時常遷就她才是。」石影瑤用手打了父親數下，惱道：「爹爹！我哪裡任性了？您問龍哥哥啊！我在江南是不是很乖巧？」二人望著梁柏龍，只見他微笑地抓著頭道：「啊，可以這麼說……」

「其實我這麼寵她，不是因為她是我的親生女兒；不過，我待她卻勝如親生女兒。」蕭然收起笑容，正色道出原委。

石影瑤聽後大奇，忙問：「爹，你不是說我爹娘早已死了嗎？」蕭然點頭道：「是的，其實你父母在你出生後不久便身亡。」梁柏龍說道：「前輩，我可不可以聽的？」蕭然點頭道：「不打緊，你也來聽吧！」梁柏龍接道：「那麼，小瑤兒時發生什麼事，令她失去了父母？」

蕭然接道：「那天是十五年前的秋分之日……」

「當時我正獨自來回踱步，突然間聽得一陣哭聲和哀求聲，忙向聲音發出的方向奔去。不料未及趕到現場，就聽得慘呼聲大作。當我趕達現場後，卻見兩名中年男女仰臥倒地，而地上又有個襁褓包著的娃兒。他們身前站著兩名手持染血大刀的金兵，模樣兇狠，正要舉刀將那個娃兒殺掉。可是我心中素恨金兵，豈能容他們濫殺無辜？於是我先發暗器，彈開金兵的大刀，再躍前將金兵殺了。迴身上前扶那中年男子坐起，卻見他全無知覺，竟已斷氣身亡；那中年女子強睜著眼，勉力說了句『替我照顧石……』，就魂飛深淵了。當時我實在暗悔自己沒有趕快走到，否則一定能阻止這場悲劇發生，看見那個可憐的娃娃一雙淚眼，受驚後哇哇大哭的看著我時，我心裡放不下這件事，於是就收養了這個娃娃。因她母親在身亡前說到她的姓氏，我就只替她取名為『影瑤』。然後便找個地方安置下來，一直與她生活。直到她長大了，最近她開始懂事了，才讓她四處走走，自己也能脫身走走江湖，去作別的事。」

轉頭望她道：「難道你一直不覺得自己沒跟我姓，是一件奇怪的事？」

石影瑤小時候哪裡知道那麼多，就算別人問到也是推說不知道，只知自己父母早亡。但兒時每次向蕭然問起自己的名字，蕭然也只是說了她全名，沒再多加說明。誰知今天聽到自己的親生父母竟是慘死在金兵手中，心裡極為氣憤，但又想到此刻父母早已不在身旁，除了蕭然外更無親人可依，當下一陣激動，眼淚全都滾滾流出，沒法停止。

梁柏龍得知石影瑤的身世後，大感慨嘆，一時三刻不知如何說話，只好站起來走近石影瑤，蹲下身伸臂抱著她。她按捺不住，伏在他懷中嗚嗚大哭起來。蕭然黯然地向他點點頭，示意讓他安慰她一下。梁柏龍說道：「前輩不用太自責，您作為江湖上頂尖兒的高手，手刃韃子、撫養孤女，足見俠義之心。有些事錯就錯在時機緣分上，往往釀成不少悲劇。現今小瑤得以健康成長，實有賴前輩悉心照顧與教導的恩賜。當初小弟南下江南，遍遊四處也是自己一人，如不是遇上她，我想我也不會明白更多事、學到更強的武功。」一邊說著，一邊用手輕撫她的頭。

蕭然轉身對著他倆道：「唉，每次想起，內心總有條刺放不下。不過眼看她遇上了你，相信你自有過人之處，才能使她傾慕。我平生沒什麼豐功偉業，就只有這個女兒一向最為疼愛，你可要多加照顧她。」梁柏龍點頭應諾道：「是，晚輩一定會。」轉開話題，又道：「對呢！剛剛張黑迪怎麼跟前輩過意不去？他又為了什麼事而來？」蕭然頓了一頓，才跟他說道：「我且說給你聽聽。」

當下只說一半，最後關鍵的卻沒說：「張黑迪久居金國東北苦寒之地，自小與奸人為伍，沒想到父親也為奸人利用而遭殺害。之後，他借別人之力報了殺父之仇，可自此整個人便截然不同了。

張黑迪原先在大宋當官，後投靠金人做事，一向為達到目的不擇手段——取得朝中佞臣信任後，向皇帝進言金國永不來犯、可安心享樂；又勾結地方官，不時在地方上擄掠他人妻女、搜括金銀財寶……這些行徑早在江湖傳開，多為世人所不齒。其後在金國皇宮中發現武林秘笈，日夜勤修，終於成為當代金國武學大宗師。此後更加肆無忌憚，四出搜查武林秘笈，殺盡忠義之士；又燒毀書堂，讓那些讀聖賢書的人無處群集，甚至見一個就殺一個，視天下人如無物，連現在的金主也忌他三分。恰巧傳言中原一帶有個地方藏有驚天的武林秘笈，誰得到它，誰就可以號令整個武林。而傳言更說很多人都指證我知道秘笈何在，於是他就找到江南這一帶來。剛剛比試中，他連下殺手，若非武功相若，我早就斃命！我看得出他心懷鬼胎，因此才不願道出由來及真相。」

梁石二人聽得明白，只是點頭不語。蕭然慢慢道：「龍兒、瑤兒，我們練武之人除了心存俠義，還要有剛正不阿的人品，才不會把一身武功用在邪途之上。雖然正邪難定分界，但做人最重要的是人品修養，武功高低還在其次；若能如此，真的比有一身高強武功卻心懷邪念的人美上百倍。」石影瑤哭了一場，早感困倦，倚在梁柏龍的懷中緩緩睡去了。

梁柏龍點頭答道：「謹遵前輩教誨。」蕭然見他對自己的女兒充滿情意，說話又是耿直之人，不轉彎抹角和捏造謊言，甚是欣喜。梁柏龍橫抱石影瑤，站起來道：「前輩，麻煩您看著小瑤了，我現在要練功啦！」蕭然微笑道：「為什麼要在我面前露兩手呢？你想我教你武功嗎？」梁柏龍搖頭道：「不是。小弟從師十多年來，每到這個時候都習慣練功，否則感覺極不自在。剛才正愁沒地方練，現在有這館子，可到二樓空地修練一下，如有唐突，還請前輩見諒。」蕭然接過睡著的石影瑤，說道：「好吧！果然是好孩子，聽從師父的話勤練武功，我看你的根基也很扎實，你就在這裡練吧！」由於二樓清空了，地下亦正在收拾，加上空間寬敞，梁柏龍藉此順道在蕭然面前修練一下。實際上是沒有什麼練不練的時間，只是他覺得有必要留個好印象，才努力著。

梁柏龍在剛才對話中，雖然看得出蕭然對自己沒什麼，但那是因為女兒的問題，並不是自己真正的吸引了他。心裡一直感到蕭然的氣場比較抗拒自己接近，故他問的問題亦不便說假話敷衍，否則開頭本來不好的時候，往後要說話便得費工夫，甚至無法扭轉。而且自己本就不擅言辭，對著這樣的武林高人說話自感吃力。在這麼一個情況下，算是勉強過關，但他總是感到不自然：「客氣的功夫是有了，但這方面感覺沒錯，他其實不太喜歡我。如不找個藉口去練功分神、不用理會他，恐怕我會被他的威壓弄得渾身不自然。到底這個人，打什麼算盤來……」

沒有人得知這個結果是怎樣，睡著的石影瑤也是異常簡單，在生活無憂的情況下壓根兒不知道父親的想法。她只要盡力讓父親喜歡上梁柏龍就好，背後的事情自然不知。

蕭然抱著女兒走到剛才喝茶的地方，坐回椅上，讓女兒倚在自己肩膀休息，自己就抬頭望望梁柏龍，內心仍暗自打量這小子的來歷，思考著應否放心將女兒交給他照顧。

到得傍晚時分，石影瑤也剛巧醒來，蕭然命掌櫃吩咐廚師做了些包點及飯菜，吃飽後休養一會。梁柏龍亦繼續在名菜館空位習武，不同的是，多了一個女觀眾目不轉睛的看著他。

眼見女兒如此傾心一個小傢伙，蕭然似乎對梁柏龍信心不大，打算到別處尋尋好友黃峯討教一下，順帶希望做一些事情……

第十二回 情感交錯的危機

一直過了三個時辰，茶樓依然復修中，蕭然剛才看著梁柏龍的拳掌劍腳，猶如看著唐嘯風和范翼行二人的影子在舞劍出拳，心裡雖曾對他起過疑心，不過談話後算是放下一些心頭大石：「這小子對人如此耿直，不作防備。剛剛我跟他說話，他卻全不避諱與陌生人交談，對人的信任自是百分之百。瑤兒為什麼喜歡這樣的愣小子，我卻想也想不明白。」

蕭然不再提及往事，只溫言道：「瑤兒，這小子有什麼吸引你的地方呢？我不太覺得他能對你的將來有所承擔。」石影瑤「嗯」了一聲，轉頭望望梁柏龍，心中是一陣喜，一陣悲，答道：「爹，你覺得他不夠成熟，對吧？但試想想，一個未及弱冠的少年，像我這般，能有一個二三十歲的成年人能耐嗎？如果有的話，恐怕他也不是十多歲吧！」眼見愛人在旁，父母消亡，心中悲喜交替，扭作一團，目無表情地坐著，暗自神傷。

蕭然沒有答話，雖然很想尊重女兒的選擇，心中卻總有一個無論如何都跨不過去的坎。

梁柏龍練完掌法後，早累得伏在桌上，不過休息一會已回復狀態。轉頭見石影瑤木訥地坐著不語，蕭然卻怔怔的看著她，待要站起，蕭然轉頭叫道：「你來我身旁。」梁柏龍依言走去，蕭然站起來彎下身子，在他耳邊輕聲道：「我要離開辦點事！你留在這兒替我看著她，別讓她想歪了。」梁柏龍點頭答應，蕭然便逕自走出菜館去了。

石影瑤見父親離開，正要去追，嚷道：「爹！」右手微緊，卻被梁柏龍拉著。她卻脾氣突變，晦氣道：「你拉著我幹什麼，放手呀！」梁柏龍知她內心混亂，於是左手輕按她的肩，右手輕撫她的頭道：「沒事，你爹說有事辦要走了，不是想拋下你不顧。」石影瑤頓時變了一個小女孩，伏在他的懷中哭起來，哽咽道：「你不要離開我，好不好？我很怕。」他伸指拭去她的淚水，感觸慨嘆：「她的過去是慘烈的……金國要攻城掠地，不免遺害於百姓，而到底是金兵的錯，還是大宋無力保護所致？唉，不知道，只要現在她能好起來，我就是死也甘心。」

當下說道：「只要你現在活得快樂健康，就如報了父母之恩。金兵作惡多端，咱們就一起為民除害，反正殺多了不壞，殺少了卻可惜。」這數句說得深情無限、斬釘截鐵，直聽得她心感大慰。石影瑤柔聲問道：「金兵有這麼多，咱們殺得盡麼？」梁柏龍一怔，不知如何回答。他本來就拙於言語，唯有看著她不再說話。

石影瑤見他又被自己的話弄得語塞，抿嘴微笑。梁柏龍見她破涕為笑，心中大喜，笑道：「啊！小瑤不哭了！那才乖嘛！」石影瑤盈盈一笑，問道：「龍哥哥，你想我哭麼？」梁柏龍微笑道：「呵！不知道呢！」她聽得感動，心中甜絲絲的，說道：「壞蛋！果然不怕羞。」說著雙頰暈紅，一副嬌羞的樣子。梁柏龍素來口直心快，此刻熱情傾盪飄溢，怎能抑制得住？只是強行壓制內心的情感，右手復又再按著她的秀髮上，但感陣陣溫暖滲入心中，避免過火，很快就將手放回兩邊，站在她身前。

「我們都需要情感的滋潤，跟她一起，全身總是有種不知名的熱情侵襲全身，內心忍著卻又躍躍欲試，想去做一些看似越軌的行為……」梁柏龍在手中感到一陣熱血燃燒，當下叉手強行抑制內心洶湧的熱情。石影瑤見他熱情澎湃卻又強行壓抑的樣子，便放鬆身子，反過來用手按按他的頭以示緩解他內心的熱情，心想：「不知道為什麼，他不是一個奇特的人，不過自己對著他就是有種放不下的感覺。只要看見他，被他抱著也好，吻著也好，內心一直有放鬆的感覺。不管他是怎樣的外表、其他人怎麼看、爹爹喜不喜歡，我就是愛他。除他以外，再也不能愛上他人了……」

過了良久，二人仍目不轉睛地凝望對方，只聽石影瑤道：「看見你後就像回到當年的夢境一樣，心中動的真情毫不改變，反而有增無減。」梁柏龍心中吃驚：「當年的夢境？」臉上卻不動聲色道：「那麼你何時做這夢啊？」石影瑤答道：「十四歲左右吧！那天是中秋夜晚。」梁柏龍又吃一驚：「怎麼她夢境出現的時間竟跟我如此相近？」

梁柏龍從小性情內抑，不喜與人交談，又生性悲觀，因此多幻想受他人憐愛，藉以安慰自己孤獨的心靈。「那年中秋，正是自己跟石衛飛刀來劍往之時。晚上一個人閒著無事，這個與爺爺有關的夢又一次襲來，其中是有這麼一個女孩子存在。沒錯，相信也只有她，更沒有別的人。只是……即使發現了，總覺得以我現在的能力，是無法排除前方的障礙與她一起。就算是真的現在一起了，甜絲絲地度日是無以為繼的，我也不想這樣過日子……我該如何是好？」梁柏龍鬆開了手，定睛看著凝望著自己的石影瑤。

自古以來，「緣分」二字確實撮合了無數佳人。所謂「緣」，就是天定下來的機遇，縱然天各一方、互不相識，亦有機會遇見認識；「分」，就是人所作的行動，而「分」亦視乎人的個性而受影響。常言道：「緣由天定，分在人為」正是如此。但「緣分」必需雙方配合，缺一不可。有緣無分、無緣無分，則不能互補不足，還有機會使男女之間的關係破裂，也就得不償失了。

梁柏龍嘆了口氣，對石影瑤道：「小瑤，我也不瞞你了。我也是在相近年紀的夢境中與你相遇。現在的情況，亦與夢境相符。」石影瑤道：「也就證明我跟龍哥哥是有緣啦！」說罷臉色一紅，雙眼瞧了一下茶館的人沒在看時，偷偷用手握著梁柏龍的雙手，然後再望著他，二人相視而笑。

石影瑤笑道：「不管如何，咱們確是深愛對方的。」梁柏龍微笑點頭。她問道：「對呢！我爹去辦什麼事了？」他思索了一會，猛地想起，說道：「對啊！我也忘了問前輩。」石影瑤聽他仍叫自己的父親作「前輩」，微感不高興，小嘴一扁，說道：「我爹定是不喜歡你，所以自己走了。」梁柏龍見她神情有異，這話一出，更已猜出了八九分，心想：「我也不知如何是好，武林高人怎麼會輕易將千金讓給我這個毛頭小子？」他從來見別人不高興，多半是自己說了不該說的話引起。因此石影瑤不快，他總覺得是自己說錯話導致。

他卻是猜錯了路子，不過也想不到，當下撫她的頭道：「怎麼啦？」石影瑤不悅的道：「還說這個幹嗎？咱們出外找找。若然找不著，咱們就先投客店，待明兒再說。」梁柏龍拉拉她的手，再問：「怎麼啦？」石影瑤搖頭道：「沒事。」他見她變得如此快，只能笑了一下，說道：「不要緊了，別生氣吧！我們這就出去找你爹吧！」

二人相約於一個時辰後在菜館門外相會，說罷便各自行事，分明東西南北後便去找尋蕭然的身影。

梁柏龍在城內四下奔跑，眼看四方，卻不見蕭然的影子，加上天色昏黑，再也瞧不清有人還是沒人在這兒走動，心想：「前輩既說有事要辦，自當離開。不過眼看小瑤好想見父親的樣子，不做個樣子不行。想來，我也有些想念爹娘，不知他們怎樣……怎麼也好，先回去菜館門外會合她比較重要。」由於路面較暗，便躍上屋頂覓路回去。

到得菜館門外，已將近戌時，忽聽得一陣笑聲，似從背後傳來。這把聲音很是熟悉，一猜便知。梁柏龍心中暗笑：「小瑤在我背後搞什麼鬼？肯定是想裝鬼嚇我一跳。嘻嘻！沒這麼容易。」當下仍不動聲色，雖聽得笑聲，卻仍裝作不知。突然伸出右手向後急擺，迴身一看，果真是石影瑤。見自己識破她的詭計，心中大喜，說道：「啊！這次我聰明過你啦！」石影瑤嘴角含笑，答道：「傻瓜！我爹爹走了，怎麼會找得著，你還真的跑去看我爹去了哪裡啦？」說完伸手摟著他的手臂，梁柏龍抓抓頭道：「是有人心念父親啊！我不去找，過意不去吧！」吵吵鬧鬧的二人漫步到客店投宿去。

梁柏龍道：「小瑤，明天咱們四處走走吧。到哪兒好呢？」石影瑤道：「明天再說。天下這麼大，不愁沒地方走。」投了客店，各自回房睡了。

次日二人並肩出城，向西南而去。走了三四里路，來到一處幽靜之地，四處樹林茂密，隱隱聽到流水潺潺。梁柏龍躍上枝椏，四下張望，不見有人，說道：「小瑤……」話剛啟齒，只聽得一把嬌柔的聲音道：「你們是誰？這兒不是你們遊玩的地方，快滾！」二人一怔，梁柏龍急忙躍下，說道：「晚輩不知前輩在此，還望前輩見諒。」石影瑤左右兩望，見西邊有一個女子站著，與自己相距五丈有餘；當下拉拉梁柏龍的手，說道：「龍哥哥，你看。」梁柏龍轉身而望，只見一個女子持劍站著，容貌清麗，身高五尺，身姿優美。當下便拱手問道：「不敢請教前輩尊名。」那持劍的女子道：「我不是這裡的主人，家師才是。不過，家師正在會客，煩請兩位從原路走回。」石影瑤問道：「敢問尊師是哪位高人？」

持劍的女子並未答話，只聽一把粗厚的聲音道：「兩個娃娃，知道我的名字幹什麼？」這幾句話震得三人耳朵裡嗡嗡作響，樹枝刺刺作聲。

石影瑤叫道：「前輩是否姓黃？」忽然一陣強風吹了起來，一個身穿灰黑緞袍的人從天而降，只聽這人笑道：「女娃娃見識倒不少，原來是蕭兒之女。沒錯！我姓黃名峯，是跟你父親齊名的武林高人。哈哈……」說罷仰天大笑，聲震八方，幽靜的地方充滿了笑聲，樹上的鳥全被笑聲驚走。

就在笑聲震耳的時候，一把威嚴的聲音忽然響起：「瑤兒，你怎會在這兒？」黃峯住口不笑，石影瑤轉身一看，喜道：「爹，你也來了？」說罷衝將上去，撲入父親蕭然懷中撒嬌。

黃峯笑道：「蕭兄，我的話準沒錯吧！」蕭然點頭稱是，狠狠瞪了梁柏龍一眼，對女兒道：「瑤兒，以後別跟這人混在一起！」梁柏龍不明箇中原因，但又不敢開口詢問，不知如何是好。石影瑤感到奇怪，問道：「爹，龍哥哥……」話未說完，蕭然已怒氣勃發，說道：「姓梁的小子，假若日後你再來找我女兒，我就砍掉你的手、斬掉你的腳！」梁柏龍大吃一驚，石影瑤驚問：「爹，怎麼了？」蕭然狠狠地道：「十五六歲、乳臭未乾的小子學什麼喜歡人了？外表說話裝著善良，內心狡獪得緊，難道還有猜錯的可能？樣子長得不好、又瘦又弱，憑什麼喜歡我的女兒！」石影瑤忙道：「爹，龍哥哥對我很好，經常行俠仗義，怎會是狡獪的人？您聽誰說的？」

梁柏龍黯然神傷，這變故突如其來，教他小小的心靈上怎受得了？他強忍淚水，說道：「前輩，得罪了先賠不是。」再含情脈脈望著石影瑤白裡泛紅的臉，忍著悲痛說一句：「小瑤，你自己好好保重。」說罷往原路運起輕功，頭也不回的急奔而去。

石影瑤欲追上去，但左手卻給蕭然牢牢抓住，身子動彈不得，只得眼睜睜望著梁柏龍的背影沒在東首樹林。眼圈一紅，低下頭來不再言語。只聽黃峯笑道：「蕭兄，這些便是『癩蛤蟆想吃天鵝肉』之輩。」蕭然對昨晚與梁柏龍的對答本來就有幾分疑忌，聽了好友黃峯的一番言語，也就深信不疑了。此刻見梁柏龍向自己道歉後便揚長而去，怒氣頓消，哈哈一笑，說道：「我縱橫江湖三十多年，見過無數如此的少年，皆是不知所謂之人。這個梁柏龍想必也是如此。」說著放開左手，解了石影瑤腕上的穴道，縱聲長笑。

石影瑤聽父親罵那些少年是「不知所謂」的人，其意顯然是在罵梁柏龍。心中又氣又急，熱淚滾滾落下，她與梁柏龍雖相識不過一年半載，但二人一見鍾情、兩情相悅、情投意合，確是不能猜測和預計。不料變故陡起，實是從未想及到的事。「不知所謂」四字入耳，猶如千萬把鋼刀無情地狠狠刺進心窩，悲痛之感非言語所能形容。猛地抬頭說道：「龍哥哥絕對不是您所說的那種人！我也不介意，您多管什麼！」蕭然住口不笑，目光與女兒相接，但見她滿是淚水的眼中露出一些兇惡憎恨之意，與平常柔和親切的眼神截然不同。當下勸道：「天下間才俊多得很，為什麼一定要喜歡這傻小子？」石影瑤聽了轉身急步離開，說道：「爹，您一點也不明白，我不想再見您了。」說罷人已在三丈之外。

蕭然大呼一聲：「瑤兒！」黃峯哈哈大笑，說道：「這招『棒打鴛鴦』當真厲害得緊，兩個娃娃一下子就遠走高飛了。」蕭然心想：「若不是那個傻小子礙事，瑤兒怎會氣我而一走了之？」轉身向黃峯道：「今天原想請教黃兄武功，豈知突遭變故，未能得黃兄指點。日後再有機會，一定好好討教！」說罷展開輕功，循來路直奔而去。

梁柏龍傷心至極，見路便跑，全不分清東南西北，甚至走入難行的樹叢沼澤之中；幸好他的武功已有了根基，不至於困在其中。「嚓」的一聲，右臂給尖銳的樹枝劃破，鮮血迸出，也不去理會，繼續覓路而去。

直走了數日數夜後的某天申時，梁柏龍走了不知多少路，只見附近有一條長河擋著去路，就在河邊坐下。滿心想著如今與愛侶分離，父母及師父又遠在他方，此後再沒有人疼愛自己，不禁放聲長哭；一些住在附近的村民見他無故大哭，都不禁駐足看看，猜想這個少年發生何事。

原來他一直奔跑，已跑到宋金交界的淮河流域，再向西走多三里左右，便是淮河中游一帶。附近只有一些小村落，因此平日來回走的都是村民。

忽然馬蹄聲響，自遠而近的傳來。途人見馬如風至，都目不轉睛地看著馬上的騎乘者；而騎在馬上的是個年約十五的少女，一身粉紅衣裳，打扮得極是漂亮。她策馬到梁柏龍附近駐腳，翻身下馬叫了聲：「龍哥哥！」

梁柏龍本來哭得呼天搶地，聽得有人叫喚自己，立即收起哭聲，擦擦眼淚；但見心上人立於面前，卻是心頭一怔，想站起來去握她的手。可是一想到她父親所說的話，這念頭就打消了，當即轉過頭、站也不站的繼續呆望河流。

石影瑤俯身去拍梁柏龍的肩頭，他霍地站起，拭去眼眶的淚，怔怔的望著她，目光充滿悲傷神色。

村民這才知道原來那少年哭得傷心，完全是為了剛才騎馬的女孩。聰明的多半猜到他們二人定是被父母棒打鴛鴦，強行分離而不能相愛。

她執起梁柏龍的手，柔聲問道：「你是怕我爹爹真的砍你手腳，所以不再理我麼？」梁柏龍連連搖頭，哽咽道：「是的……不過，儘管你父親如何阻撓咱們，甚至一掌殺了我，我都不介意。」石影瑤心念一閃，雙眼猶似發亮，目光既含情又喜悅，情不自禁的撲入梁柏龍的懷中；二人緊緊相擁，不久就分開互相站著含情對望。

那些村民見二人相愛共擁，雖知婚姻大事只能由父母作主，兒女不得有異議。但覺二人心心相印，卻不得父母體恤贊同，反而受到這樣的對待，以致落泊出走，在遠方互訴真情，也頗為感嘆。現在看到二人和好，事情也告一段落，均各自散去。

梁柏龍破涕為笑，問道：「小瑤，你真的不後悔跟著我嗎？」石影瑤抬頭望他，柔聲道：「龍哥哥去哪裡，我就去哪裡。」說罷微微一笑。梁柏龍臉上一紅，說不出話來。

石影瑤突然臉色一變，說道：「啊！我差點忘了。龍哥哥，咱們得趕快去華山。」梁柏龍奇道：「小瑤，發生什麼事？看你這麼著急，莫非……」這話尚未接下去，石影瑤已催促道：「快上馬！

待會兒告訴你！」說著二人翻身上馬，揚長遠去。

路途上，她將自己離開父親後所發生的事詳細說了一遍。原來，她走了不久後便碰上張黑迪。由於武功相差一大截，被張黑迪抓著嚴問武林秘笈一事。心情極度低落的她本就無心去理，離開爹爹散心而去，又被這個程咬金抓個正著，加上氣極父親這樣罵自己的愛人，所以便因一時之氣將秘笈地點告知。逃脫魔掌後，又走了三四里路，終於給父親趕上。蕭然罵得兩句，使石影瑤忿然道出自己將秘笈之事告知張黑迪，並將張黑迪對自己所說的話一字不漏的說給父親知道。

蕭然登時氣得說不出話來，一晃身就走了。石影瑤也不去理會父親，逕自走去市集購匹良馬，一路尋來，便到達淮河河邊，並遇上梁柏龍。

說著說著，接連數天皆在趕路，餓了就停下在附近小攤，或買包子吃，或找麵檔填肚，這樣二人已奔到宋朝舊都開封城，並走入城中投了客店。石影瑤心急如焚，又後悔自己不應氣惱父親，伏在桌上哭了起來。梁柏龍柔聲安慰，說道：「小瑤，別哭啦！現在該早點休息。況且你哭了也無濟於事，還是留些精神想法子吧！」石影瑤靠在他懷中哭了一會，漸漸睡去了。當晚二人便相倚而睡，直到天色大明，又繼續趕路，期望以最短的時間到達華山。

又走了一整天的路，那匹白馬確是良驅，跑了這麼久也不見絲毫疲態。梁柏龍將馬放到附近的草原上，讓牠自己吃草充飢。

二人日夜兼程，終於到了華山腳下一條小村。此時天色全黑，村中很多人已熄燭入睡，連客店也關了門。當下二人在村外草地漫步談情，直至子時已過，方才離開回村口附近找地方入睡。

第十三回　躍動的變幻

將至日出之時，梁柏龍已然醒來，一坐而起，四下兩望，一片黑暗，什麼也看不見。往右一移，腳邊無物，於是四處走走，卻又碰不倒什麼東西，不禁驚慌：「昨晚小瑤是睡在我附近的，也不可能半夜跑得很遠。加上丑時才睡，依她平常習慣，定不會如此早起……莫非她一個人到了別處閒逛？但是四周漆黑，伸手不見五指，縱然早起，也該不會四處亂走吧！她往哪兒去了？」當下在村內摸黑尋路，四下只有風聲，不見半個人影。

一早起來卻賸下自己一人，又不可能在漆黑的環境中練武，不禁暗暗納悶。打個呵欠，靜靜地坐在村口外的草地上等待日出。

東邊山頭忽現微光，過了一會，一個蛋黃似的太陽慢慢升起。梁柏龍微微一笑，心中卻暗嘆：「日出哪裡都有，但其美麗也會因環境轉變而不同。這麼美麗的日出……就是少了小瑤與我共賞……」

沉醉於日出美景之際，忽聽有人冷笑道：「你以為世間上真有你所說的人，與你這麼幸福嗎？」梁柏龍忙回過神來，聽得出是石衛飛的聲音，不禁暗驚：「這不是石衛飛嗎？怎麼語氣仍似當年鬥武時的樣子？」站起身來望向前方，依稀見到一個身穿白衣褲、腰間配有鐵劍的人站在自己身前兩丈之處。模樣還是沒瞧得見，只得朗聲問道：「閣下可是石衛飛？」站在兩丈外的人只笑了幾聲，卻不回答。

只見他身影慢慢移近，梁柏龍心裡覺得難耐，於是又向他慢慢走去，心想：「石衛飛，當初你痛失父母，倍感寂寞，因此便嫉妒他人幸福一對、團圓美滿嗎？難道我如何的重視你，你卻不明白？」於是接道：「我早就知道你是石衛飛。不過我的確是有個伴了，請你不要亂說。你還生我氣，說你父母雙亡嗎？」

石衛飛走上前來，只見他的臉上變得冷冰冰的，不像童年時的祥和，眼神發出鋒銳的光直刺人心。雖是布衣打扮，但看上去，少年的帥氣風骨在陽光照射下更見凜冽。只聽他說道：「我胡說？那麼人呢？她在哪兒？」梁柏龍不明白他一來就冷冰冰的說話到底是為了什麼，只得靜下來叉手沉思，不去答他的提問。

石衛飛見他沉思的神情，心中暗暗好笑，說道：「那天你說我父母雙亡，我自然生氣。我不像你有親生父母，可以向他們撒嬌、得到他們疼愛，也沒有女伴跟我一起，從小只是跟師父習武練功。你現在就是比從前更幸福了，怎會明白我？」

這下大可明白，剛才的說話連珠炮般說出，有如洪水一樣，一浪接一浪的沒完沒了。而且，說話的語氣含有極強烈的厭憎、諷刺及責備之意。梁柏龍不善與人吵嘴，這一來更無還擊之力可言。每一句話確實說出事實的根本，但似針般重重刺在心上，極之傷痛。

梁柏龍心中有氣，怒火劇燃，冷冷的還了一句：「那麼你要把我視為敵人吧！」石衛飛聽罷，嘴角冷笑道：「敵人？」於是叉手走近道：「你這麼希望的話，不如我們比武一試，如何？」話聲剛落，佩劍已出，一招「揮戈向日」，直指梁柏龍胸口刺去。

一招已出，接著連刺三下，不留一絲餘力，全攻要害。梁柏龍縱身後躍，拔出背部長劍擋了兩招。「噹噹」連響，說道：「好啊！我當你是好朋友，你而今卻想殺了我！當初你父母雙亡，我聽著也不知如何開解你，現在我的確比你幸福，但我沒想過要炫耀自己的幸福。」說著還了一招「龍盤深淵」，劍身下轉，忽然上揚，直把石衛飛迫回，續道：「沒有幸福的人也可以活得好好的啊！那些人一樣為自己的幸福努力，不是嗎？不幸的人為何非要與幸福的人對立不可……」

石衛飛連使猛招，自左而右揮了一下，從上方擊落，劍身帶著強風送去；梁柏龍也不敢怠慢，又使三招劍式還了回去，又續道：「有的人能很早便擁有親人、朋友和情人，終身幸福手到拿來；又有人卻苦戀未果、痛失親人，像你一樣，甚至來到世上什麼都沒有就被殺掉。」說著，石衛飛一招「撥霧尋龍」，劍身不轉，只是直刺梁柏龍；他卻用「還虎迎天」，劍身直指天空。一格一扣，兩人位置更近地使勁前推。只聽石衛飛道：「是的，你說得對。所以我憎恨這些幸福的人，每天都在向失落與孤獨的人訴說自己的幸福，然後我們卻沒法得到幸福地哀號，那種痛苦根本沒有人明白！」

論對武功的熱誠與兩者內力的深厚，梁柏龍均比石衛飛稍勝一籌，這是因為梁柏龍比石衛飛更勤奮，每天花七個時辰修習武功及內力；相比石衛飛每天只用四個時辰左右修習，日子一久，兩者武功自然出現距離。所謂「無心難成事」，石衛飛沒有時刻把武功放在心上，只是師命不得不從。從拜師學武至今，兩者比武，勝負不言而知。

二人鬥了一個時辰，石衛飛漸感手臂酸軟，梁柏龍亦感手臂微微乏力，當下兩人翻身一轉，落在地上望著對方，各自收劍。梁柏龍橫空揮劍，半側身子，雙腳叉開，大力呼氣地道：「你能夠生存著，就已經是對父母最大的安慰！」石衛飛頓頓足，背負著劍，右手橫向伸展，也不忙回答道：「單純的生存是沒有意義的！我只是想自己有能力過得好一點，難道這也是錯？」說著便聲淚俱下，方始明白梁柏龍本無心害己，只是自己因痛失父母後想歪了，結果把他當成壞人，當下拱手道：「當初在河鄉鎮山上小丘比武，我曾口出惡言、說你不是，剛剛也是如此。現今聽你一說，方始明白大家是性情中人真少年，不說當年往事，我方知道就算孤單，也要勇敢成長。」他擦擦眼淚，接道：「小龍，承讓，如今我向你賠個不是。」梁柏龍見他終於明白，心中大悅，說道：「其實我內心實在難過，也不知如何開解你才是。不過你真奇怪，怎麼也要打一頓才好的。你沒有不是，你說的也是事實，要身處低谷的人明白身在幸福不知福的人的感覺，如同叫一個沒有習武的人跟一個會武功的人談武功，完全是匪夷所思吧！但既然你想通了，我想我也不用多說什麼了。」

石衛飛呆了一呆，想起剛才劍刃相交、連施殺手，只覺得塵世再無什麼依戀，只得道：「你這麼說，我也不知是錯還是對……但沒有人應該痛恨別人的幸福，同樣地擁有幸福的人不該踐踏低谷的人，你想說這個吧？」梁柏龍沒有點頭，調息了呼吸，道出原委：「剛剛我說的你都聽去了。可能是我做夢時說的話吧！那時你若狠下殺手，我早就歸天了，哪來跟你說話及廝打一場的機會？如果真的要拼，就要為值得的事情，或者背後推著你的人去拼，而不是因為這些有的沒的念頭去打，傷害了身邊重視自己的人，自己也滿腔眼淚。說真的，你比我要堅強，若是我面對這場變幻，我真的沒有能力可以克服，甚至一沉不起。更想不到你也有習武，這樣對保護自己也有些用。別放棄父母對你的期望啊！」石衛飛似懂非懂的點點頭，二人相望而笑。

正投契地談笑著，忽見有一群人快速地在草原上移動。石衛飛望著人群，向梁柏龍說道：「小龍，你看！他們這大群人不住前往華山，到底有什麼事？」梁柏龍搖搖頭，卻猛然想起石影瑤說過華山上藏有秘笈一事，此刻石影瑤剛巧又不知所向，心中大憂，於是向他拱手道：「小飛，難得再次見面，可惜未及細談便得離去。我還有事要辦，就此失陪。他日再見，定當促膝長談。」石衛飛也回禮道：「我正從北方打道回淮河附近找師父，就如你所說吧！他日見面暢談，再見！」說著縱身一去，過了一會就消失在遠處。

梁柏龍心道：「到底小瑤往哪裡去了？難不成一個人上山了？眼下沒多少時間，唯有見步行步。」說著就四下兩望，村裡的人都起來開始活動，但真的沒有石影瑤的身影，隨即飛身追上那群移向華山的人們。

華山是五嶽之一，位居西邊，因此亦稱西嶽；山勢陡峭，有些地方更是削壁斷崖。山路初段是一般人都能行走的闊路，越上得高，山路便越窄，有些路只容一人通行，甚至只能側身橫行才可通過，只要稍有差池便會墮下深淵，性命不保，因此越高的地方多半只有武功較了得的人才能走得上。

走到一處寬約三丈的地方，只聽得一把粗獷的聲音道：「蕭兄走得這麼急，想在此處找武林秘笈嗎？哈哈！我先走一步啦！」一把宏亮的聲音回道：「張兄且慢！你到華山亦是為了秘笈嗎？」梁柏龍走到一塊大石旁坐下，心中暗自猜測：「小瑤說得不錯，張黑迪這老狼果然是會來奪秘笈的，而她爹的確會來阻止。只是金兵……他們來幹什麼？是不是又在打秘笈的主意，還是……？」

只聽張黑迪道：「這個也說不定……」話未說完，瞥見梁柏龍坐在石旁，登時哈哈一笑，說道：「蕭兄，你的好女婿來了，怎麼他不向你問好呢？」蕭然一怔，望向右邊，只見梁柏龍望著自己，當即喝道：「小子！你知不知為何我在菜館待你不錯，但後來卻在樹林罵你？」梁柏龍疑惑大起，那件事想來變化極端，更沒想到蕭然外表一手，內裡一套的做出來，當時想不清原因，也就沒有深究。現在見蕭然問起，當然是想知道答案。當下答道：「晚輩愚昧，請前輩分說。」

蕭然插口道：「你先答我，你師父是不是允許你掛號闖江湖？」梁柏龍搖頭道：「不是啊！我確是在找一個身分，名號是『獨行俠』，有何不妥？」蕭然心道：「果然！跟那本秘笈的傳聞完全一樣。」他走上前對張黑迪道：「張兄，恐怕你不能上山去了。」張黑迪濃眉上揚，問道：「為什麼？」蕭然答道：「因為你不是秘笈的傳承者！」頓了一頓，再接道：「即使給你找到，你也沒命離開！」

張黑迪睜大雙眼道：「笑話！我要的東西是沒有人能阻止我去取的！你快說秘笈在華山哪兒，讓我去取。不然就算翻轉整座山，我也要找出來！」蕭然哈哈大笑，說道：「我是知道華山有秘笈，但我沒有說過我知道秘笈藏在哪裡啊！」

忽然，張黑迪身前現出一團白光，接著「咚」的一聲，右手已持著鐵棍，說道：「蕭兄不是說笑吧……」

此話一出，上山的路段卻傳來聲音：「原來有這麼多人在打秘笈的主意，看來又有一場大戰看呢！哈哈哈……」另一把聲音道：「武林兩位高手也在，看來事件弄得很大呢！」梁柏龍聽了，大叫一聲：「師父！」隨即奔向路口跪倒在地，雙手拱著道：「師父安好，請受徒兒一拜。」說著俯身在地。

蕭然、金兵們及張黑迪均望著梁柏龍所跪的路口，心中各自猜測：「是誰上來華山？」

當先一人走到路口，只見他腰闊健壯，手持劍鞘，身穿紫藍色的大衣，一條深紅長褲，雙眼炯炯有神，笑道：「龍兒，不必多禮！」

蕭然拱手道：「原來是威震江湖的江東遊俠范翼行，真是失敬啊！」一言甫畢，路口處又傳出一人話聲：「龍兒，在江南的日子過得怎樣？」蕭然回首後望，只見一個細眼扁鼻，身穿黑色綢緞服裝的人低著頭跟梁柏龍說話，心道：「這位黑衣大漢，該是那小子在菜館跟我說過的。沒有記錯，他應是唐嘯風了……我得證實一下。」於是提高了聲音問道：「閣下可是名聞江湖的大俠唐嘯風？」

唐嘯風聽得問話，走上前來，說道：「正是唐某！」轉身對梁柏龍說道：「龍兒，你過來，我有話跟你說。」說著獨自走到一旁站著。梁柏龍望著兩位武林高手，知道這裡定有一場秘笈爭奪戰即將開始，現在卻聽得師父呼叫，也無暇細想，逕往唐嘯風站著的地方走去。

張黑迪在旁聽了一會，不耐煩的道：「別嘮叨了。蕭兄，你一定要阻撓我嗎？」蕭然口說阻撓，其實心中正自躊躇。他對這本秘笈自然頗有興趣，只是傳聞收藏秘笈的地方機關重重，武功再好，亦難保性命全身而退；假若張黑迪成功找出秘笈所在地並盜去的話，後果絕對是不堪設想的。

寧可信其有，不可信其無。既然來到，也不能白走一趟。心計算定，朗聲說道：「好！咱們看誰先找到秘笈，誰先找到，秘笈就歸他所有！」張黑迪迴棍轉身，笑道：「這個還要你說？」語聲甫畢，人已消失在山路的轉角處，隨行的金兵也緊隨張黑迪走上山去。

范翼行得知秘笈之地及秘笈將有被盜去的危機一事，大吃一驚，向蕭然道：「蕭兄，你瘋了嗎？給他找到可不得了！」蕭然笑道：「這老狐狸狡猾得很，你以為我不知道嗎？只是傳聞秘笈所在地佈滿機關，若貿然行動，豈不是枉送性命？」范翼行道：「傳聞還是傳聞，可不能盡信啊！」蕭然一笑，說道：「我來不是相信那些傳聞，而是證實那些傳聞是否真的。」忽聽另一把聲音說道：「也就是說，張黑迪只是用來試探機關的工具，對不對？」

蕭然聽後哈哈大笑，半晌方止，然後說道：「原來是唐兄，竟給你猜破了。」范翼行急道：「再不追就趕不上張黑迪了，快走吧！」唐嘯風道：「不錯！我也來助你一把。」蕭然笑道：「唐兄厚意，就此謝過。」說著拱手向唐嘯風致謝。

梁柏龍邊聽邊想，忽聽唐嘯風向著自己道：「龍兒，在山腳下等吧，為師現在有要事辦，不能陪你。」梁柏龍心想石影瑤有可能一個人跑上了山，現在大好時機豈能錯過？於是大著膽子道：「師父，我可以隨你上山嗎？」自知師父之命不能違抗，不過機會就在眼前，不能就此罷休。唐嘯風聽後臉色一沉，溫言勸道：「華山山路陡峭難行，為防遇險，你還是不要上山好了。」蕭然插口道：「就讓他隨你上山吧！免得再纏下去浪費時間了。」唐嘯風道：「但……」話未說完，蕭然搶道：「小孩子不經歷些風雨是不會成長的，而且我亦在客棧看過他的輕功步履，登這華山該沒問題，只是要多加留神而已。」唐嘯風嘆了口氣，說道：「既然如此，也沒辦法。況且現在也不是爭拗的時候。」轉頭對梁柏龍道：「龍兒，沿路你要多加留神，師父不能每一刻都看著你。」梁柏龍聽後眉開眼笑，說道：「弟子明白，多謝師父的允許。」范翼行說道：「好了，好了！快走吧！」眾人一同點頭，各自施展輕功，沿路上山追尋張黑迪的蹤影。

山路越走越窄，部分路段只有側身橫行才能通過。走過了山腰，天色陰沉，飄下白雪，不時還吹著刺骨的寒風。蕭然本就是輕功較好，早走得不知所蹤。唐嘯風追出一段路後，登上高處兩望，風雪吹得更大，沒看得見什麼，當下說道：「龍兒，你行嗎？」待了一會，聽不到梁柏龍的答覆，轉身兩望，仍不見他的蹤影，心道：「他會不會在途中出了意外？」暗暗擔心梁柏龍的安危，於是逕自下山尋去。范翼行緊隨唐嘯風旁，眼見他又突然下山，大概猜到他是擔心徒弟安危，便叫住了他，朗聲道：「唐兄，風雪漸大，來往尋人困難，你要多加留神。我且繼續追上去，看看兩位大俠到底有沒有發現些什麼，又或能尋得著梁柏龍這小子，好帶他下山見你。」唐嘯風點了頭，二人約定山腳草原再會，誰先找到誰就再延續秘笈話題，說罷兩人便分頭行事。

梁柏龍沒有碰上意外，只是風雪漸大，師父的身形若隱若現，甚至消失了一段時間，避免迷路不知所向，決定放棄看著師父的背影認路，只跟著腳印來行走。

行至懸崖附近，只見腳印分成兩路，逕往懸崖頂上，而身旁又有些腳印是往山下的路，卻是在某個彎位轉去，未知通往何處。正自躊躇哪一條路才是正確，忽聽山間有聲音迴響：「龍兒，你在這幹什麼？」梁柏龍一怔，說道：「師父？」

噗的一聲，有一人跳將下來，落在梁柏龍右邊，正是范翼行。梁柏龍問道：「師父，剛才不見了你，龍兒有點擔心。」范翼行轉身踏上一步，說道：「好！我說給你聽。」於是將自己怎樣碰見唐嘯風，怎樣得知秘笈藏在華山等事簡略說了一遍。范翼行續道：「剛剛聽他們對話，我更肯定秘笈是藏在這裡的了。張黑迪外表像是個好人，其實心懷鬼胎，壞事做盡，又與金兵勾結，江湖上誰不知道？要是秘笈上的絕頂武功給他練成，後果會怎樣？」梁柏龍打了個寒噤，說道：「我們大宋百姓會受到更大的折磨及屈辱，江湖上的好漢及俠義之士更會被張黑迪殲滅。現在已有很多悲慘的人……會變得更不能想像的悲慘，或者不能再用悲慘去形容了。」范翼行心中微樂：「龍兒還真懂事……」

梁柏龍見范翼行臉現喜色，微感奇怪，不知師父因何事而喜。欲要再問，范翼行搶先問道：「龍兒，你敢不敢跟我攀上這懸崖？」梁柏龍笑道：「好！我跟你上！」一言甫畢，人已躍起，在石間踏足向上跳躍，快要登頂時卻沒有地方借力上躍。他只好伸出右手抓著一塊石，但石面滿佈白雪，既寒又濕且滑，很容易滑手。梁柏龍左手未及抓著另一石塊，右手已然滑脫，身子急向下墜。他初遇險境，不懂應變，心中害怕，雙手亂轉亂抓，左手忽感有實物存在，急忙借力向上，認準位置降落，繼續沿崖而上，終於到了崖頂。

范翼行早在崖頂等候，見他攀得甚是狼狽，也不知笑他還是罵他才好。梁柏龍呼了口氣，坐倒地上說道：「很險呢！差點連命都沒有！」說罷氣喘吁吁，最後坐在地上歇息。

風雪沒有減弱之勢，范翼行也不等梁柏龍回復過來，說道：「咱們走吧！天有不測之風雲，倘若風雪變得更大了就不好，還是趕快起程才是。」梁柏龍平復心情，霍地躍起，點頭道：「是！麻煩師父為徒兒引路。」

范翼行引路在前，梁柏龍緊隨其後，腦中一直在思索今天日出前後的事，猛地想起石影瑤，心中一酸：「還不知小瑤到哪兒去了……」想到此處，又想起父母，與親人分隔了一段時間，雖非漫長，但亦非短。此刻一陣莫名心酸侵入內心，一陣惘然……

正想得出神之際，左腳踢到些事物，右腳又剛剛離地，身體失去重心站穩，向前急跌，噗的一聲，全身伏在雪地上。雙手急忙運勁撐起，臉龐上卻滿佈了白雪。

梁柏龍拭去臉上白雪，心中疑惑：「剛才踢到的不是石頭吧？感覺不是很硬，身子俯在地時，有如壓著人一樣的感覺，只是厚雪隔著……到底是什麼？」范翼行聽到身後有聲，急忙轉身觀看，只見他雙手撐著前俯的身子，臉邊微有白雪，走過去伸手扶起他，問道：「龍兒，沒事吧？」梁柏龍拍拍身上的白雪，說道：「沒事，只是剛才踢到些事物，但不知是什麼東西，感覺極像壓倒一個人。」范翼行低頭一看，只見一層厚厚的白雪堆積著，並無異樣。當下說道：「龍兒，別花時間猜了，崖頂雪堆其實非常的厚，怎麼會覺得像踢到人呢？更何況沒有人練功會用雪把自己活埋的，走吧！」梁柏龍怎麼也覺得自己是沒錯，只有拱手道：「請師父先行，徒兒確認情況後再隨後跟來，可以麼？」范翼行知他脾氣倔強，要做的事不做過是不甘心的，那就跟他明言：「那麼兩個時辰後，我在山下等你，我看這大雪，要再前行實在極有困難。不管有什麼事，你要安全返回山下再跟我說。」雖是這麼說著，人卻就踏步遠去，繼續向更高的地方尋找蕭然及張黑迪。

梁柏龍看見白雪積得很厚，拿起劍鞘用勁，只見白雪一下子被挑起。到得後來，卻見雪中現出雙腳。梁柏龍大吃一驚，說道：「這……」

直至下方白雪完全拂開，梁柏龍驚叫一聲，斷斷續續道：「這褲子……」梁柏龍心如刀割，逕往上方雪堆中拂去，邊拂邊想：「一定不會是你的！一定不會是你的！」他越想越激動，每拂一下，就像被鐵錘打在心上一樣疼痛。手上加勁，越拂越快，明明雙手又寒又僵又痛，卻好像已經不屬於自己一樣。

第十四回　冰洞求生

上方積雪完全拂去，眼前出現的人，正是自己日思夜想、魂牽夢縈的人——石影瑤！

梁柏龍不相信自己的眼睛，全身劇烈一震，伸手去探她鼻息，氣也不敢呼一口。只見石影瑤雙目緊閉，動也不動的躺在雪地上，膚色更見雪白。雖未見凍傷，但手腳極其冰冷，再不移離雪地，恐怕就被活生生凍死。

他右手剛伸到她鼻前，又縮回去腰間，越想越激動。

梁柏龍接受不了這個事實，他不想自己探出愛人已經死去。心道：「師父已然離去，我一人之力現在又豈能負得小瑤下山？沒有辦法，我得靠自己找方法試試看。」說著用雙手橫抱起她，運勁上推，將她從白雪中拉出來抱著。望著她清麗脫俗的相貌，心道：「小瑤，我們還有很多事未完成，怎能讓你這樣死去！」四下兩望，也不想危險不危險，只要有路，便繼續前行。

明知她生存機會渺茫，卻要在心中說服自己她還沒死，既矛盾，又難受。但想石影瑤的生命只在呼吸之間，若只顧痛哭，她還是不會醒來，也於事無補。嘗試尋找解決方法，未嘗不是一件好事。想通此點，鼓起幹勁，加快腳步尋找休憩之處。

行了一炷香的時間，只見前路是大懸崖，身側是斷崖峭壁，俯看下去有如無底深淵，只見風雪飄搖，迷霧深重，其餘的都看不到了。梁柏龍長嘆了口氣，眼淚奪眶而出，將石影瑤放在身後一塊石上靠著，左拳重重打在左邊的斷崖上，正自氣惱。

突然間，左拳附近的白雪全部塌下。這時他心如刀割，又累又怕又驚地使足十成力打在石上，全沒料到雪後有物。當下白雪全被震塌下來，只見一道石門覆上厚冰，闊約丈餘，高約丈餘，恰巧就是一個正方形似的，但卻沒有自動打開。

梁柏龍揉了揉雙眼，寧定心神，仔細觀察洞門，並無任何發現。心念一轉，隨即想到：「會不會地上埋有機關？」蹲下兩望，用雙手四處亂掘，不到一頓飯的時間，洞門前的積雪已全部扒開。轉頭望一下石影瑤，怕她受寒，便脫去外衣，披在她身上；又用指推拿她的穴道，慢慢輸入暖氣，避免寒氣相衝使她斃命，說道：「小瑤，再忍耐一下，很快沒事的。」站起身來，俯首查看地面有否異樣。

忽見洞門前一尺之處有洞孔，洞孔呈長方形，不知應放些什麼事物進去。梁柏龍將身上所攜帶的東西逐一拿出，放在洞孔旁校對，接連試了十多件，也沒有一件事物是能放入洞孔內的。他拔出背部長劍，心中喃喃的道：「現在剩下的……就只有師父送的『飛龍寶劍』了……」倒轉寶劍，劍刃向下，大喝一聲，使勁將劍下送——啪的一聲，只剩下劍柄露出，洞門竟慢慢打開！最後一聲轟然巨響，洞門完全打開，但見內裡黑暗，瞧不出洞內有什麼玄機。

梁柏龍微微一笑，拔出寶劍收回鞘內，然後抱起石影瑤走入洞中。進洞後把她放在跟前，取出火摺子並打亮，只見洞內亦有一洞孔，與適才洞外所見的一樣。當下拔出寶劍向下插落，洞門便慢慢關掉。梁柏龍見狀大驚，說道：「等等！門關掉了我怎能看得見洞內事物？」說著伸手欲拔出長劍，但長劍好像扎實了一樣，怎拔也拔不出來，眼見洞門快要合上，右手急忙加勁往上提起，轟的一聲，洞門最後還是合上了。

說也奇怪，當洞門合上後，四周突然一亮。只見洞壁掛著無數冰雕，雕上的鐵製圓碟盛有火焰，一路延至洞穴深處，洞頂及地面全蓋了一層厚冰。梁柏龍大吃一驚，心想：「在華山高處竟有一個這樣的洞穴……雖然被冰覆蓋，但是我一點寒意都沒有，真是奇怪。」弄熄火摺放入懷中，心怕地面的厚冰會冷傷石影瑤，急忙運勁將她抱起，走向洞穴深處。

走了三四丈路，眼前又是一道門，封了去路。梁柏龍嘆了口氣，心道：「莫非我倆就這樣命喪於此嗎……」轉念一想：「或許內裡有世外高人，說不定還有辦法治好小瑤呢！我得試一試！」

後方洞門已然關閉，現在洞穴深處又有大門封著。假若不能打開其中一道洞門，二人便活生生的困在這裡，直至死亡。

梁柏龍曲身放下石影瑤，撫著她雪白的臉頰，雙目含情，輕輕的道：「小瑤，我很想救你，把你弄醒，但是……」說到這兒，淚水又再不自禁的流下，全身發熱。想起昔日與她相見相親的情景，不禁悲從中來，只得摟著愛侶放聲大哭。

過了半晌，梁柏龍橫拳重重打在牆上，剛巧牆上原來有一機關，被重重一擊後，忽聽得洞門發出轟轟兩聲巨響，兀自開了。他拭去淚水，破涕為笑，說道：「原來是這樣。」說罷立刻抱起石影瑤，三腳兩步的走進去。

進去後洞門霍地關上，眼前又是一亮，原來是一間臥室，尚算寬敞。室內左右各放了一張床，中間放了些桌椅，而前方有三道門，不知通往何處。

梁柏龍踏上前兩步，心感驚訝：「在這華山高處的冰洞中……竟然有人居住？但是剛才我這樣哭都沒有回音。」他不知道其實自己只要在洞內通道亂走或者撫摸，就會著了機關的道兒，只是他一心要救愛人，未察細情。當下脫去披在石影瑤身上的外衣，在床上掃了掃，把她放上床休息，自己卻走到三道門前，正自思索推開哪一道門才好。

他先入最左首的房間，內裡放有大量柴枝，又有爐具及食物，而且因為高山寒氣及冰洞阻隔，食物不但沒有一點腐爛，而且新鮮得像剛從田上收割回來的農作物一樣。忽見柴枝後方有門，急忙走去推開，眼前白茫茫一片，原來是一些雪。想起石影瑤受寒，當即取了一綑柴枝，打亮火摺點燃，放入爐中讓它燒著；再抓一堆白雪放入鍋上，折斷柴枝點燃，放在鍋底下燒，使雪受熱融化，好讓他倆有熱水飲用。

梁柏龍心中大樂：「只要有了這些東西，該可捱上三四天的，可以在這段時間再謀出洞之計。」轉身外出，逕往最右首的房間走去。

一踏進房內，只見內裡放有一個大箱，上頭放有一書盒，並無他物。梁柏龍走上前打開書盒，只見內裡放有一本冊子，封面寫著「解寒療術」四隻大字。梁柏龍大喜，心道：「說不定內裡寫有醫治小瑤的方法，讓我看一看……」邊走邊看，走到床邊坐下，仔細翻看，希望以最短時間找出治療方法，救活石影瑤。

也不知過了多久，梁柏龍先將煮好的熱水，放進桌上幾個大小不一的茶壺內，然後洗一洗杯子，就倒了些熱水來喝。當下全身登時暖起來，並繼續翻查書本內容。忽然聲音大作，原來傳自腹中，他才想起自己日出至今還沒有食物下肚。當下放下書本，將一壺熱水取去，翻開爐具附近的籃子，一套煮食用的刀、筷子、鍋鏟等一應俱全，他心中大喜：「真好！什麼要的來到這間臥室都能找到，好像上天準備了一個地方讓我來。」只見附近的籃子有大有小，大的盛有白米，小的分成數格，細看之下原來是糖、鹽之類的調味料，附近數個籃子上則盛有肉、菜等家常食物。於是梁柏龍手起刀落，另一邊將熱水和瓜、鹽等放進去煮，只消半個時辰，數碗飯和幾碟菜，加一鍋湯就煮好了，並拿出放在外面的桌上。

他自己端起碗筷狼吞虎嚥地吃將起來，僅留一碗湯，其他的都怕石影瑤沒這麼快醒，故不多留。加上存放柴枝的房間仍有不少肉、菜等置於籃子內，也不怕會餓壞石影瑤。

用膳後便繼續閱讀《解寒療術》一書，忽見書中記載到被白雪掩埋後的解救方法，急忙扶起石影瑤坐在床上。但此刻她未有知覺，怎能自己坐著不動？噗的一聲，便倒在床上不動。

當下將她扶起，讓她背靠在自己懷裡，然後繼續讀書，直至完全讀畢解救方法，便將書放在身旁。雙掌運起內息，霍地推出，貼在她雙肩之後。

此法是以自己的內息去驅動受寒者的內息，協助其運行及調順，將體內的寒氣化解，或者迫出體外。不過內息緩急要控制得恰到好處，因為受寒者血氣循環極慢，甚至幾近停頓，如果過急地借內息推動內息，反令兩者相衝，醫治者和受療者都會受傷。梁柏龍從小打坐練功，更兼為解救愛侶，全沒有擔心自己不行的顧慮，反而耐著性子慢慢推揉。

洞中四面皆為厚冰，來路又有兩道門擋著外人，加上洞外幾近華山絕頂，風雪極大，不久外門和機關又被厚雪覆蓋，置身此地恍如隔世、不知時日，委實安全萬分。只是洞內糧水有限，不可長期逗留。梁柏龍深明此點，進得來是九死一生，但想起石影瑤此刻生死未卜，要自己一個人活下去實是不可，因此運功期間腦中只是想著：「小瑤，你一定要醒來啊！」

每隔三個時辰就停下來，就這樣斷斷續續地治療，梁柏龍的心情則隨著時間過去而慢慢轉憂為喜。因為石影瑤的內息從幾近停頓的死亡邊緣，慢慢回轉過來，現已運行如常人。但要醒來，卻似乎需要多花一點時間。

梁柏龍支持不住，於是暫止治療，又見她氣息已復，臉色漸紅，不再是之前蒼白的瀕死狀，心下解憂。不過自己全身卻被寒氣反攻，冷汗浸濕全身衣褲，又飽受飢火煎熬。當下將石影瑤輕放回床，讓她躺下休息；由於寒熱相觸便會和解，因此她沒有流過半滴汗，身子反而漸漸暖起來。

想起自己衣衫濕透，一身汗臭，皮膚上滑膩膩的宛如塗了一層油。當石影瑤看見了，這還行？雖然有帶衣服更換，但很多都殘破了，又怎能穿上身去見人家呢？

正自苦無對策，忽然想起最右首的房中有一個大箱子，不知內藏什麼東西。當下走入房中打開箱子，只見一套黑色戰衣、一柄長劍及一個將軍盔放在箱內。梁柏龍暗暗猜疑：「這麼巧合。由第一天進來開始，我需要的東西幾乎全部都可在這裡找到。難道老天爺爺知道我跟小瑤到來，真的為我們準備了這些嗎？」摸摸背後的劍鞘，奇道：「咦？我的飛龍寶劍往哪裡去了……」手掌大力一拍，說道：「啊！還留在之前洞門的機關內。那是師父送的禮物，我怎會弄失了？」之前方寸大亂，除了救治愛侶外便什麼也不理，哪想得起師父相贈的寶劍還未取出？

既已遺失，也沒辦法。眼見箱中有衣有劍，剛好全都用得上。當下取出黑色戰衣放在手間，將箱內長劍取出握在手中，走入廚房的白雪堆前，用劍拂了一大堆厚雪出來，然後把厚雪用劍切成厚牆，再將內裡的雪掘出，成了一個浴盆似的大雪坑，再將掘出的白雪放在鍋上用火來燒，加熱成水，又為防石影瑤醒後亂跑進來造成誤會，將十數綑柴枝堆在門前，再用木栓把門鎖起，接著就解衣脫褲，一躍而入。

雖然暖水浴舒適，但雪牆受熱水相沖也會融化，眼見雪牆漸薄，柴枝和木栓鎖門也撐不了多久。梁柏龍將身上各處快速洗淨後，就靠在柴火附近把身體烘乾，然後穿上帶進來的黑色戰衣，尺寸恰好與他所穿的衣褲相同，合身得來不窄不寬。肩上扣有連著披肩的鈕子，再握住從箱中取來的長劍，最後戴上將軍盔，虎虎生威，宛如一個英明神武的小將佇立於天地之間。梁柏龍暗暗偷笑：「不知小瑤看見後會怎樣？」其時鍋裡的雪已燒成沸水，他將洗淨的魚、菜、肉放入鍋中，卻不燒飯。待一切準備妥當，才端走放在門口的柴枝，又開了木栓，開門步出。放下餸菜後，便悄悄走近石影瑤所睡的床上。

坐在床邊，他輕輕握著石影瑤的雙手，只感到一股溫暖由她的雙手傳了過來，已不如先前冰凍，使他充滿安心的感覺。望著她麗若朝霞的相貌，心跳不禁加速起來；他慢慢俯下上身，把自己的嘴唇移近她的唇邊。每移近一點，雙眼便合上一點，最後輕閉眼睛，深深的吻下去。

一吻過後，他離開床沿回到桌子附近坐下，又匆匆地吃起飯菜治肚子來。到得他吃完後，卻見石影瑤輕睜雙眼，慢慢坐起，疑道：「這裡是……」梁柏龍用布巾輕拭嘴唇，轉頭道：「啊！小瑤，你終於醒了！」說著興奮地走到她身邊坐下。

石影瑤醒後力氣不足，又沒法運勁，只感身體疲倦，這時看見梁柏龍就在自己身邊，心中大慰。把頭靠在他的肩上，輕聲問道：「龍哥哥，這裡是什麼地方？我又是如何來到這裡？」梁柏龍握著她的手，用內息調和她的血氣。石影瑤漸感力量充盈，不再感到全身乏力，她慢慢地道：「龍哥哥，我很想你。為什麼我們在這裡啊？你是不是對我不好了？」梁柏龍不明她意，只道：「我從雪堆中發現你，誤打誤撞之下就走了進來，一心只想救醒你、治好你，沒想過這裡找到要用的醫書，實在很幸運能支持至今。」說著就將床邊的書拿上手，翻看著道：「看！就是這本啦！」石影瑤見他沒把她放在心上，小嘴一扁，說道：「龍哥哥，你做了那些事為什麼不好好待我？人家一起來，你卻只顧看書……」說著臉色暈紅，低著頭靠在他的肩上不語。

梁柏龍聽後大驚，以為石影瑤說自己對她做了不軌的事，忙道：「沒有啊！小瑤，你別想太多啦，我可沒有這麼做呢！就這麼吻過你一次而已……」說著用右手輕撫她的左臉。石影瑤見他換上了黑色戰衣，整個形象登時截然不同，又見他待己溫柔，深信他確無對自己不是。於是在他臉頰上吻了一下，柔聲道：「對啦！你吃完飯了？」梁柏龍點頭道：「是的，從抱你進來的那刻開始，需要的東西，甚至食物，這裡幾乎都能找到。」她兩手食指輕輕互推，說道：「其實我肚子很餓……」梁柏龍知道她隨時起來，特意在剛才煮時給多了一人的分量，這樣剛好把原本的食物全都吃光，只餘下大堆白米和調味料。於是起來走進左首的房間，將剩菜端出放到外面桌上，石影瑤走上去吃了起來，心裡微笑：「想不到他煮的也不差。」一邊吃著，一邊嘴角含笑望著他。

用膳完畢後，二人回到床沿坐下。梁柏龍溫言道：「眼下你的身體已經復元，糧水亦盡，咱們該離開此地了。」石影瑤老大不願意，不高興道：「龍哥哥沒空嗎？人家剛受驚醒來，只是想你陪著我，難道你不喜歡和我一起？」說著轉身而坐，低著頭，一副不滿的樣子。

梁柏龍啼笑皆非，說道：「好啦！我陪你就是，但你不許發怒。不過你得告訴我，日出前至今的這段時間，你到底往哪兒去了？發生什麼事了？」石影瑤身子後靠，倚在他的懷裡，說道：「好！你留心聽了。」

當日二人是睡在村口附近，二人日夜兼程，疲累萬分，聊天過後找個草地就安穩睡去。恰巧，就在他倆熟睡了一段時間之際，張黑迪意外途經石影瑤身旁，但見燭火映照下，只認得是蕭然的養女，當下心生一計——只要將她捉上華山殺了，然後埋在雪堆中，蕭然勢必以為梁柏龍因愛成恨，把石影瑤殺了。二人一定反目成仇，加上蕭然痛失養女必然心痛，那就沒心情跟他爭秘笈了。

不過他轉念又想：「殺了她，卻毀我名聲不是？到時候江湖上便會傳言張黑迪居然殺了一個小女孩。我雖有目的，但殺她卻不值，倒不如找個高處把她埋了就是。」心計算定，就點了她穴道，抱起她直奔華山，接連走過三次懸崖之上才把她放下埋了。其時已近中午時分，風雪亦大，他當下走下山去會合人馬，豈料碰上蕭然、梁柏龍等人。心怕蕭然及眾人知道後自己難以脫身，於是拐開話題說秘笈地點一事，然後又借機走上山避避風頭。找遍全山，行了一整天都沒有結果，張黑迪命令餘眾放棄，班師回到開封一帶再尋方法。

「那時我已熟睡，也不知道自己被點了穴道。後來我醒後只感全身冰凍，原來已身在雪堆之中，卻是動彈不得。惶急之間，只好閉著自己的穴道與呼吸，期望有人發現來救，保得性命……」說著神色黯然，未幾便轉頭向著梁柏龍微笑道：「還好有你，你不但幫我解開穴道，還治好我體內的寒氣。龍哥哥……」說著在梁柏龍的嘴上親了一下。

梁柏龍輕輕撫著她的臉頰，聽後怒火劇燃：「這人作的好事真多！難怪很多人都說他心術不正，這次我一定會找機會向他報復！」石影瑤搭著他的手道：「不要緊，已經過去了。他這麼做是想我爹跟你反目成仇，加深誤會而已。現在我已無恙，爹見了自然放下心頭大石……其他容後再算吧，我們該找路離開這裡了。」梁柏龍點點頭，只將碗筷收拾乾淨，將一切還原。石影瑤也因力氣未完全回復，二人決定在此多留一會，稍作休息，再尋計離開此洞。

第十五回　先祖的寄託

二人休息充足後，稍稍坐定，待精神好一點，就看著三道門之中還沒有被打開的中間一道，特點是兩條大冰柱直通天花，但門的裝飾與雕刻跟旁邊兩道門無異。梁柏龍走到中間的門，說道：「我瞧這門應該是通往出口的，就是不知怎樣打開它。」石影瑤走到他身側，仔細看了一會，抱手托著臉蛋，正自思索如何。

石影瑤突然轉頭問他：「你曾經嘗試打開它嗎？」梁柏龍搖頭道：「當初我只想救你，就選了左邊及右邊的，中間的門也因此沒去理它。所以也是這刻才研究這道門的玄機。」她微笑道：「你可猜不到了，這門兩側有些什麼？」只見門旁兩側各有一條柱子，並沒有什麼特別，當下答道：「兩條冰柱，有何特別呢？」

石影瑤走到右側的冰柱笑道：「我猜冰柱內一定藏有機關！」梁柏龍這才恍然大悟，說道：「對呢！應該有這個可能。如果我自己一個人來，恐怕真的會困在這裡死掉。」只聽她道：「你到左側的冰柱前，當我數到三的時候就一起按下。」梁柏龍依言做了，只聽她道：「一、二……三！」

「三」字出口，二人雙雙用力按下，只聽冰柱內發出一些怪聲，呀的一響，門已打開。遠眺內裡，卻看不到通往何處。

二人當即走入，門內地面為冰所覆蓋，卻不同洞口的通道，非常滑溜無比。儘管二人小心翼翼，還是摔倒了七、八次。

梁柏龍伸臂摟著石影瑤，說道：「不論走或跑都是會摔倒的，不如滑過去吧！」也不等她說話，雙腳邁開，二人便如發出去的矢箭般向前滑去。

也不知滑出了多少路，突然足底一空，梁柏龍忙伸右手抓著一塊冰石，運勁支持。低頭說道：「小瑤，你沒事嗎？」話剛說完，砰的一聲，冰石斷裂，二人掉進冰洞底裡去了！

石影瑤狂呼尖叫，梁柏龍心膽俱裂。冰洞深不見底，二人只是血氣漸盛的少年，忽遇大險，九死一生，怎教他們不害怕？此時皆想向對方說出心底的一句，但未宣之於口，噗噗兩聲，已掉進不明的柔軟之物裡去了。

二人心神各懾，驚魂未定，半個時辰過後才寧定心神。各自安慰一下對方後，梁柏龍四下兩望，只見洞內冰牆屹立，除了自身坐著的軟床外便空無一物。四周雖暗，卻因四角有燭台自動點燃了火光，尚可瞧得清方向。待要開口問話，卻被石影瑤搶先說道：「這裡是……龍哥哥，到冰牆去看看，說不定能發現機關。」梁柏龍依言走到冰牆前，打亮火摺，仔細查看，忽見其中一牆上，靠左側寫有文字，忙湊近細看，只見那些文字寫道：

「吾人有一動情劍，今託付後世情真意摯之人，望君以此守護珍重之人。」

梁柏龍忙呼石影瑤前來，指著那些文字道：「小瑤，這裡寫的東西是指什麼？」石影瑤看了一遍，抿嘴笑道：「你還裝不知呢！這幾句顯然說你。」梁柏龍睜大雙眼道：「說我也沒用啊！又不是機關。」說著用力拍下去，不再言語。

石影瑤見他惱怒，猜他多半是恨自己愚笨，想不了法子尋出路。伸出雙臂摟著他，溫柔的道：「龍哥哥別急，總有法子能幫咱們離開這裡。」忽然在文字旁邊發現一道門，兀自打開了。她凝思一會，接道：「四面冰牆只有這裡有字，果真有機關！」梁柏龍細看下是一條秘道，只道：「不要緊，總算是打開了，我們就進去看看吧！」說著就牽著她的手走進去，頭也不回地向前直走。

走了約一頓飯的時間，終於行到秘道盡頭，下了十數級階梯，突然眼前一亮——牆上佈滿點燃了的燭台，把四周照得光亮。只見一張階梯式的桌子放在壁前，桌上列滿靈位牌子，桌下有數個盒子，有長有短，皆不知內藏什麼。桌後又安放了一個石棺，上有宮廷雕刻，又被一些冰層包裹著，散發著陣陣肅穆的氣氛。

梁柏龍瞧了瞧那些靈位牌子，不禁脫口呼叫出來。石影瑤跑到棺木附近去看，再看看那些靈位牌子，張口問道：「龍哥哥，你有沒有發現這些牌子上的人都是姓梁的？」他驚疑未定，說道：「看得到，問題是我爺爺與太爺的靈位牌子怎會在這兒？明明家中早有一個，我兒時也時常跟父親拜禱，只是父親絕少提及祖先往事。」石影瑤驚訝的道：「你爺爺與太爺爺？」她呼了口氣，接道：「我看這裡多半是你祖先的祠堂。」

梁柏龍的祖先源於唐玄宗在位之年，名為梁世忠，出生時正值開元盛世。當時黃河中下游一帶漸被胡化，局勢隨著唐玄宗改元天寶後漸趨不穩。梁世忠十七歲時，父母不幸遇上突厥士兵，被指粗暴對待，結果活生生被打死，自此梁世忠便痛恨突厥人，立誓要昭雪父母之仇。這時他巧遇一名人稱「江湖俠士」的大俠，在連番偶遇的機緣下，梁世忠便拜師學藝，為復仇鋪路。

那位江湖俠士的姓名失傳已久，不過對梁世忠卻極其鍾愛，便將畢生所學的武功、知識，傾囊相授。梁世忠自失去父母疼愛後，便立志參軍報效國家，助君主剷除發動戰爭的胡人，一雪前恥。

天寶十四年，安史之亂爆發。梁世忠與師父為避開安祿山鋒芒，一同前往黃河中游北部暫時安置，再謀脫身之計。天寶十五年，肅宗於靈武即位，改元至德，並在各地張貼皇榜招募義軍，以期早日平定叛亂。梁世忠問明師父後便投身報國，隨著官軍一同滅胡平亂。隨著年月過去，他因屢立戰功而晉升為統領一方兵馬的節度使，更獲肅宗賞識，下旨命其入宮出席慶功宴。

梁世忠能有如此地位，實乃江湖俠士撫養及教導。他不忘師恩，接旨後高興地回到避難時與師父同住的茅屋。進屋後卻見四處已然荒廢，屋內佈滿灰塵，只見床上留有一信，急忙展開，只見信中寫道：

吾徒世忠如晤：

猶記汝年方十七、只知雪仇之時，彷彿昨日，未想少年轉瞬已成報效家國之猛將，為師心中大慰。如今李唐動盪不堪，決非朝夕就能轉危為安之勢。為師已將畢生所學悉數相授，再無藉口留下，更遑論養爾育爾。床上有一書盒，內有秘笈，汝須練成其功，濟世救人。有生之年，為師自會曉得。就此拜別，有緣再會，珍重。

梁世忠再望床上各處，忽見一書盒就在枕底，急忙取出，掃走灰塵。一時感觸，流下淚來，又把書盒緊抱懷中，哽咽道：「徒兒謹遵師父教誨，定不負師恩，盡忠報效國家。」當下急步離開，帶領一些兵馬往成都赴宴。

酒宴過後，唐肅宗大行封賞，梁世忠亦有參與在內。他被冊封為江南東道節度使兼驃騎大將軍一職，統領淮河一帶的人民及士兵，負責為朝廷運送糧餉及確保江南不受戰禍波及，並允許在華山山腰較高位置建造冰洞祠堂；又賜河鄉鎮、一萬兵馬及數萬兩黃金以茲慰勞。如此浩蕩皇恩、尊官厚祿，其餘武將皆有所不及，眾人看了俱大為心折。梁世忠卻將得來的金錢，悉數資助百姓重過生活，讓他們買回田地、重修屋子，並且除去地主、豪強及盜賊等潛害，確保百姓生活安穩。因此在生時威名顯赫，深受百姓愛戴。

華山山腰的冰洞祠堂花了十二年時間才能完成。梁世忠將自己從軍時的黑色戰衣、佩劍及從征以來皆用的將軍盔放入箱內，又把江湖俠士所贈的兩本秘笈分開收藏：一本藏在大箱上的書盒，一本放在祠堂桌下的書盒。另外又把劍鞘等物分開收藏，每隔三月便派人更換廚房飯菜，封兩位親兵及其子孫世代為親，幫自己的冰洞辦理常務及防賊的工作。代宗即位不久，他便在死前傳下遺訓，將自己及後世子孫的遺體皆火化為灰，設靈位安放桌上。後代子孫及其安排的人選之後代均恪守此法，故雖朝代更易，冰洞管理事宜卻從未休止。梁柏龍及石影瑤現在所見的，便是由此而來。

梁柏龍雖不知這些由來，卻見爺爺與太爺的牌位亦在此處，於是走上前跪在桌前三尺叩頭；然後伸手打開三個盒子，只見有寫了字的白紙、一本書及一柄劍鞘。石影瑤拔出插在他腰間的長劍，套入劍鞘內；長劍與劍鞘本是一對，只是分開收藏。當下長劍錚的一聲入鞘，位置恰到好處。右手將劍鞘連劍橫擺，向著他道：「龍哥哥，這是一對的啊！給你。」梁柏龍微微一笑，把劍鞘扣在黑色戰衣腰間的置劍位置，卡的一聲，緊緊扣著。

他拉了石影瑤過來，然後伸手拿紙欲看。石影瑤挽著他的手臂，問道：「紙上寫了些什麼？」梁柏龍向著她道：「原來我身上穿著的戰衣與腰間的佩劍是祖先當年出征平亂的裝備。」石影瑤接問道：「還有呢？」梁柏龍摺好白紙，呼了口氣，說道：「我乃梁氏第二十三代嫡系子孫，紙上還說祖先留下了一本天下英雄都想奪得的武林秘笈，會不會是你爹所說、張黑迪渴之已久的那本呢？」說著鬆開她的手，走去右側的盒子蹲下，拿出一本書冊；放在眼前一看，驚訝道：「什麼？《寒冰俠經》？」

《寒冰俠經》，正是當年江湖俠士傳給梁世忠的武林秘笈。全書共三十六章，每章六篇，每三篇記有一招武功，十八招為一系，共分四系：拳、掌、劍、腳。掌和劍以內功為主，發招時需強厚的內力支持；拳以外功為主，強調出拳力道要狠，所指處必中，送拳速度要高；腳以輕功為主，攻如閃電，避若流星，猶如風一樣深不可測，靈動非常。

此外，書中同時記載修練外功、內功和輕功的法門。這秘笈上還記有一招名為「鳳凰十八式」的武功，用意是傳給子孫的女伴，配合四大系列的其中一系武功，便可增強攻擊與防禦的威力。

梁柏龍心感奇怪：「這裡如此隱蔽，外人怎進得來？但秘笈關係祖先大事，我得好好安放。除了那一式外，都不能讓他人知道。有機會回鄉的話，得問一下父親，相信娘親也會『鳳凰十八式』吧？」當下合上經冊收進懷中，忽見放著白紙的盒子還有一張紙尚未取出，欲蹲身伸手去取。石影瑤忙伸手抓著他的手說道：「別拿！這是留給你的兒子和孫兒呢！」梁柏龍站起來抱著她，輕撫她的秀髮道：「我的兒子……是不是你跟我成親後所生的寶貝？」

石影瑤臉蛋一紅，在他身上拍了一下，含羞答答地道：「誰要嫁給你呢……還跟你生寶貝啊……你想得太美了。」說到這裡，滿臉暈紅，給他說中了心事，嬌羞難當，不知說些什麼了事。

「動情劍……一拿上手，只感劍身發熱，卻不燙手。守護心中重要的每個人……這應該包括你吧！」梁柏龍看著她，想想得到秘笈後的事情，收起笑容，輕按她的頭頂道：「這裡應該有路可走，師父不見了我，一定很擔心的。」石影瑤拉拉他的手道：「我們走吧！」

二人漫步繞過放靈位的供桌，棺木後有一大木門，用手推開後再向前走了一段路，轉了幾個彎，又見一道大石門緊緊閉著，在門旁有一機關。梁柏龍走到機關前用力按下，洞門轟轟巨響，門隙中射進一些白光，只見面前是一大片草原，遠處就是村子，正是當日二人趕路後所到處。隨著洞門慢慢打開，二人均相視而笑，快步走出，不久洞門便自動關上。

在冰洞所遇的一切令梁柏龍難以忘懷，現在離開卻又捨不得。石影瑤見他不斷回頭，挨在他的肩膀道：「有機會便再來吧！」梁柏龍摟著她笑道：「是的，等一個醜婦見了家翁進了門後，我就帶她來見列祖列宗喔！哈哈！」石影瑤見他戲弄自己，扁嘴道：「誰是醜婦呢！你也不是很帥，好不要臉！」說著二人就在草原上追逐打鬧起來。

忽聽三丈外有人呼喊自己的名字，四下兩望，只見唐嘯風與范翼行從華山山腳奔跑前來。他氣聚丹田，回了一聲：「師父，我們在這裡——」唐范二人聞得梁柏龍叫聲，心中大喜，加緊跑上來，石影瑤亦隨梁柏龍迎了上去。

唐嘯風見梁柏龍穿了戰衣，佩劍亦不同了，說道：「龍兒，好幾天不見你了，真令人擔心。我和范兄找遍華山都不見你，決定放棄，下來再謀對策，想不到就在下來的時候看見你們在追逐嬉戲。說來，聽范兄說，你在華山自個兒研究雪堆的問題，卻過了良久都沒下來……」說著便望著石影瑤打量：「原來她就是石影瑤，很是標緻的小女孩。不知她有何威力，令龍兒這麼著緊？」范翼行當下插口道：「我下山後遇見你師父，將那時的事告知於他，也沒有時間再想什麼方法，連日來都登山尋找你們。在我離開之後，你們到底發生什麼事了？」

當下梁柏龍將怎樣發現冰洞及秘笈一事詳細說了，但不說如何救活石影瑤。唐嘯風聽後亦感慨嘆，呼了口氣道：「那麼秘笈一事總算塵埃落定了，原來蕭兄所說的秘笈傳承者就是龍兒。既然是梁家祖宗留下來的，想必寶貴至極。龍兒，今後你要好好保管，不要輕易著了別人的道兒，給拿走或騙去了。」梁柏龍點點頭，只聽范翼行道：「那裡的村莊人不多，也不會有很多人來打擾，龍兒便到那裡練功吧！」轉頭望著石影瑤道：「你能替我照顧龍兒的起居飲食嗎？」石影瑤見他把自己看作是梁柏龍的妻子一樣，每天就是為他洗衣燒飯，心中微感不快，小嘴一扁，拉拉梁柏龍的手，卻不搭話。

梁柏龍見她不高興，笑道：「不用，我懂得照顧自己。被困冰洞時，燒飯什麼的都是我一手包辦的。不過，現在我倒要到那村莊買些衣服更換，否則每天穿這套祖先留下的戰衣，對祖先著實不敬，還是待我行動時才穿回吧！我希望小瑤能陪著我，而且秘笈內提及到有一式武功是指定傳給女伴的，那麼她也能陪我一起練功。假以時日，我們定能練成。只是……那時我們又該何去何從？現在我想回鄉探望父母。」唐嘯風輕撫他的頭道：「龍兒還是懂得安排的，不過現在不是回鄉探望的時候。我跟范兄會南下到河鄉鎮探望你父母，順道到你家中住上數月，反正我與范兄很久沒聚，很多事正要商談。何況我也很久沒見你父母了，順道為你報信，跟你父母談上數月也不差。」梁柏龍拱手道：「感謝師父指點與幫忙，請師父替徒兒向父母問好。待徒兒武功練成後，定會回鄉探望雙親。」

范翼行道：「秘笈上的武功，切勿急於求成。三年後的中秋，我們會在臨安的長華茶館等你們。若然有事，我倆一定會再來找你們，但如無要事，三年之期一到，不論怎樣，你們倆都須赴臨安之約！」梁柏龍應聲稱是，允諾道：「徒兒定當準時赴會。」唐嘯風道：「龍兒，師父走了，你要萬事小心。」說罷運功而行。范翼行道：「唐兄且慢！石姑娘，龍兒就交給你了。」說著展開輕功追上去，二人轉眼間便走得影蹤不見。

石影瑤低著頭扁著嘴，梁柏龍走到她跟前，用手按著她的額道：「怎麼啦？小瑤，你不想跟我一起嗎？」石影瑤微扭身子，搖搖頭道：「不是啊！只是人家不想好像小妻子一樣，只是卑微地幫你洗衣做飯……」說著雙眼上揚，偷偷瞧一下梁柏龍，只見他正在看著自己。當下他拉拉她的手，微笑道：「沒有啦！我沒有這麼想過，只要每天能跟你一起，我就心滿意足，家務事我們一起完成吧！」石影瑤眉開眼笑，拍他的頭一下道：「好的！」雙頰一紅，拉著他的手向村莊走去：「龍哥哥，我們到那村莊，找個地方住下吧。之前我從爹那裡及一些強盜手中拿了很多錢，不怕沒錢買衣服、買房子。」梁柏龍被她使勁拉著，忙走前摟著她道：「行啦！我就是沒多少錢在身上，暫時要靠你了。」說著二人相視而笑，逕往華山下的小村莊走去。

行至離村口約三四丈路，只見村莊正門豎了一個牌坊，牌匾上寫著「名流村」三字。二人漫步走入，只見村民們都忙著幹活，市集也很熱鬧，有賣食物的也有賣衣服的；茶館與客棧不算奢華，但細小數間仍然客似雲來。遠看是一條小村莊，但內裡十分寬大，像一個小鎮。當下二人問明路向，找到房子安置後，便牽著手到市集購買日常用品、衣褲等。這裡的村民均和諧相處，不時還拜訪別宅，互相幫忙，更有自組的巡邏隊和救火隊等應付危難事件，因此二人雖住了只是兩個月，很快便跟附近的村民熟悉起來。

二人定居後，梁柏龍開始修習武功，晝夜不改；石影瑤除了負責一般家務外，也抽空練練秘笈上的「鳳凰十八式」。到了夜晚二人便相依談心，說盡美好世情與前程，夜深入睡，日復如是，日子亦這樣徐徐流逝……

第十六回　驚浪再臨

就在梁柏龍與石影瑤隱居練功的同一時間，蕭然在華山尋不著張黑迪，也找不到秘笈的位置，只好離開華山，獨自一人下江南去。

蕭然仰頭望天暗暗嘆息，一方面因為不知秘笈下落，另一方面則思念自己的女兒，心道：「最後還是讓張黑迪逃脫了，不知秘笈會否落在這老狼手中。」想著想著，船已靠近臨安。

剛剛下船不久，只聽一個男子高聲道：「蕭兄，這麼巧，又見到你啦！」蕭然轉頭一看，只見這男子身高六尺，肩寬腿粗，提了一把大刀在背上負著，一身粗布衣和穿著草鞋，漫步走過來，正是黃峯。蕭然應道：「啊！原來是黃兄，怎麼也來了臨安？」黃峯卻沒有答，反問道：「咦，你的寶貝女兒跟那個姓梁的小子呢？」

蕭然聽見「姓梁的小子」這五字，忽想起女兒石影瑤因梁柏龍而氣己遠去，嘿了一聲，不再言語。

黃峯見他不再言語，哈哈大笑，說道：「真是不知道你氣他什麼？不過說真的，一個江湖名俠的女兒長得如花似玉，怎能就便宜了那個愣小子？我知道你是因為你女兒與他一起的事而不高興。但既然你女兒喜歡他，他定有過人之處，只是你沒看見而已。不過若是我的話，我可能就不會讓自己的女兒跟了這種人。」

蕭然摸摸下巴的鬍子，雖然點頭，卻不是覺得他說得對。反而說道：「想來我當時也太耐不住性子了。梁柏龍這小子倒沒有什麼，而且女兒從小到大，只要她沒有生命危險、健康長大，我就安心了。她要愛什麼人這些我從沒有在意過，也沒有多大要求。只是一看見那個梁柏龍，不知為什麼就是一肚子火，總有一種說不出的厭惡。」

黃峯收起笑容，看了他一下，只是微笑，當下說道：「不要緊吧！我有些緊要話要跟你說，我們到茶館坐下好好談談。」蕭然拍腹道：「哈！不錯，反正也到了吃晚飯的時候。」說著二人便漫步進城，到了一間小茶館坐下，叫了一些酒菜。當下便道：「實不相瞞，我要說的是……」

正要說出來之際，只見兩名大漢從樓梯上走來，其中一人向二人鄰桌的一名大漢道：「劉大人，張大人要你回去跟他商議軍情。」蕭然這時打量著那兩名大漢，心中暗自琢磨剛才話中的含意。這個姓劉的大漢摸出一錠銀子放在桌上，站起來欲要離開，黃峯同時站起來向他道：「敢問這位劉大人大名？在這臨安夜上，閣下仍要勞心軍事要務，心中好奇，故打擾一問。」話聲剛落，蕭然也站起來道：「閣下主公可是張黑迪？」兩名大漢雖作士兵打扮，卻是由金兵喬飾，蕭然一看得知，卻故意要問出主腦是誰。那兩名大漢聽到二人三言兩語就說出了自己首領的姓名，不禁大驚。姓劉的大漢卻揮揮手，示意他們到樓下等待，然後又忙拱手道：「在下姓劉，字桑，受命於張大人協助辦事，基於軍情保密，恕難奉告。」

正要轉身離開，只見黃峯一躍而前，站到他身前，搭著他的肩說道：「為什麼這麼急呢？莫非張大人就是蕭兄所說的張黑迪嗎？」劉桑心裡有氣，別過頭不說話。蕭然慎重道：「你找張黑迪商議軍情，難道真的有驚天秘密嗎？就算他本事大，也不可能擁兵攻佔大宋江山吧！」劉桑忽然冷笑道：「張大人便是張黑迪又怎樣？不過他要做的事比攻佔大宋江山來得重要！」

劉桑氣上心來，氣的是難以脫身，但更氣的是自己無法說出實情。他自知把柄落在張黑迪手中，自是難以逃脫了。當下兩道力在心中糾纏，心意一決，只道：「好吧！就坐下來分說一下。雖然我不想說，但事到如今，我無法不說。」心中已有說不說都會死的決心，當下更無後顧之憂，留下來走到他們的桌附近坐下，一臉凜然。

黃峯見他突然好像將一切豁出去似的心態回首坐下，一副不吐不快的樣子，心中不再多想，也走回去坐下。只聽劉桑道：「實不相瞞，今晚巧遇兩位大俠，實非劉某所願。本來只想保密，將事辦好後便得脫身。豈知今晚非說不可，劉某只得將實情說出，希望兩位大俠從寬見諒。」蕭然見他一臉認真，似乎大難臨頭的神情，提手伸前道：「劉兄，難得你肯說就再好不過。張黑迪有什麼陰謀，你可以慢慢說，下面兩位士兵就由他們等著吧！」

劉桑嘆了口氣，當下說道：「其實，只怪劉某行事不慎。一日我懷著這塊先師所贈的玉石，此石具有增強功力的特性，據聞配合現在江湖上鬧得熱烘烘的秘笈一起修練，不但功力會極速精進，更能練成舉世無雙的武功，從此無人能威脅自己。傳聞畢竟只是閒話，沒有人知道實際上是否真有這種事情存在。當時我正在淮河一帶跟徒兒相見，談及此事，不料晚上與徒兒分別後獨自南下時，竟遇上張黑迪。他說已將所有事都聽見了，如果我不交出玉石，以及助他出兵南下，就將此事稟報朝廷，污衊我盜取朝廷珍寶，多年不還。又說罪該萬死的話，想來真是有氣！」說著只用力拍了一下桌面，復又嘆了口氣。

蕭然聽到這裡，想起自己年少看書時得知朝廷曾有過一塊玉石，不過後來長大後聽到有強盜偷偷盜去，從此這玉石便下落不明。現在，他聽得這玉石應是落在劉桑手中，又被張黑迪聽到這些話，自然難以脫身。只是為何出兵南下，卻是不明，於是問道：「玉石如此珍貴，自然給他不得，但為何他不來硬奪？」劉桑答道：「當時我騙他玉石不在身，他雖不相信，但見我不像作假，於是便命我這幾晚留守臨安，待人通知。然後到淮河一帶等他，接應兵馬並直搗一個地方，助他找出秘笈、殺一個人。可恨當時劉某的朋友唐嘯風不在，不然兩人聯手，或許能且戰且退，不致於落得如此下場。」

黃峯聽得亂糟糟的不知所以，但見他提及出兵，便好奇地問道：「未知張黑迪要攻何處、殺何人呢？」劉桑爽快地答道：「他要殺的人叫梁柏龍，據聞他好像就是奪了秘笈的人。巧合的是，他是我徒兒的朋友，這個下手就難了。至於出兵的原因，就是要洩憤吧！他找了好幾天都沒有的秘笈居然被這小子先取去，不過他在早前商談時，告訴我要出兵進攻的地方是他的故鄉——河鄉鎮。」

蕭然與黃峯聽後臉色大變，蕭然心道：「沒想到他真是秘笈的傳承者，獨行俠是一點假不了，真的不是胡扯……只是沒想到張黑迪還不罷休，不但要搶秘笈，而且連這據聞會增強功力的玉石也在掠奪範圍之內……」

黃峯大為緊張，得知張黑迪此舉一定塗炭生靈，禍及他人以滿足私慾，不禁按桌向蕭然問道：「蕭兄，這下真是糟了！我們兩個便是武功再高，他揮軍南下也難以招架，況且當今朝廷對金國只是畏首畏尾的哈巴狗，連反抗的勇氣都沒有，一個小小的鎮子又會有多少士兵抵擋呢！你說該怎麼辦？」蕭然也被嚇了一跳，隨即想到河鄉鎮的情況，只道：「不管怎樣，這場戰爭是不能避免的了，要設法通知鎮民逃難。這樣吧！劉兄照為張黑迪辦理軍務，同樣認真帶兵南下，到時我們故作認真、短兵相接。麻煩黃兄代為拖著張黑迪，這樣我會讓劉桑乘機逃離，劉兄可代為殺掉一些金兵，必要時召集當地百姓為義兵，這樣死守的話應該沒有問題。黃兄，我們姑且到河鄉鎮一趟，反正從臨安到宋金交界的河鄉鎮，應該不用太多時間；劉兄則快到樓下隨兩個士兵回去覆命，不然引起張黑迪懷疑就不好。」

二人當下點頭，劉桑則快步從樓梯走下，並向士兵道出遲來原因，又揑造了一個故事，說從二人口中得知河鄉鎮防備薄弱，可盡快一舉拿下；而蕭黃二人則看著他們走得不見影子，才回客房休息。翌晨便買了匹馬，二人日夜兼程的趕往河鄉鎮。

其時鎮內繁榮昌盛，由多年前的小鄉鎮發展成一個京城外與畿縣相當的鎮。現任知軍事是一位貪官，名叫霍健遲。當地一些有名望的商人向百姓收集了一點金錢，他又自資一些貢品給金人，因此河鄉鎮一直以來相安無事，不受金兵侵擾，而縣令則由雷銘雲的人擔任。二人相互專權，坐擁全鎮七千九百士兵、二百匹戰馬及一部分本應上繳中央的稅項，一直至今。

二人趕了三天路程，換了兩匹馬，終於在黃昏時候到達河鄉鎮。只見當地百姓往來不絕，小販叫賣之聲此起彼落，不少婦女打扮得如臨安貴族，少女們更花枝招展，只見四處歡樂洋溢，絲毫不見備戰之狀。

二人策馬進鎮，黃峯看著這般情景，向蕭然道：「難以想像這個河鄉鎮居然如此熱鬧，雖遠不及臨安，但也頗為繁榮。更難想像的是，這裡將會經歷一場血的蹂躪……難得百姓們仍然安享逸樂，真不知那些做官的到底在做什麼。」蕭然一陣黯然，嘆道：「對啊！黃兄所言甚是……」

正自灰心，忽然聽得一把聲音：「咦？這不是蕭兄與另一位豪俠黃峯，黃兄嗎？怎麼如此賞面，策馬來造訪河鄉鎮？」二人聞聲望去，只見范翼行與唐嘯風站在路中央，正與他們相望。當下蕭黃二人下馬，並將馬拉到一旁安置妥當。蕭然走前拱手道：「原來是唐兄與范兄，想不到華山一別，今又在此重逢，真是幸會。」黃峯走近道：「實不相瞞，我們這次來這裡並非遊玩，實有要事告知這裡的知軍事啊！」唐嘯風與范翼行對望一眼，唐嘯風問道：「有何要事令兩位大俠同時到此，還要找知軍事？」蕭然悄聲道：「這裡人多，說話不太方便，我們就到附近的小巷談吧！不過只能談一會，因我們得在夜深前找到知軍事，不然慢一天怕來不及了！」范翼行聽得出事態緊急，當下不打話，帶頭道：「好的，那麼我們現在去吧！」

不一會便走到街角小巷，四人站住腳步，只聽蕭然道：「此番一來，又碰見兩位，真是不錯。

我倆特地而來，且須告知知軍事的事，就是張黑迪將會率兵攻打河鄉鎮，藉以洩憤，誓要將梁柏龍所得的秘笈強奪回來。」范唐二人一聽大怔，唐嘯風道：「看來張黑迪真的非要得到秘笈不可……這事是從哪兒聽來的？」蕭然答道：「我們在臨安遇見一漢子，姓劉，表字一個『桑』，是他告訴我們的。」唐嘯風又是大怔，只道：「怎會是他？他可是唐某的友人！」黃峯道：「這個我們了解，他也提及過你是他的朋友……你的徒兒就是梁柏龍吧！」范翼行道：「是誰的徒兒，知道就可以了。現在重要的是要將此事告知此鎮知軍事，至於是否要告訴朝廷……我看都不必了，那個昏君與朝臣從不管天下事，跟他們說金兵來攻？反過來說你顛倒是非、胡說八道。不過在這之前，我在這裡待過好一陣子，認識這裡的鎮長，他叫歐陽禮師。如果可以的話也告訴他吧，說不定他能出一分力。」蕭然點頭道：「那麼我們分兩路進行，我和黃兄就去找知軍事，叫他們開始疏散百姓南下避難，準備防禦工作；而唐兄跟范兄，勞煩找鎮長一談，看看有什麼方法幫助一下。亥時一到，我們在北門城樓再會。」當下算定，四人便分開兩隊行事。

且說唐范二人走到大街盡處，在某宅前停下，只見唐嘯風叩門數次，只見一名老翁開門道：「啊！原來是唐大俠，很久沒見了！來，進來喝杯茶再說吧……這位大俠是……」唐嘯風轉頭道：「鎮長，我來介紹，這位是人稱江東遊俠，四處鋤強扶弱的俠士范翼行、范大俠。」說著又望著范翼行道：「范兄，這位是本鎮鎮長歐陽禮師。」范翼行作了個揖，說道：「鎮長，打擾了。」只見歐陽禮師笑道：「好的好的！兩位大俠請進來。」

關上門後，鎮長倒茶來招呼道：「老朽寒舍諸多不便，只有一些舊茶來招呼兩位，還請見諒！」說著便伸手道：「兩位大俠慢用。」便坐下來微笑地看著二人。鎮長雖年邁，卻仍出任「通判」一職。很多事務已無過問，但作為皇帝的耳目，絕對是有舉足輕重的地位。

唐嘯風喝了一口茶，微笑道：「鎮長待人親切，依然不變，實在可喜。說來，唐某今次冒昧打擾，實在有要事告知，看看鎮長能否助唐某一臂之力。」歐陽禮師笑道：「但說無妨。」唐嘯風道：「不久的日子之後，將有大批金兵南下到此，未知鎮長能否安排一下，讓百姓及早避難？」歐陽禮師聽後臉色大變，說道：「什麼？金兵為什麼南下來此？」范翼行答道：「其實這個消息我們也是剛知道的，至於張黑迪何時南下，我們實在預計不到。眼看此鎮如此繁華昌盛，實在不希望生靈塗炭。因此才到此拜訪鎮長，看看有何良策能夠相助。」歐陽禮師聽後，摸摸下巴的鬍子思索著，慢慢道：「辦法不是沒有，只是疏散百姓也非一朝一夕能完成的事……事關重大，我可以帶頭讓百姓隨我離開，但必先知會本鎮知軍事、上報中央才可以……」唐嘯風搖頭道：「抱歉！鎮長，待得中央覆命，那時就太遲了！另外有兩位大俠已奔赴知軍事處知會一下，相信今晚會有答案。」歐陽禮師點點頭，說道：「不如這樣吧！如果你們不怕麻煩，可以先看知軍事的反應與意見，一切準備就緒後就來找老朽。那時若能幫上忙的話，老朽作為鎮長，定當盡力而為。」唐嘯風站起來，拱手道：「感謝鎮長厚意，唐某在一切辦妥後再來拜訪，勞煩鎮長了。」說著，轉頭望著范翼行道：「我們走吧！」二人作了個揖，推門離去。

又說蕭黃二人直赴知軍事住處，叩門而問。只見門一打開，迎來兩個下人，其中一人道：「兩位到知軍事住處有何要事？」蕭然答道：「我們來此求見知軍事，實有要事相告。」其中一個下人進去通傳，但沒多久就回來，只聽他道：「抱歉，兩位。知軍事大人正有事要辦，著我傳話兩位，擇日再來拜訪。」黃峯聽到這裡，心中有氣，當下硬闖進去，卻被門口兩名衛兵拿矛來阻。卻見他右手一揚，兩名衛兵登時被點穴道，不能動彈，亦不能說話。兩個下人見他一出手便令兩個衛兵變成木樁一樣站著，嚇得不敢說話，連連低頭道：「兩位大人，小人也是聽從差遣，不是有意留難兩位，只是……」蕭然平舉左手，插口道：「你別慌，我們前來並非搗亂，只是有急事不能不即時報告知軍事，你們的罪由我們來當，得罪了！」說著拱手，便與黃峯快步入內。

進得內院，只聽樂聲大作，哈哈笑聲不絕。蕭然向黃峯道：「黃兄，看來這知軍事並非有要事要辦。」黃峯道：「這個畜生，大難臨頭還尋歡作樂，好一個庸官！且進去阻他一阻，也不礙事。」

說著二人便走近內院正門。

門一打開，只見知軍事霍健遲左手摟著一名美女，然後美女們在他背後按摩、用扇搧風，接著右手不停起落地飲酒。他一邊觀賞美女的歌舞表演，一邊哈哈大笑道：「真是痛快！真是痛快！每天都這樣實在不錯！哈哈……」蕭黃二人對望一眼，更不打話，走上大廳中央，向著知軍事道：「草民拜見河鄉鎮知軍事！」可是霍健遲猶似沒聽見一樣，繼續把玩女人、飲酒作樂，絲毫沒放二人在眼內。

蕭然見他如此無禮，心中登時有氣，一雙拳頭捏得格格作響；黃峯亦滿腔不滿，神色微怒，強忍不發。直至站了半個時辰，霍健遲仍沒有理會二人，黃峯終於按捺不住，怒吼道：「你這個畜生，想我們荒廢到何時？別在罵著玩！」他內力本已深厚，加上怒火劇燃，此話一出，聲如雷鳴，震得內院中人皆大為錯愕起來。只見他走上前到知軍事置酒的桌上，使勁一腳狠狠地踩下去，桌子登時斷成數截，然後左手一把揪起霍健遲，怒道：「你這個畜生、爛狗官！大難臨頭還坐在這裡沉迷美色、大魚大肉，這算是什麼話？我們二人已久候多時，你卻視作等閒！豈有此理！我實在忍不住了！」說著，用力將他扔到牆角，只見霍健遲身子像擲出的球一樣直飛，登時將放滿古玩的櫃子砸個粉碎。

霍健遲嚇得面無人色，勉力爬起來，脫口道：「人來呀！有反賊呀！」此話一出，左右兩門登時打開，有幾十名衛兵奔到他跟前，只聽他道：「拿下這個無禮狂徒！」說著，十數名衛兵挺矛齊上，黃峯卻沒有拔出大刀，只是按按拳頭，嘿嘿直笑道：「想打架啊？好！我要打得你們這班飯桶滿地找牙、直喊娘親！」說著左手執著一個衛兵的長矛，使勁甩了出去，登時推倒三人；接著右手橫翹，將六枝長矛挾在腋下，使勁一按，登時全數齊斷。衛兵拿著破矛，一時不知如何是好。只見黃峯執了一枝有利頭的破矛，其餘五枝扔到地上；俯身用力一掃，啪啪之聲登時大作，衛兵們呀呀慘呼，全都倒在地上。站在後面的十多名見此人如此勇猛，輕輕兩手就將全部人打倒，不禁打了個寒噤，一時間只是持矛原地站著，敢望不敢前來。而被掃倒的衛兵因為雙腳皆被猛力打斷，只能痛不欲生地在地上翻來翻去，再也無力站起來。

知軍事霍健遲雙腳發抖，一泡尿全撒在褲襠上，傳出惡臭。只見黃峯長鬍在微風中飄揚，一副鐵青兇狠的樣子瞧著自己，怕得啞口無言。黃峯欲再上前收拾餘眾，蕭然卻走到他跟前攔著道：「黃兄，諒你如此出手，他也不敢再放肆。其他衛兵更不是我們的對手，用不著全都幹掉，告知金兵將南侵此地一事才是要務。」黃峯叉手道：「哼！一群烏合之眾，今天撿回狗命算你走運，我沒心情了，蕭兄所言甚是，那麼就由你說吧！看見這個狗官我就一肚子氣，恨不得把他宰了，將他的肉拿去餵狗。」蕭然向霍健遲拱手道：「知軍事別誤會！我們來到是要告知你作好防備。」衛兵登時面面相覷，霍健遲嚇得臉無人色，只緊張地道：「我是這裡的知軍事，名叫霍健遲，兩位英雄有事慢說，不用殺人嘛！」他坐倒在地，氣喘吁吁地說著，又聽他向衛兵道：「你們都站著，且聽兩位英雄說話。」衛兵聞聲應是，長矛豎起來不再向上斜指，並退開兩步，望著蕭黃二人。

蕭然道：「我在臨安聽得消息，有一名猛將正率領金兵揮軍南下，鋒芒直指位於宋金交界的河鄉鎮。當今朝廷對金國只是一味退讓，毫不進取，要其派兵救援委實艱難。現在將此事告知知軍事，一來是好作防備，二來我們還有兩個大俠能夠相助，到時即便真的開戰，也有人接應。未知知軍事能否告知，現時可調配的兵力多少？」霍健遲定下心神，呼了口氣，慢慢道：「中央一向只派老弱的廂軍留守地方，士兵過半都是年過半百的男人，只是做些修牆補路的工作，要說上陣打仗嘛……」接著瞇起雙眼，耍手笑道：「哈哈！我……我真的不知道啦！金兵很兇的啊，怎麼打得過呢……」

黃峯見他一副不相干的樣子，氣得就要上前揪著他來打。忽聽門外傳來一把聲音道：「誰人在此大鬧？」只見進來的人一身緋色官服，頭戴官帽，衛兵們看見急忙俯身道：「參見縣令雷大人！」蕭黃二人見又一人進來，又聽得眾人稱他作「縣令雷大人」，心想這人定是朝廷命官，當下也俯身作了個揖。霍健遲見他進來，心中大喜，忙道：「雷大人你來得正好！你給我向兩位英雄分說，他倆說什麼金兵就要揮軍南下，將會到此處開戰！」說著便爬起來，由衛兵扶走，黃峯欲要截著他，後來想到此人並無用處，也就由他離開了。只見他所坐處，滿地是水，心中暗笑：「哈！原來這狗官嚇得屁滾尿流！」

蕭然道：「草民蕭然拜見縣令雷大人。」縣令大人走進來，拱手道：「在下乃河鄉鎮縣令雷銘雲，今日拜見兩位英雄，多多指教。」黃峯道：「我叫黃峯，其他細節你向蕭兄說好了。」雷銘雲見他粗聲粗氣、不像守禮的人物，又見倒地的衛兵無人敢扶，當下只道：「你們都扶他們去休息，找大夫給他們治好雙腳。先退下吧，我要跟兩位英雄說話。」說著衛兵們便扶著斷腳傷兵離開，而樂師與歌女在剛才打鬥中早嚇得鳥獸散。一時間大廳只餘三人，過了不久才有幾個衛兵回來站崗。

蕭然向雷銘雲道：「實不相瞞，我們二人到來，是要告知閣下金兵即將南下、揮軍到此地開戰之事。鑑於金兵來勢洶洶，且地方守備薄弱，希望縣令大人盡早安排百姓避難，免卻一場大禍降臨。」雷銘雲一聽，心中暗算：「你們兩個大漢就是硬闖進來，說什麼金兵南下，為什麼要相信你們呢？」當下只道：「我們會做的，放心好了。」心念一轉，又道：「不過希望大俠能協助地方防務和訓練士兵，出陣應戰也沒問題吧？但未知帶軍之人是誰？」蕭然望一望黃峯，只聽黃峯道：

「說出來只怕嚇壞你，金國將軍名叫張黑迪，是江湖上有名的豪俠。」雷銘雲聽完臉色大變，一時間說不上話來，只道：「這……便算是張黑迪帶兵來，他們何時會到？你這消息又是從何得知？」

蕭然見他諸多留難，也沒有回答他的提問，說道：「我們有另外兩位大俠相助，他們前去找本鎮鎮長一談，待到亥時，他們就會前來。」雷銘雲心中暗笑：「找那個老翁幹得什麼了？而且那個鎮長雖是通判，卻充其量是受人民歡迎罷了，便是真的開戰，也做不了什麼。」當下說道：「好吧！那麼我會將軍務都交給兩位，士兵們都會聽命於你，我與知軍事則負責帶領百姓離開，你說怎樣？」黃峯心中大怒：「你們這些哈巴狗，平日只會奉承貪財，大難臨頭就遠走高飛！」他心生一計，張口道：「好的，你們將縣令與知軍事之位都讓給我和蕭兄，就讓你們帶百姓離開。」雷銘雲見他出言狂妄，指著他氣道：「你……」黃峯走上前道：「怎樣？也不錯吧！我看大人也不想處理這些事啊！」雷銘雲哼了一聲，拂袖而去道：「荒謬！雷某乃朝廷命官，豈容你這下三流之輩說做就做，妄想縣令、知軍事之位？裝小子講兒戲的話也該有限度。不然我上報朝廷，相信你絕不好過。」黃峯聽後大怒，握拳揚眉，怒道：「你這鼠輩說我下三流，自己卻帶百姓溜掉！臨陣逃走，有事不報中央也是死罪，你不聽就好了，罵我幹嘛！」雷銘雲見他動輒開打，怕自己性命不保，想了一會，便道：「我先去給士兵們傳話，明兒你們喜歡再來也可以。」說著就一副不滿的樣子離開。

黃峯稍稍收起怒火，向蕭然道：「蕭兄，這可不行啊！若是那個老張真的帶兵來廝打，恐怕我跟你都要提早『入土為安』了。」蕭然道：「黃兄，虧你還想激他一激。我看這事並不會這麼順利，我倆行走江湖多年，打架當然了得，可帶兵那些學問卻斷然不通！你說怎麼辦才好呢？不過他肯交出軍務和訓練士兵的責任給我們，倒也隨便，至少招兵買馬，也不用等中央來說才做。」黃峯拍拍他的肩，笑道：「他見我出手厲害，還要給他訓練什麼嗎？早看出他沒興趣要理，卻也不相信我們的話。」蕭然嘆了口氣道：「難怪他們的，突如其來被打了，還說金兵快到，安於逸樂的官員多半以為有瘋子來了。況且亥時也快到，我們先回北門城樓再說吧！」黃峯道：「好！」二人說罷便奪門而出，快步走去北門城樓。

就在二人離開之際，霍健遲與雷銘雲心計算定，傾談下修書一封，稟告當今皇帝，卻說不知名大漢硬闖報知金兵將南下一事，還打傷知軍事的衛兵、搗亂知軍事府，要求皇帝懲治二人及靜待答覆。同時唯恐他們起疑，霍雷二人暗地裡向士兵傳話，告知將有軍訓一事，大多老弱士兵聞訊大驚，急謀脫身之計。卻因知軍事命令，不可擅自退役私逃，否則當晚立斬不議，只得乾著急不知所以。

蕭黃二人站在城樓之上，俯瞰整個河鄉鎮，心想繁榮之日再也沒法持續多久，均各自嘆了口氣。黃峯向蕭然道：「蕭兄，你看那兩個狗官的樣子，完全是靠不住的了。我剛剛想過了，可惜也想不出什麼好方法……你說，往後這段日子該怎麼辦？」蕭然道：「待唐兄與范兄回來再細議吧！當下朝政腐敗，看來是一點不假。只要救得這個鎮，就盡力去做吧！」黃峯點點頭，靜望河鄉鎮的夜景，等待唐嘯風與范翼行前來。

第十七回　兵火裡吹逝的微風

就在蕭黃二人到知軍事及縣令所在處拜訪之時，唐嘯風與范翼行也到了梁柏龍的家拜訪其父母。

唐嘯風走到門前，朗聲道：「晚輩唐嘯風前來探望兩位前輩，順道報訊令郎近況。」不消一會，木門打開，只見柏龍的父母佇立在內。梁天全道：「唐大俠，有年多不見了！進來再說，我也有事想問你。」四人相偕走入客廳，分主客坐定，忽聽何靜問道：「唐大俠，你最近有見到龍兒嗎？他可安好？」梁天全卻平舉左手，示意她停止詢問，然後向唐嘯風道：「未知坐在唐大俠旁邊的大俠是……請教高姓大名。」范翼行拱手道：「在下范翼行，也是龍兒的師父。」梁天全大怔，問道：「龍兒拜了你們二人為師？」唐嘯風笑道：「不怪、不怪，我小時候也從數名師父學習。這位是江東有名的大俠范翼行。說回來，我早一陣子見過龍兒，他已成熟不少，不像童年這麼搗蛋任性，前輩可以放心。」梁天全與何靜相視一笑，心中大慰。

唐嘯風當下將遇見龍兒及他取得秘笈的經過略說一遍。梁天全得知兒子已經發現祖先冰洞祠堂，嘆了口氣，向唐嘯風道：「唐大俠，你聽過秘笈的名字嗎？」唐嘯風搖搖頭，梁天全續道：「我們梁家世世代代相傳的，就是龍兒尋得的秘笈。本想待龍兒成熟些時才去華山拿給他，沒想到他竟撞上了。那本秘笈叫《寒冰俠經》，也是有些因由，才不這麼快跟龍兒說祖先的事情。」唐嘯風與范翼行對望一眼，不知梁天全之意，范翼行道：「梁兄，為何要待龍兒成熟些才能給他？現在早點發現不好嗎？江湖上不少人正為爭奪這本秘笈而奔赴華山呢！」梁天全與何靜大怔，但見秘笈已落入兒子手上，亦心感安慰，只聽他道：「兩位大俠，你們可知道這秘笈上的『冰』字，到底有何含義？」

范翼行與唐嘯風被此語一塞，待了一會，都搖頭道：「想不明白，還請梁兄明言。」梁天全道：「這個『冰』字，是指感情及精神的孤獨與痛苦。換言之，得到秘笈的人在親情、友情與愛情上需有基本的滿足，例如在家有雙親關愛，出門有朋友照應。不過，愛情卻是必要的，否則無法除去秘笈的隱患，這個問題世世代代都能解決。只是不知龍兒現下有否愛侶？若然沒有，內勁及精神會因孤苦的折磨而令內息亂走，衝擊五臟六腑致死。」何靜聽完大驚，向丈夫問道：「當初我嫁給你時，在修練期間你沒有提過啊！」梁天全望她道：「不怪，因為問題已經解決，況且這情況只會出現在男方身上，你練的不會構成什麼問題。」他轉頭向唐嘯風問道：「敢問唐大俠，龍兒可有愛侶在身邊？」范翼行會心微笑，卻不說話。唐嘯風亦笑道：「兩位前輩不必擔心，我再見龍兒之時，他身旁已經有一個很標緻的小姑娘跟他一起了。而且這個小姑娘就待在龍兒身邊，協助他練武。」

柏龍的父母聞訊大喜，何靜追問道：「那麼……那個女孩子叫什麼名字？漂不漂亮？長得多高？人品可好？還有……」梁天全插口道：「好了好了！你也得給唐大俠說啊！」轉頭向唐嘯風道：「對不起，唐大俠，我的妻子十分想喝媳婦茶呢！希望你別見怪。」唐嘯風哈哈大笑，說道：「這個待龍兒回來再說給你們聽吧！他現正修練武功，我跟他約定了三年後在臨安再會。若無大事發生，他一定會回來跟你們見面。」范翼行忽在唐嘯風耳邊悄聲道：「時候差不多了，該回北門城樓會合蕭兄與黃兄了。」唐嘯風點點頭，站起來向柏龍的父母拱手道：「抱歉打擾了兩位前輩，本欲聚舊，只是晚輩另有要事，得先行離開，改天再來拜訪。」梁天全與何靜聞言均站起來，只聽梁天全道：「原來如此，雖未知有何要事，但聚舊之事可待日後再說不遲。」說著，唐范二人便動身前往北門。

到得城樓，亥時已至。蕭然向唐嘯風道：「怎樣？鎮長如何答覆？」唐嘯風答道：「他說若然知軍事准許，就可以請他幫忙。」范翼行問道：「那麼你們跟知軍事交談的事情又怎樣？」黃峯哈哈大笑，說道：「那群狗官個個只會玩樂不會做事，我們還遇見縣令雷銘雲。他說明天起會將軍務和訓練士兵的工作全都交給我們，但交換條件是他要帶頭離開。」唐嘯風道：「豈有此理！不思索一下如何保護百姓，只知逃之夭夭，混蛋！」范翼行道：「是誰帶頭都不打緊了，不如想一下如何將一群老弱兵馬短時間內練成精銳部隊吧！」蕭然點點頭，卻嘆道：「老弱士兵，焉能跟精壯勇武的金兵硬拼，只恐怕沒打先輸陣了。」頓了一頓，再向唐嘯風道：「不過話是沒錯！唐兄，蕭某想再麻煩你做一件事，拜託你跟鎮長說一下。我想，靠鎮長的人望，應該可以招募到一些年青的義軍前來幫忙。這樣，配合官軍再加以訓練，兩者合一；雖然攻是不能的了，但論守卻不是不可的。你看如何？」唐嘯風點頭道：「嗯，不錯！我現在就去辦，明天便請鎮長招兵，完事後就過來會合你們。」轉頭向范翼行道：「范兄，你也留在這裡吧！官兵這麼多，少個頭帶領是不行的。」蕭然道：「那麼明天辰時就在知軍事府第門前集合，開始練兵！」四人點頭示意，分開兩路準備。

次日辰時一到，蕭然便拿起鼓棍來敲，鑼鼓聲登時大作，以示召集。只見一群中年官兵一個個慢慢走到訓練場上，個個猶似睡夢初醒的樣子。黃峯則走到附近的官兵臥室，將賴床的官兵逐個揪了出來，一共捉了好幾百人；用繩子綁起手腳，並叫霍健遲命兩名衛兵拿數根鐵柱，搭成衣架狀，將被捉的士兵都掛在上面。霍健遲與雷銘雲哪敢不從，當即命人立刻造了起來，並跟黃峯到校場上。只見黃峯拿出大棍舞了兩下，朗聲道：「從今天起，知軍事與縣令將訓練士兵的權力交到我們手中，我是你的教官黃峯，誰像這群人遲到的話……」說著舞起大棍，使勁去掃，幾百個因貪睡而被揪出來的官兵登時慘呼叫痛，俯在地上，鐵架雖牢牢架起，卻抵受不住如此勁力，全塌下來。一些體弱的被打到噴血淚流，其餘人等均面無人色。黃峯便指著他們道：「每天誰在鑼聲響時不出來，就像這些人一樣被痛打一頓。」官兵們看著被打的官兵們一個個倒在地上慘呼，還被打得血都流出來，鐵架甚至塌下，心知此人氣力不小，而且執法嚴厲，只怕再有重罰。全都突然抖擻精神，站直分開排好，不一會就是數百列整齊的隊伍站在校場中。

蕭然走上木製的高台，朗聲道：「我叫蕭然，今天起負責訓練你們，在旁的有范翼行范大俠作指導，將教會你們在跟金兵作戰時，應該如何舞刀弄槍。黃峯則負責執法，誰躲懶、說三道四或不勤練的話就痛打一頓。我們三人將在戰時負責指揮作戰及參戰的工作，河鄉鎮即將面臨金兵來襲，只要我們齊心合力，方能將金兵擊退！」官兵們雖不知何時換了幾個大漢訓練自己和負責指揮，想到與金兵作戰也感害怕，但見蕭然幾句話說得豪情壯烈，又想自己的親人身在北宋故土上，被金兵蹂躪，不禁激昂地舉手高呼。一時間訓練場上呼聲大作，熱鬧非常。

蕭然將與金兵作戰的戰略與規則簡單說了，然後就交由范翼行帶領士兵。官兵們換上裝甲，各持劍矛或大盾，學習進攻與防守技巧，而范翼行又暗地裡將一些武功融入其中；只是官兵們大多養尊處優，又非禁軍作戰隊伍，是以練得相當吃力。

午時過後，只見遠方一隊人馬前來，帶頭兩個騎著馬，其他則井然有序地緊隨二人身後。黃峯看著，大叫道：「蕭兄、范兄！唐兄回來了，他身後還有很多士兵啊！」蕭然、黃峯與范翼行聞訊，忙出門迎接，只見大門打開，唐嘯風下馬拱手道：「蕭兄，你叫我辦的事已做好了，比想像中還要快了不知多少時日！」這時另一個在馬上的老翁慢慢下來，走上去向他們拱手行禮。只聽唐嘯風續道：「這位是本鎮的鎮長，他叫歐陽禮師。」三人同時向鎮長作了個揖行禮，只聽歐陽禮師道：「真好，唐兄結識不少江湖豪傑，替我們河鄉鎮出力，那麼金兵到來也不算大問題了。謝謝三位大俠相助。」唐嘯風道：「托鎮長的福，在大街上召集群眾知會金兵來犯一事，民眾一個傳一個的，很多家庭都願意支持其兒來從軍報國。一時間便招來了幾近七千人左右的義軍，而且還陸續有來。只是人太多了，唯有先領他們前來。我先召集他們，排列整齊後就趕來會合你們。」說著轉身向義軍們朗聲道：「你們都進去校場跟官兵站好吧！」說著隊伍就徐徐而入。

蕭然、黃峯與范翼行望著隊伍均是十五六歲年青男子至三十多歲的壯漢，心中大喜，急忙向鎮長俯身拱手道：「托鎮長名望，召集了大批年青力壯的義軍，我們萬分感激。」霍健遲與雷銘雲看見他們數個人在短短數日之間便將大批義軍弄到，一出手又將士兵們打得落花流水，恐怕讓朝廷知道自己臨陣逃走；失卻河鄉鎮，被附近州縣知道後鐵定頭顱不保，忙走過來跟蕭然道：「幾位大俠真的威名遠震四方，加上此刻又有大批義軍，縱然金兵再勇，相信都能抵敵。我們也並非如此貪生怕死，希望幾位大俠讓我們參與這次戰事。」黃峯白了兩個人一眼，晦氣道：「昨天還說自己要帶頭跟百姓離開，我看，只怕你還沒走得及就先被金兵打死了。此刻又來裝蒜的，少來作弄我了！」舞一下手上的大棍，欲待要打。兩人登時嚇得肝膽俱裂，雷銘雲急忙拱手請求道：「不是！不是！再不敢逃了！願聽大俠指示，好讓本人能作些防備……我們是朝廷命官，有責任要幫忙的！」黃峯將兩人分開，一個領右軍，一個領左軍，但兩人受唐范二人監管。故此他倆雖是領軍，但實際指揮上，軍隊卻只聽令於唐范二人。

蕭然沒有理會二人，逕自走上高台，看著近一萬五千名士兵在校場上站著，心下大慰。當下走回大門前，跟鎮長道：「對！蕭某有事要相告。知軍事與縣令雖將訓練士兵與領軍的權力都授予我們，但是他們始終是朝廷命官，上場打仗沒他們不行。鎮長若不嫌棄，請帶領百姓南下避難，附近若有州縣相問，可待告知，以作防備及收容流離失所的百姓。只要戰事一完，我們定派通信兵來報知。若守城成功，那時你可跟百姓回來，重新生活了。」歐陽禮師笑道：「有四位大俠相助，負責訓練及帶領士兵，相信河鄉鎮一定能平安無事。那麼老夫就此回家，靜候避難消息。若得通知，定召集百姓們離開，往南方逃去。現在我先叫百姓們準備撤走，你們要小心保重。」說著俯身行禮，然後上馬離去。

自此之後，蕭然、黃峯、范翼行與唐嘯風四人便合力訓練士兵，風雨不改。蕭然跟霍健遲負責陣列的設計，包括守城對策、進攻方式等；黃峯與雷銘雲則負責糧草準備、兵器供應及補給、編製部隊等事宜；唐范二人各領一半軍隊，每日分開兩陣模擬作戰及應變，加強與士兵的配合性及作戰能力。短短四月，一群不融合、懶洋洋又缺乏作戰能力的士兵都變成了能夠衝鋒陷陣的作戰部隊。

期時宋孝宗在位，英明勤政，朝廷得知武林中人協助及指揮軍隊，大感震驚；朝廷上分為主戰及主和兩派，唯宋孝宗感到武林中人勢盛，但金兵來犯之傳聞，有武林中人此時正設法應對，想來事情不假。當即調派禁軍一萬，找了兩位隨行將軍先帶領著，星夜奔赴河鄉鎮，並頒下聖詔，將領軍權交予縣令雷銘雲及知軍事霍健遲，待禁軍到達河鄉鎮後便頒布此詔。主和派一時勢失，被主戰派攻擊，而誰也不知道，宋孝宗想借此事的真偽去確認一些事情。

這時已是涼秋時節，八月十五日將至，每日過去，月漸圓滿。士兵們的訓練從無間斷，他們練兵、帶軍演練也有四個來月之久。一日，唐嘯風與范翼行正在城樓上談話，忽然一個通信兵急趕過來，半跪在地拱手道：「唐大俠、范大俠！金兵領袖張黑迪率領約四萬金兵前來，現於城東三百里外屯駐，預計三日後左右便到達河鄉鎮附近了！」唐范二人登時大怔，唐嘯風道：「范兄，麻煩你通知蕭兄與黃兄，準備率軍迎戰。我在這裡集齊人馬，待會我們在這裡會合。」范翼行點頭稱是，幾個箭步便搶下城樓去。

這些歲月中，不少人仍陸續加入軍隊，有些婦女也主動送上部分家當及糧食勞軍。故待得張黑迪部署後再來攻打，河鄉鎮的軍隊人數已是倍增。

雖然如此，皇帝的聖詔也剛巧來到河鄉鎮。

一萬禁軍此時正候於城外，通信兵派人傳話。城門打開，當先一隊先鋒隊為數五十人，領隊的將軍站在一旁，喚出縣令雷銘雲及知軍事霍健遲二人。唐嘯風、范翼行、黃峯及蕭然聽得皇上聖詔到來，不敢怠慢，也各自走出，站在縣令及知軍事身後拱手俯身行禮。只聽傳詔兵打開聖詔朗聲曰：「奉天承運，皇帝詔曰：『有鑑武林中人干預軍事，視朕於無物，但傳金兵來犯，卻得武林中人介入，所言不虛。令隨行將軍移交禁軍一萬，並備糧草，星夜入鎮支援防禦。帶領禁軍者，交予縣令雷銘雲、知軍事霍健遲，助大宋守衛國土，百姓得安。布告中外，明體至懷。』蕭然、黃峯二人接旨。」雷銘雲與霍健遲相視一笑，得知計策成功，本以為重掌大軍一定可令這群粗人名存實亡，不用讓出領軍權力。但聽得又有旨令傳給二人，故仍不敢分神。

黃峯與蕭然上前拱手：「黃峯（蕭然）接旨，銘感聖恩浩蕩。」傳詔兵繼續朗聲曰：「我皇浩恩，天地可證。為保百姓安康，得武林高人輔助，社稷幸甚！特此下旨，縣令雷銘雲及知軍事霍健遲將負責守城，帶兵出陣、領軍攻敵之權則交由黃峯及蕭然作主。有違此旨，罪屬當誅，欽此！」

眾人不禁下跪叩首，異口同聲謝道：「願大宋江山千秋萬代，聖上安康！」縣令雷銘雲與知軍事霍健遲接過聖詔，命禁軍入城安頓。二人算定各分五千人，分守東門及西門兩邊，義軍及廂軍的領導則交由蕭然及黃峯繼續作主。

「這狗屁皇帝，話倒說得不錯，也認真的派了軍隊和備上糧草，很是信任我們似的。」黃峯背上訓練用的棍子，不服地道。縣令雷銘雲走近來作個揖道：「那麼，帶兵攻打前來的金兵的任務就交給兩位大俠了。」語帶譏諷，一反早前的狼狽姿態。黃峯聞言怒道：「你這哈巴狗，給我小心點，揍扁了金兵後我一定回來給你好看！」唐嘯風走上前來，插口道：「觀乎縣令雷大人的防守經驗，相信有點吃力。本人也會暫時留城，若然不對路，可從旁協助。」范翼行道：「唐兄，你忘了你的好友也在協助張黑迪嗎？守城可交由我在旁幫忙，你也隨蕭兄及黃兄二人出征吧。順便找劉兄問一下事情，若能說服他倒戈，相信也是一件好事。」唐嘯風對於玉石被奪一事不太上心，但相信此石於劉桑而言是至寶，只是沒想到他卻因此背叛大宋加入金軍；當下被范翼行提醒了，更感到此事之重要，當即答應此事。待禁軍完全入城，當即關上城門，預備明日戰鬥。

唐嘯風抬頭仰望，月將圓滿，嘆道：「范兄，三天後就是中秋月圓之日了。我與龍兒相約往後中秋再見，今天一望，卻感到有點唏噓。」范翼行站在他身旁，理解他要跟好友開戰，自是心有難過之處，當下說道：「龍兒也為日後而努力活著，唐兄，如果你的好友真的執迷不悟，你自己該有主意應對才是。」唐嘯風點點頭，便隨范翼行返回住處，預備明日行軍的事情。

次日早上，晨光初現，蕭然、黃峯與范翼行三人齊到，三萬兵馬連同一萬禁軍亦齊集校場。知軍事霍健遲與縣令雷銘雲一直都有看官兵訓練，聽得衛兵通報金兵來犯，更已將近城門二百里處，也不得不暫且放下作樂閒聊的念頭，收拾心情應戰。忽見人人趕去校場，也趕忙換上軍裝到校場上來，二人分站唐范二人身側。只見唐嘯風站在城樓之上，朗聲道：「各位，我們勤練四月有餘，金兵終於來到。張黑迪武功高強，是當世武林的頂尖分子，金兵也來勢洶洶。皇帝已頒下詔令，派遣禁軍及運送糧草支援。現在又有萬多義軍，既有青年分子，也有熱心報國的人。我們的故土就在北方，朝廷雖未能光復我大宋河山；但我們苦練至今就是為了戰勝金兵，大伙兒一定要齊心合力，將金兵和張黑迪擊退！」說得氣勢雄渾，字字凜然，士兵聽在耳中無不鼓舞。登時呼聲震天，高舉武器，齊聲叫道：「還我河山，保我家國！」不斷重複，此起彼落，不絕於耳。

叫得半炷香時間，訓練繼續進行，不同的是追加了戰術的分佈：士兵分成前、中、後三部分，後面分兩翼，左翼負責城池守衛，選其中百人為一小隊，監察城池是否有細作趁亂混入，以及協助被圍困的我方士兵；右翼則負責補給及確保城門、城樓防備穩當，必要時分出一半兵力出陣支援；前陣亦分兩翼，左翼由唐嘯風領軍，右翼由范翼行領軍，佔義軍一萬；並於禁軍中分一半兵力置火炮陣，由縣令雷銘雲帶領；弓兵陣正面對抗衝突迎面的金兵，由知軍事霍健遲帶領，餘下的士兵分左右包抄敵軍後方；黃峯領正中軍隊迎擊，部隊三千，同時配合兩翼進退；中陣分前後兩陣，前陣負責在弓兵陣放箭後及火炮發射後突擊，後陣與後陣兩翼功能相同，由蕭然看守及指揮。

三日後，張黑迪率領金兵到達河鄉鎮前，擺開陣式，領軍在前，遙望河鄉鎮。只聽傳令兵策馬到來，只道：「張將軍，士兵們已準備就緒。」張黑迪想到梁柏龍一個黃毛小子不費吹灰之力便取得秘笈，自己費了半月卻撲了個空，登時心中氣來，當即揮手示意擂鼓，準備開戰。

另一方面，蕭然在剛天亮時已召集士兵，待聽得城外鼓聲大作，便站在城樓高處，踏步上前，右手水平一劃，朗聲道：「全軍，準備應戰！」士兵們聽後，呼喊一聲，各自回到防線，並將守城武器、大石等搬運到城樓之上。城門打開，前、中、後三陣走出城外十里左右，將早兩個月前預先挖好的陷阱佈置妥當，並分妥陣式，各自準備迎戰。

霍健遲見他將自己的兵馬打理得如此強大，心中不是味兒，拉拉雷銘雲的衣袖道：「你看他們多厲害……這些原本連抓賊都不行的士兵居然變得如此勇武，你說我們現在該如何是好？」雷銘雲道：「金兵轉眼就到，我們還是按照皇上指示辦吧！若真的打不過了，我們且先逃到南方，再謀對策。」二人算定逃走路線，便分開到東門及西門作防備工作。

黃峯雙拳一碰，拿出他純熟專用的大刀，哼了一聲，說道：「害我睡得不好的老狼，由我來會會他，你們不許插手，給我打走跑來騷擾我的嘍囉就行了！」黃峯在戰前刻意挑選三十名壯漢，修練了一些拳腳上的工夫，因此與一般士兵舞刀弄槍的手法略有不同，用作親衛隊，避免專心跟張黑迪狠拼時被眾多金兵圍攻而死。

蕭然跟隨前陣軍隊出陣，從後陣策馬上前，向唐嘯風道：「今次作戰，老實說我不知道為什麼這樣著緊。」唐嘯風道：「你不會是因為龍兒或者秘笈而戰吧！」蕭然答道：「可能兩者都有，又或者因為不想百姓落在金兵手中、慘遭蹂躪而略盡綿力而已。」想起自己的女兒與梁柏龍神情親密、難捨難離的情景，如今已不復在，不禁抖擻精神，心道：「這次不能輸！」便驅馬返回後陣。

張黑迪同樣帶領四萬兵馬到來，劉桑亦緊隨其後，只聽他道：「劉桑，若你能助我滅河鄉鎮，你的玉石，我一定會還你。」劉桑「嗯」了一聲應是，心道：「待會才給你好戲看！」

天色大明，兩軍對峙，河鄉鎮附近有數條小河，地理上以平地為主，因此於人數眾多且居在北地的金兵而言是有利的。這時金兵陣營戰鼓聲大作，只聽得張黑迪朗聲道：「殺呀！」說著便策馬趕上前，隨後大隊金兵嘩聲四起，尾隨張黑迪衝將過來。

唐范二人各帶五千兵馬出城。只見金兵來勢洶洶，馬蹄聲與吶喊聲不絕於耳，由遠而近地衝來。未幾，嗚嗚聲登時大作，原來是金兵著了十里外的陷阱，一個身陷約八尺深的長坑之中，忽聽范翼行與唐嘯風齊叫：「衝呀！」數千人馬登時隨著二人奔前。

張黑迪見士兵們著了陷阱，急忙勒停馬匹迴身，未幾便見數人帶著士兵衝過來欲要廝打，只是金兵人多，一下就擋著了。兵器交接，殺人廝打，一時混戰起來。定睛一看，原來是黃峯領著一支軍隊直衝過來，張黑迪轉頭向身後的劉桑道：「劉桑，一切就交給你，我要對付黃峯。」劉桑揮劍一下示意，便策馬走向右邊狹路前來，迎戰敵軍左翼部隊。

黃峯聽得張黑迪在叫喚，也沒等他回頭，策馬提刀便衝過去道：「我們好久沒打架了！來！今天就來廝打個痛快！」說著手提韁繩一跨，只見馬匹騰空而起，落將下來；銀光一現，卻是刀鋒已至。張黑迪提馬向後跑，轉身還了一棍，說道：「好啊！你來礙老子的事，便是大家江湖齊名，今天也不能放過你！」說著策馬轉回前面，舞棍打將過去，還了三招。黃峯也不甘示弱，拿刀横擺一送，一招「拂霧看花」，再補上一招「尋路而行」；刀身斜送，一個迴旋直砍，使張黑迪不住舞棍格擋，二人錚錚地在城外十餘里處廝打。附近雖有不少金兵圍將上來，但只要一近黃峯馬下，登時便被黃峯附近的衛兵拔出腰間佩劍斬死。金兵見他勇悍，身旁衛兵不只會一些簡單的舞刀弄槍手法，一時不敢近前，然而到最後還是要助張黑迪而擁上去，卻悉數被黃峯近身部隊的亂劍斬死。

唐嘯風見一人身披大紅衣甲策馬而來，尾隨不少金兵蜂擁而至，揚聲道：「來者何人？」只聽他道：「吾乃劉桑，特來與君一戰！」唐嘯風登時怔著：「劉桑……果真為張黑迪辦事？」一時之間心裡莫名其妙，正自猶豫，只見他拔劍上砍，伴隨士兵一起衝來。劍挾強風，直迫得唐嘯風舞劍格擋，只聽他問道：「你……你怎麼會跟張黑迪到來？答我！」說著一招「虎如插翼」，劍身自下而上一迴，逼得劉桑格了一下。劉桑卻沒有還手，反而將馬拉回頭，定睛一看，才知交手的人為唐嘯風，回話道：「你是梁柏龍的師父吧！為什麼要待在這裡？難道梁柏龍真在此處？」

只見唐嘯風在金兵四周來回地走，手起劍落，所到處，人倒馬翻。唐嘯風不住手用劍將攻來的金兵打走或刺死，忽見劉桑突然遊走，殺起金兵來，不由得大為驚訝：「劉桑……到底在幹什麼？」劉桑策馬走向他，並著唐嘯風一同廝殺攻來的金兵道：「要說箇中因由，在眼下這場紛亂的局中實難以說得明白。不過我已納定決心，絕不屈服於張黑迪的制肘之下。所以，一起殺掉金兵、解除這場浩劫吧！」唐嘯風微微一笑，說道：「好！讓我們體驗一下武功真正的味道！」說著二人便分開兩路，馬匹過處，金兵皆倒地不起。一些認識劉桑的金兵不知他為何倒戈，住手呆瞪之際，早被劉桑擊殺了。

蕭然眼見黃峯時常被金兵圍著，以致無法全力迎擊，其身旁雖有士兵護衛，但金兵殺完又至，前仆後繼，不計其數；親衛隊卻早因體力不支而逐個被殺，而黃峯身上又著了張黑迪數棍。他心知不妙，留下口訊令士兵守好後方，便領著一千兵馬衝入金兵群中，衝向二人劇鬥的方圓數里處拼命廝殺。只見他劍起掌落，將迫近黃峯的金兵一一除掉，心中同時暗自盤算：「要是繼續打下去，金兵攻入河鄉鎮也只是時間的問題……」眼看正中軍隊已開始抵敵不住，中陣忙趕上去擋著；可惜，前陣是老弱廂軍，雖訓練有素但始終體力有限，拼命殺了不少金兵，最後還是被金兵圍死。中陣由河鄉鎮民眾組成，個個護鄉情切，奮不顧身拼命廝殺；戰場上呼喝聲大作，前方騎兵部隊亂劍混槍飛舞著，沙塵漫天，刀劍相交，旌旗蔽日，呼聲不斷，直教人心裡流汗。

黃峯眼看瞎纏的人不休，心裡越打越有氣，使勁起來，還了一招「風起巨浪」，掌挾強風送去；直擺橫掃，登時將圍在八方的金兵全都震開，一些近身的更被震死。但金兵人數太多，殺完一浪接一浪；蕭然與士兵們開始感到吃力，一些年老的官兵更因體力不支而被金兵圍殺，一時間慘呼聲大作，屍體遍地蔓延。

黃峯吃了張黑迪數棍，吐了兩口鮮血，擦擦臉道：「哼！怎麼也不能倒下！我沒法接受自己敗北！」說著鼓起氣來運刀還擊。張黑迪見他不要命的攻來，自己也著了數刀負傷，血流滿甲，當下說道：「黃兄，這麼急著去死嗎？此非大將之風呢！」說著迴身就是一棍。黃峯不聽他說話，舞刀斜揮直劃，送了一招「江河斷山」；張黑迪迴棍不及，登時衣甲又擦了一下，拼出一些鮮血。他忍痛哼了一聲，抖擻起來繼續舞棍還擊。

後陣士兵加緊射箭扔石，從無間斷。唐嘯風與劉桑，還有范翼行與數千兵馬雖在城下數里處牽制著，不過金兵人數實在太多及強悍，根本沒法將所有金兵全都截著殺掉。只聽唐嘯風道：「劉桑，這樣待著只會妨礙弓箭手放箭攻擊，不如就衝將上去，助蕭兄一臂之力吧！」劉桑執起韁繩策馬轉向道：「好！」說著二人舞劍上前。范翼行見唐嘯風撤走，命身後五百名弓箭手放箭，一時間箭如雨下，密不可擋。登城的金兵設法擋著弓箭，終因接應不暇而被扔下來的大石壓死。雖然如此，但已有數千金兵能夠走近城門，與城門處的守城士兵廝打起來。

唐嘯風與劉桑率領著五百名精兵，直搗金兵大本營突襲。劉桑熟悉金兵糧草及兵器，還有營地分佈，當下二人衝進營內，手起劍落將來兵殺掉；同時守護身後的二百名弓兵放出火箭。金兵陣營登時火光充天，濃煙瀰漫，走不及的金兵均悶死或燒死在營內。唐嘯風正要策馬轉身殺出一條血路離開，只見弓箭交錯亂飛，不及迴劍格擋，「噗噗」兩聲，左臂與右腰均中了弓箭，隨行弓兵與步兵不少中箭而死。劉桑道：「不好！原來他早知我們會發動奇襲，已在此處埋下不少弓兵『歡迎』我們！唐嘯風，你沒事吧？我們要盡快離開！」說著朗聲道：「大伙兒退！」說著餘眾就緊隨二人離開金兵陣營。

唐嘯風強忍痛楚，直奔向張黑迪與黃峯廝打之處。只見張黑迪大範圍地舞動銀棍，一招「銀河雪地」，將攻來的衛兵打死；棍挾強風，轉了數圈不斷掃打，活像一枝大掃帚在不斷攻擊人群。不僅將黃峯的來刀悉數格開，同時將衝來纏打的士兵一併轟飛。他得到一線空隙後，便迴身策馬向陣營奔逃，心想：「糟了，雖然埋有伏兵，這下糧草與陣營都給火燒掉，那麼就難以一戰將河鄉鎮掃平！」越想越氣，忽見一個漢子負著箭傷正向自己奔來，又見劉桑策馬在旁，心中怒火更熾：「好啊！你這傢伙要出賣我了，往後回去才想如何收拾你！先殺你身旁那個好朋友！」加緊策馬衝將過去。

黃峯眼見唐嘯風著了箭傷，這樣衝過去定會被張黑迪用棍打中，急忙策馬追上去叫道：「老狼，我們這場戰可沒打完，別想逃！」欲要衝前，卻被金兵圍著。黃峯殺得性起，此刻卻只能目送唐嘯風奔向死神，不由得怒火劇燃。一招「千竹過林」，刀身圍著全身劃了東南西北各八個交叉，挾著勁風送刀而出，登時將接近的二三十名金兵斬得斷手斷腳，不似人形。只見唐嘯風與張黑迪各自奔馬迎上，唐嘯風挺劍運氣送出，直指張黑迪後腰；劉桑欲要揮劍相助，卻被張黑迪用白銀棍反手一招「星河飛馳」，棍身忽然轉向，從左打來。劉桑的劍被打得脫手而飛，掃中幾個追來的金兵，其中一個登時被突如其來的飛劍插死。棍勁繼續直掃，唐嘯風一時防備不及，被棍打中腹部，哇哇兩聲，吐出兩大口鮮血，便無知覺地伏在馬上，而馬匹繼續向前奔馳。

黃峯見馬匹負著受重傷的唐嘯風向河鄉鎮狂奔，劉桑又失去武器，只能靠帶在身邊的短劍及掌風轟開迎向唐嘯風的金兵；而後方的金兵亦正策馬持弓放箭，緊追不捨，心怕唐嘯風連人帶馬都衝進陷阱去。當下拉馬轉向，跑近唐嘯風的馬匹旁，一手就將他提起放在自己身前伏著，任由馬匹直衝到陷阱內撞散、踏死金兵。劉桑見張黑迪奔回陣營，也沒去理他，急忙策馬上前尾隨黃峯。只見大隊金兵隨著張黑迪奔回陣營，黃峯帶著馬返回中陣找蕭然，並大叫道：「蕭兄！唐兄中棍了！快來幫忙啊！」

蕭然聞得叫聲，當下踢開礙路的金兵，策馬奔近前來。只見唐嘯風動也不動的伏在馬上，當即運勁把他抱起，提氣運功，離開馬匹跨過陷阱。但畢竟唐嘯風是壯年男子，既要運勁抱著，還要同時力敵四方金兵，始終不能。一些中陣士兵見狀，奮勇將攻來的金兵殺死，拼死護著蕭然奔向城門。

劉桑眼見張黑迪傷了自己的好友，心中悲慟，怒火大熾，策馬回頭遊走，將撤退的金兵猛力揮劍砍殺，就是有種「殺得多少就是多少」的感覺。大部分金兵都衝到城池前，而城上士兵又聞得黃峯叫聲，左翼殘存部隊登時全都調頭不追退兵，反而奮殺欲要撤走的金兵。蕭然抱著負傷的唐嘯風，奔到一名士兵騎來的馬匹上，士兵也當即下馬，見到金兵揮劍就砍，二人一前一後的將金兵趕殺，金兵屍體登時大增。眼見金兵全都撤走，張黑迪也沒有再出來，金營也火光熊熊的燒紅了半邊天。當下蕭然、黃峯便率領餘眾策馬回城，劉桑亦尾隨其後；張黑迪見大勢已去，便帶著殘兵退回北方，再作打算。

艱苦的混戰持續了近四個時辰方始完結，四人為堅守河鄉鎮出的一點力量終於換來最後的勝利，士兵們都不約而同地連聲歡呼。可是經此一役，城中士兵只餘下約三千多名。老弱官兵悉數戰死沙場，餘下的都是由鎮長帶領下募來的義軍，但多半負傷。朝廷派來的禁軍只餘守城的二千多人，另一半在剛才危急之時而被調出城外與金兵混戰，卻沒有多少人活著回來。知軍事霍健遲於守城時輕敵衝前指揮，卻被遠處金兵用箭射死，掉下五丈的城牆下，頭破血流而亡。

蕭然抱著滿身鮮血的唐嘯風回到知軍事府內一廂房躺著，雷銘雲得知霍健遲戰死一事後呆了半晌，說不出話來；待得好不容易回過神來，只命餘眾全數撤回城內，緊閉城門。又命一千餘人於東門看守，防犯張黑迪率兵攻來。同時命傳令兵將知軍事戰死一事及戰後安排上報朝廷，讓中央安排。

強弱懸殊的劣勢下取得勝利，本來可以設宴高興一下，不過蕭然、黃峯與范翼行都沒有下令這樣做，因為唐嘯風已身負重傷，無力起來。

劉桑在外待了良久，才走入小房。門方打開，人沒站定，就被黃峯一把揪著問道：「是不是你故意帶他入敵陣，著了埋伏，然後又帶他到張黑迪身邊讓他送死去了？」范翼行道：「黃兄！算吧！唐兄已成這個樣子，就算你把他幹掉也沒用。」黃峯亦身負棍傷，也無多餘力氣跟他算帳，當下走到一旁包紮起來，並看著范翼行與蕭然對話。

蕭然伸指探他鼻息，搖搖頭道：「張黑迪打中他腹部，此傷不小，就算好得了也沒法再運功……」唐嘯風這時身子一震，勉力睜眼，左手勉力提起道：「范兄……」范翼行見他仍有知覺，急忙用手執著他手問道：「唐兄，你不能死啊！你死了龍兒怎麼辦？」唐嘯風自知時辰已到，也不轉彎抹角，斷斷續續地道：「龍兒……拜託了……」說罷，提起手的力量也失去，閉目長去。

三人同時一怔，范翼行心中大慟，叫道：「唐兄！」只見唐嘯風身穿藍綠衣甲，中箭處鮮血湧現，著棍處微微下陷。於是范翼行替他拔掉弓箭，然後抱起他安放在廳中橫桌上。蕭然、黃峯與劉桑隨在身後，站立一會，各自黯然，劉桑更掉下淚來。一些衛兵看到，忙通傳縣令雷銘雲。他率領部分參戰士兵來到，又見各人神色黯然，唐嘯風滿身鮮血，再無一絲起息，方知對方死去。急忙傳令開去，命眾人開始著手佈置靈堂。

劉桑再也無法按捺，登時大呼悲鳴，震得疲累的士兵們精神起來。左翼殘存士兵聞得唐嘯風死訊後皆痛哭流涕，四個多月以來，唐嘯風不時慰問士兵，給予支持；練武時又多加指點，又特選五百名士兵作為親兵，戰時領導突襲陣營，但中伏後回來的多已負傷，只餘百多名。他們想起唐嘯風的恩義，悲哭聲呼天動地，全軍登時陷入哀愁慘狀。

其時百姓多半撤離河鄉鎮，行得百多里遠。從縣令派來的傳令兵身上得知唐嘯風死訊及河鄉鎮安然守著的鎮長，急忙率領近萬多名百姓趕路回來，希望能在唐嘯風下葬前，在靈堂向他俯身鞠躬致敬。

翌日早上，全軍上下向唐嘯風作了三叩首，各自上香，便行下葬之禮。棺木由唐嘯風的親兵其中四人負著前行，范翼行與劉桑則沿路撒紙錢，蕭然與黃峯及全軍上下三千餘人均身穿素衣以示哀悼。哀歌遍城，漫天紙錢，號哭聲不絕於道。

八月十五日晚上的圓月夜空，只餘下一眾的哀痛。

「你這渾蛋，是你不夠堅定才會害死了好友，現在一個硬漢子哭什麼了？」黃峯怒目瞪他，兇巴巴的道。「今後，我如何能向龍兒交代？就算跟龍兒的父母說，我也只有一面之緣……唐兄在天之靈，你要寄望龍兒不要有事才好……」范翼行說著低頭，流下男兒淚。

左翼殘存部隊百多人素甲打扮，穿回征戰的裝備，肅立棺木兩旁，並由親衛兵將棺木置於河鄉鎮西門的小山丘上，恰巧是當年唐嘯風與梁柏龍待過多年及教授武功的地方，入土安葬。直至月上中天，餘眾才收拾妥當，整齊有序地慢步回城。

待得鎮長與百姓回到河鄉鎮，百姓則收拾及幫助重建戰爭時破壞了的東門城牆，歐陽禮師則率領數十名百姓前往葬禮。梁柏龍雙親深受其恩，何靜伏在墓前痛哭流涕，梁天全則在旁攙扶，卻也哭成淚人。

到得唐嘯風的墓碑建成後，蕭然與黃峯則辭別范翼行，二人各自離開；范翼行則向鎮長交代戰時經過及唐嘯風身亡之因，又留了一段日子跟柏龍的父母說明情況，最後到唐嘯風墓前拜別後，才放心獨自離開。

其時為重陽節後的深秋，仇恨的火焰自此點燃。

第十八回　圓月下的再見

八月十五，正是人月兩團圓的中秋佳節，距離那年難忘的重九，亦已不經不覺過了兩年。

這晚名流村舉行了慶祝晚會，街上男女老幼都湊成一片歡樂的景象。市集亦擺放不少攤檔售賣糖葫蘆等小吃，村內外都高掛了不少燈籠，照得四處燈火通明。

石衛飛自與師父劉桑分別後，就一直在名流村過日子，靜候師父的音訊。這晚打坐完畢，閒著無事，就走到村中閒逛。他舉頭仰望，只見圓月伴著無數星星高掛空中，想起師父劉桑與雙亡的父母均離自己遠去，不禁長長的嘆了口氣。

不經不覺已走到村外的小河附近，坐下不久，忽聽一把清麗如小女孩的聲音道：「龍哥哥，你看那顆星是不是很耀眼、很漂亮？」又聽另一把聲音道：「天空上有很多啊！你指的是哪一顆？」熟悉的聲音令石衛飛心頭一震：「龍哥哥……梁柏龍？他怎會在這兒？跟他說話的那個女孩子又是誰？」邊想邊站起來向發出聲音的方向走去。

梁柏龍正與石影瑤談得高興，霎時間沒發現石衛飛就在附近。石衛飛凝神細看，因附近燈籠高掛，他清楚見到梁柏龍與一名少女的身影。只見少女眉清目秀、臉色紅潤，在月光映照下更是可愛動人，心想：「梁柏龍這傻小子，真會找意中人。不過沒想到他浪跡江湖後，仍能歲月靜好的與如花似玉的姑娘一起，還不錯吧！他這人十分耿直，就是不太懂說話，卻是長情之輩。」想著，微微一笑，正自站著觀看，不去打擾。

石影瑤遠遠望見一名男子在偷偷瞧著自己，拉拉梁柏龍的手道：「龍哥哥，有人在看我啊！」梁柏龍順著她所指的方向望去，只見石衛飛遠遠看著自己，不禁一怔。雖然他與石衛飛總算是和好如初，但想起昔日大家因為感情道路與見解不同而分裂，甚至大打出手，內心仍有點過不去的黯然，只道：「唉，那是我的好友呢……可是他自幼便父母雙亡，來到這裡也是無人相伴。現在我跟你一雙一對、幸福美滿，也不好意思與他相會！」當下將從前與石衛飛的經歷說了一遍，只聽她回道：「慨嘆友情破碎了……但在你心中，真的認為不能修補嗎？」梁柏龍牽著她的手，走了兩步道：「其實在上華山前，我們已打過一場，對話之後，也算是好多了。不過我的內心總是有種過不去的感覺。」石影瑤執著他的右手，微微一笑，說道：「心傷、意氣，都是一時之間的情緒。朋友可以是一輩子，情人卻非永遠。你沒有踏出第一步，怎知道事情去向？」她轉過話題便道：「你記得咱們怎樣相識嗎？」梁柏龍點點頭，問道：「其實我心裡一直想問你……」

話未說完，已被石影瑤搶先說道：「你想問我為什麼會愛上你，是不是？」梁柏龍登時語塞，臉紅耳熱，不知怎樣說才是。

石影瑤見他一副尷尬模樣，忍不住抿嘴直笑。梁柏龍伸臂攬著她，深吸一口氣，大著膽子說道：「就是這個問題！但是與石衛飛好像沒什麼關係……」

她平復了心情，說道：「我跟你只有一面之緣，但你的眼神卻給了我一種感覺。其後得知你的名字，我心裡便多了一份肯定。雖然是夢，但我始終相信這個夢是真的……」說著便與他並肩站著，續道：「十五歲的中秋之夜，如今已過了兩年，我也跟你一起了……」說著便靠在他的肩上，一副幸福無限的樣子，瞧著圓圓的滿月正自陶醉。

梁柏龍聽後微微一笑，伸手拍一下她的肩上道：「每件事在破裂後能否修補、每段真摯的感情能否成功發展，都要其中一方願意踏出第一步才有機會……你想說的是這個吧？」石影瑤微笑地「嗯」了一聲，說道：「真聰明！龍哥哥，這正是我心中所想。」

他柔聲道：「你乖乖坐在這裡，我去跟石衛飛談談，回來買糖葫蘆給你吃，好不好？」石影瑤點點頭，示意他快去，說著他就轉身往石衛飛那兒走去。

石衛飛正看得出神，忽見梁柏龍遠遠走來，想起從前確實沒有必要動手傷害對方，現在回看，別是一般滋味在心頭。只得微笑道：「嗨！小龍，沒礙著你跟佳人談情吧？」梁柏龍應道：「沒有。對呢！怎麼你也在這兒？我還以為上次你已經走了。」石衛飛微笑道：「其實我住在這裡已經數個月了，可能我們無緣遇見吧。」梁柏龍笑道：「咱們是好朋友嘛！一定有緣的，現在我們不就是重逢了？」他見梁柏龍不計前嫌，又聽到「好朋友」三字，憶起童年舊事，心中一樂，憂愁登時全消。他笑道：「走吧！我想去市集逛逛。」梁柏龍道：「好！反正我也很久沒跟你談一下啦！」說著二人漫步回村。

村內市集多半是一家團圓在小客店吃飯，又或是小販叫賣，一片熙來攘往的景象。梁柏龍笑道：「對不起，我中途要去一下小食攤子買糖葫蘆。」石衛飛心裡明白他買來是要哄女孩子，笑道：「來到江南便得遇佳人，你還真棒呢！可否透露一下你和她這幾年來的經歷給我知道？」梁柏龍眉開眼笑道：「當然可以！」於是由初見石影瑤那天說起，越說越高興，直到走出村外還沒有說完。石衛飛笑道：「夠了夠了！你跟我說了一個美好且巨細無遺的故事啊！多謝你啦！哈哈！」梁柏龍微微一笑，快步上前將手上的糖葫蘆遞給石影瑤：「給你的。」

只見石影瑤接在手中吃起來，二人均吃得津津有味。石衛飛轉身道：「不阻你們談情了。小龍，明天午時村口的麵攤子再見，我還有要事想問一下你。」說著便漫步回村，還聽到梁柏龍回答道：

「沒問題！」

過了半晌，正當梁柏龍張口吃掉最後一顆糖葫蘆時，忽聽一人道：「龍兒，終於找到你了！」梁柏龍轉頭一看，身隨之轉，看清來人便拱手驚喜道：「師父，你來了？」

剛才說話的人是范翼行。

他踏上一步，說道：「龍兒，為師有事要告訴你，但你一定要有心理準備……」說到這裡，神色甚是凝重，似是有天大的事將會告知。

中秋乃人月兩團圓的歡樂節日，這些日子裡除了練功與談情外，再沒有多少牽掛的事。梁柏龍見師父神色如此，不露半分微笑，頗感訝異，也不知何事，忙正色道：「師父，有何要事告知徒兒？」心中一陣陣莫名其妙的緊張，但腦中卻想不出什麼事來。

石影瑤靜立在梁柏龍身旁，晶瑩有神的雙眼注視著二人，心中凝思：「范翼行應該與唐嘯風一起的，而且曾說過三年後再會，怎麼剛好到了第二年的中秋，他便從河鄉鎮趕到這裡？雖說二人分途並不奇怪，但他神色如此，莫非……」想到這裡，登時有種不祥預感浮現出來，當下也凝神傾聽，不再猜想。

梁柏龍四下張望，只見人來人往甚為熱鬧，拱手說道：「師父，此處人多，不便交談，可以到我家再說嗎？」范翼行神色微微黯然，點頭「嗯」了一聲，說道：「可以，你們來領路吧！」三人步履輕盈矯捷，不消一會便到達二人位於村落後方的住所。

范翼行剛剛坐定，梁柏龍便問道：「唐師父在哪兒？怎麼只有師父你一人來這兒？」石影瑤插口道：「龍哥哥，你別催著師父說。我知道你很擔心，不過你得聽范前輩說啊！」梁柏龍聽罷一呆，說道：「嗯，小瑤你說得對。」說著端坐起來，正視范翼行。

只見他搖搖頭，嘆氣道：「你師父回到河鄉鎮後，我也隨行探望了你的父母，然後便離去……」范翼行不想梁柏龍知道唐嘯風離世的消息而過於傷心激動，是以說了很多話。只交代張黑迪領軍攻打河鄉鎮，但提到唐嘯風出戰，卻是一番讚美，都在不斷的繞圈子，希望拖延得一刻便是一刻。

梁柏龍見他盡說些不打緊的話，心裡兀自焦急萬分，全身發熱，快要按捺不住，一副張口欲言的樣子。他把雙手扣著放在桌上，凝神看著范翼行不發一言，只是不住點頭，示意在傾聽中。

石影瑤不待范翼行說下去，插口道：「范前輩，恕我無禮多言。張黑迪領軍攻打河鄉鎮的情況我們都清楚了，還好百姓們皆保得性命，感謝你們的努力。可是龍哥哥的另一位師父是不是發生什麼事了？你快說，他待得不耐煩了。」

范翼行素來說話率直坦白，江湖上無人不知，現在卻如此婉轉含蓄，定有難言之隱。他見非說不可，當下說道：「龍兒，你要聽我的話，無論如何，你都不能胡亂生氣……」梁柏龍點點頭，伸了右手拿茶喝著，神情顯得更為凝重。

只聽他道：「自從《寒冰俠經》的名字傳到張黑迪的耳裡，他便去河鄉鎮打算殺了你奪取秘笈，豈知找你不成，卻撞著你師父。後來你師父在金兵陣營內中伏受了箭傷，策馬出來後又碰著張黑迪，給他一棍傷重了，最後挺不過來，便遠去了……」梁柏龍聽到張黑迪領兵攻到自己家鄉，心裡本來有氣，只是按捺不發。現在聽到師父逝世，登時大怔，雙眼睜大呆看著范翼行，只聽他續道：「令我驚訝的是，原本相助張黑迪的其中一人是你師父的好友。我在練兵期間聽蕭然與黃峯說過，一個叫劉桑的人也率軍前來，不過來到不久後便與你師父合力趕殺金兵，也一起衝進敵陣。至於他倒戈的原因，我卻不知道。」

梁柏龍心中亂作一團，激動地道：「不……不會的！師父怎會死了？一定沒可能的！」石影瑤見他悲慟之情大作，知他一向為人愛感情用事，此刻他知道張黑迪殺了師父唐嘯風，便是佛祖降世或是天公留難，他也必獨斷獨行；一定不顧他人感受，誓要報復，做自己要做的事，無怪起了「獨行俠」這個名號。不禁暗自為他擔心，不知如何令他理性一點去面對這個事實。

此刻，梁柏龍憶起兒時與唐嘯風相聚、練功、談笑等情景，均在他的腦海裡瞬間閃過，悲憤之痛再難抑制，雙拳重重拍在桌上，放聲痛哭起來。

石影瑤伸手拭去他臉上的淚，柔聲道：「龍哥哥，我知道師父死了你很是傷痛，但你一定要堅強起來，練成祖傳的《寒冰俠經》。不然張黑迪真的找來時，你也不能為師父報仇啊！」

梁柏龍自小遭人折辱排擠，在內外交迫的惡劣環境下長大。長大後對石影瑤一見鍾情，因一面之緣而終成愛侶，偏又離合無常。如今遭逢恩師離世，又想到父母身在遠方、音信不知，兩年來的歡樂之情頓時跌到谷底，悲傷如潰堤般釋放。此時此刻，他緊緊地抱著石影瑤，哭得更厲害了。

范翼行見二人一直依依相戀，感情猶勝自己與二人初識之時，更知道石影瑤一直以來都全心全意地照顧、陪伴著梁柏龍，使他免受經內詛咒的反噬而亡。心想有她看著定然不礙事，當下從屋內找出文房四寶，寫下了唐嘯風之墓位於河鄉鎮何處，然後站起來跟石影瑤道：「這張紙上寫有他師父墓碑的所在之處，我這傻徒兒便交給你好好看護，你不要讓他胡思亂想和做傻事，好好陪著他。明年的臨安之約，唐兄不在也沒有意義了，我該為唐兄多做點好事。現在我有其他要事需要離開了，有緣再會吧！」望著梁柏龍，不覺便想起唐嘯風，憶及那時一起練兵抗金、談天說地的日子，也嘆了口氣。離開前向梁柏龍囑咐道：「龍兒，你要記著，練武不是為了報仇。為師這樣說，是希望假如有天張黑迪真的找來，首要的是你們也可保全性命，這是對唐嘯風最大的敬意。任何時候都要努力活著，為明天奮鬥。」說完便拉開大門，一晃身便揚長遠去。

梁柏龍哭了良久，聲音漸低。鎮靜下來後，他用左手輕撫著石影瑤的秀髮，哽咽道：「小瑤，答應我……以後發生什麼事情，都不要離開我，好嗎……」石影瑤見他像小孩子一樣要哄要陪，也不怪他，雙手環著他的脖子，應道：「嗯！龍哥哥，我永遠都不離開你。」

他輕輕鬆開緊抱的雙手，二人均抱著對方站著。石影瑤雙頰漸紅，晶瑩的雙眼看著梁柏龍溢滿悲哀的淚眼，二人心裡均浮起濃濃的情意，默默地注視著對方……她的雙眼慢慢合上，把頭微微一仰；梁柏龍用袖子擦乾淚水，把頭湊近。二人雙唇一觸，深深地吻下去了。

來日變化如何，於二人心中所想定然不同，而這刻於他倆來說也不重要了。雖知世事起伏不定，但此時此刻，二人只想共渡這甜蜜卻又泛起陣陣憂傷的時光……

第十九回 心中再會的約束

經過痛苦的洗禮後，梁柏龍的心情仍未能未伏，兀自鬱鬱不樂，黯然神傷……

午時將至，梁柏龍便攜著石影瑤來到名流村村口唯一的麵攤子，等待石衛飛到來。她點了些小吃，命小二開了壺茶，坐在他旁邊默然不語。

小二將小吃遞上桌時，石衛飛也剛好來到。他驀地看見梁柏龍黯然神傷的樣子，便向石影瑤問道：「他昨天還很快樂的，怎麼今天弄成這個樣子？」

石影瑤當下將昨晚的事簡略說了，石衛飛嚥下了口中的食物，左掌在桌上用力一拍，說道：「沒想到師父真的為了保著玉石而屈服於張黑迪，可是出兵到河鄉鎮後便轉助你師父，可惜中途出事……」

梁柏龍的內心充滿了悲憤，雙拳緊鎖，說道：「師仇是非報不可，但張黑迪武功高強，以我這個年紀，加上秘笈上的武功還沒練成，胡亂行事只怕自己都保護不了……何言報殺師之仇呢？」然後想起剛才石衛飛的話，「慢點，小飛你剛才說什麼？你師父助張黑迪……」回憶起昨晚范翼行跟自己的對話，心頭大震，急問道：「小飛，你說你師父助張黑迪，為什麼、為什麼啊？這算不算是害了我師父？」石影瑤見他激動，急忙勸道：「龍哥哥，這是前輩之間的事，不一定是他師父的問題，你冷靜一點好不好？」石衛飛沒想到世界真的很小，只得道：「師父為了玉石而被迫為張黑迪辦事，但他也以此為恥，覺得自己身為人師卻未能以身作則，反而向強權屈服，所以跟我說往後隨緣見面就好。但對於我而言，那玉石能增強武功之說實為無稽之談，我可沒想到在他們眼中卻是比生命更重要的東西。小龍，不怕跟你說，我跟從師父習武多年，深信師父根本不會存心害人。

石影瑤輕撫梁柏龍的頭道：「當時金兵陣營有伏兵也是意料之外。縱有高妙武功，僅憑一人雙拳實也難敵四方，中了箭傷回城是很合理的。只是他們必須穿過張黑迪所在的中陣，穿越不了最後也可能被金兵圍死。你師父不是傻瓜，不會拿性命去硬拼；而且劉桑倒戈，也證明了他的人品不壞、良心未泯。」梁柏龍心中有氣，不過眼見這些都是實情，便沒有開口辯駁，只是不發一言坐著。

石影瑤昨晚聽了近半個時辰由范翼行分說的事宜，由此心裡清楚，也了解梁柏龍的性格；要心傷之人一時三刻便回復得如正常人一樣，那是不可能的。故此，她只得盡量給予耐性照顧、安慰他。石衛飛轉念一想：「不如先與他回河鄉鎮吧！畢竟那裡是家鄉，始終比待在這兒要好。」當下說道：「我明天便會起程回河鄉鎮，順道到爹娘的墳前拜祭。小龍，你來不來？」

梁柏龍答道：「我和小瑤還沒有練成祖傳武功，但已有穩固的根底。不過若要大成，恐怕也要六、七年左右的時間才行。我相信師父也不希望我冒險行事來為他報仇，他泉下有知，定然不快。況且三年之約未過，待我再成熟一點，武功根基更深厚時才想之後的事吧！但河鄉鎮和臨安我還是會去，時間暫無定案。」此刻他心亂如麻，答非所問，但石影瑤見他深陷哀傷之中猶能說出一番理智的話來，也大感欣慰。

石影瑤道：「你們二人的尊師是好朋友，便是龍哥哥無力報仇，你師父也定然會跟張黑迪拼命的。抱歉我們不能與你同回河鄉鎮了，你先到鎮裡住上些時日吧！待龍哥哥心情平復一些，我們便會找個日子回去。」石衛飛點頭道：「好的。本來也想說說師父的事給兩位知道，恐怕小龍心神大亂，暫時無力接受更多這樣的事吧！」梁柏龍抬頭望著他：「小飛，你想說什麼？難道你知道一些內幕？」

石衛飛一邊吃著麵條，一邊道：「師父跟我說過，某天他正獨自走著，恰遇山賊，不由分說就將山賊滅掉。回到城內時，剛巧碰見張黑迪帶著數個金兵沿路找來，原來他是為了找師父拿玉石而到那裡的。江湖上除了秘笈一事鬧得較大之外，其實也有一件事都頗為人知，但因沒秘笈之傳聞那麼可信的緣故，是以沒有激起多少水花。很多人純粹知道了也就算了。」

石影瑤聽得如此這般，驀地想起父親曾說當今有一玉石能助練功，據聞配合此石，再加上江湖傳聞的秘笈，定能練成絕世武功，稱霸武林。當下問道：「是你剛才說的玉石練功一事嗎？那玉石是什麼形狀的？其實我真的不相信懷著石頭就能練功練得更好之類的鬼話。」石衛飛道：「是一個刻有龍紋的玉石，色如白玉，夜裡會散發陣陣幽幽的白光。單看上去，不過是一塊值得收藏的名玉，師父曾在傳授武功時展示給我看。不過都這麼多年了，師父武功自然比從前更高，問題是如何提升的呢？高到什麼層次？我真的不知道，我又不會跟師父打架啊！」

梁柏龍稍稍冷靜下來，用衣袖擦了擦眼淚，答道：「那麼我有點明白了。張黑迪純粹為了練得一身好武功，只要是傳聞也好，是真的也好、假的也好，他也會親身去證實，將東西拿到手去試試，也因為這樣無所不用其極。師父當時在河鄉鎮一戰中，跟你師父一起殺入金營，最後回去時卻著了他的道兒，傷重而死。」

石影瑤聽著想著，突然覺悟了什麼似的，拍案一下，向著石衛飛道：「如果據你們這樣說，唐嘯風給張黑迪重擊致死了，他算是清除了一個奪得秘笈的障礙。加上，戰爭時你師父又帶唐嘯風殺入金營搗亂，而且玉石應該還在你師父手中。此番這麼折騰了張黑迪，他定然起了戒心，而且大為光火。既然唐嘯風已經被他除去，他下一步應該是……」說到這裡，怕觸動到石衛飛及梁柏龍，不敢說下去。

梁石二人聽得入神，忽見她住口不語，不禁雙眼瞪大，望著石影瑤道：「什麼啦？快說啊！」

石影瑤轉念一想，才道：「……不是追殺劉桑奪去玉石，就是派金兵找尋梁柏龍的蹤影，然後親身搶走秘笈，直至兩件東西都到手為止，才會罷休。」

二人聽後大怔，石衛飛早將麵條吃完，筷子剛放下，聽她道出這般可能，心想也有道理。於是拿出一錠銀，放在桌上然後道：「那麼師父現在的處境就危險了，我得先去找他，希望他還沒四處遊走。但我聽聞師父的玉石已落入張黑迪手中，當初也只是為了奪回才一直留在他身旁做事。」石影瑤道：「如果是這樣，張黑迪只會一直找梁柏龍，劍指秘笈。若是如此，我們回河鄉鎮也是危險的。石少俠，你先去看看你師父吧！我們之後有機會再談。」石衛飛點點頭，背起配劍，到附近買了匹馬，逕自離開村落遠去。

結帳後，梁柏龍牽著石影瑤的手，問道：「小瑤，祖傳武功的『鳳凰十八式』，你練了多少？」石影瑤答道：「快要練好一半了！自覺內力和巧勁兩方面均比兩年前強了不少。」梁柏龍呼了口氣，說道：「據《寒冰俠經》記載，各項武功必須以愛情之力為本，友情和親情為副，互相配合修練。成者有序精進，敗者進境更快。不過不知為什麼會這樣。最令我想不通的，是『以愛之力能催枯拉朽，兩心相印合一，其勝功力在數十年之上者』這句話的含義。」

石影瑤道：「按詞義解，最精深的意義，也是將武功威力推至最強的關鍵。在這一句中，重點就是有愛，但這種愛是由另一半給予的。不管你多麼喜歡，若然對方無心，也毫無用處。只不過是，為何敗者進境更快，反而是相反的？」

梁柏龍放開她的手道：「咱倆在這些年月中，鑽研合擊、分擊之術，或許能在修練過程中參透這精深之義。」石影瑤微笑著向他點頭稱是。只聽梁柏龍又道：「那麼這些年過去後，不管如何，我也想回河鄉鎮一趟，到師父的墳前拜祭，也回家探望父母。你會陪我一起去嗎？」

石影瑤雙頰一紅，嗔道：「先回家去練功吧！時候不早了。那麼祭祀你師父後，去探望你的父母時，你會怎樣介紹我啊？」梁柏龍凝思一會，道：「我……還沒想到啊！」此話一出，她登時呆了，小嘴一扁，不悅地道：「好啊！你帶一個陌生人回去就是！誰要你帶，我不跟你回去！」說著轉身便走。

梁柏龍拉著她，說道：「開玩笑而已，我有分寸的了。一起回家練功吧！」石影瑤用右手食指點了他肩膀一下，說道：「好的，我期待那時看你怎樣說。」

二人並肩回家，又繼續風雨不改地練習秘笈上的武功，同時不忘潛藏行蹤，以避過張黑迪爪牙的耳目。轉眼間，四年已過……

二人收拾行裝，買了一匹快馬，便離開名流村，往河鄉鎮進發。沿途經過不少小村與城鎮，在人煙稀疏與房舍稠密之間往來而去；他們靠著所帶的糧水果腹，加上馬匹腳健體壯，不消半月時間，二人已到達河鄉鎮內。

事別六年有餘，又經歷了戰火沖刷，經過三年回復後，河鄉鎮與從前好像沒大分別，只是人多了，市集繁榮熱鬧起來。一些鎮內居民認得穿著黑色戰衣的人是梁柏龍，揚聲呼叫，一個傳一個，不久二人四周已聚集了不少平民。

眾人七嘴八舌地正自談論，聲音卻漸漸變小，只見人群中走出一名持杖老者，只聽他道：「啊！龍兒，很久不見了！不但長大了，還長得越來越俊俏呢！」梁柏龍一見之下大喜，高叫道：「鎮長！多年不見，身體可安？病症都好了嗎？」

這名持杖老者便是河鄉鎮鎮長歐陽禮師。他笑道：「托你與你師父的鴻福，我的病早就好啦！」話聲甫落，只聽一名婦人道：「龍兒！你回來了！」梁柏龍轉頭一望，又高叫兩聲：「爹！娘！」身子一擁而前，說道：「孩兒很想念你們呢！只是這陣子在江南與華中一帶發生很多事，所以未能回來探望你們。」各人互道了一會久別重聚之情，他又走回石影瑤身邊，笑而不語。

眾鄉里見狀，均拍手歡呼，歐陽禮師亦滿臉笑容的瞧著二人不住點頭。至於最高興的，莫過於柏龍的父母了。

待各人靜下來，梁柏龍才問道：「鎮長，我聽師父說，早些年金兵來襲，你們都沒事吧？」眾人聞得「金兵來襲」四字，怒火大熾，你一言我一語的紛紛鼓噪起來。

梁柏龍說道：「這些可惡的韃子殺人放火、姦淫擄掠，無惡不作！領兵的張黑迪更把我的恩師殺了！」民眾想起唐嘯風曾殺退鎮外一帶的山賊，又教訓了鎮內土豪和惡霸等歹人，使鎮民能平安出入、如常務農，也不用再交多餘稅項和費用，全鎮人民均敬重於他。此時又聞得英雄離世，皆是黯然神傷，甚至珠淚欲滴。

石影瑤走到他旁邊，拉一拉他的手，給他支持。梁柏龍雖心如刀割，還是強忍淚水道：「各位若有心致祭，請於明天巳時在龍渡客棧集合，屆時我會帶領各位前往恩師之墓拜祭。」部分鎮民雖已拜祭過唐嘯風，不過很多人都知道梁柏龍是唐嘯風的親傳弟子，都唯唯應是，便各自散去。梁柏龍與石影瑤亦各自執轡，隨梁天全與何靜回家。

四人相對而坐，只聽梁天全道：「龍兒，這些年來過得怎樣？」石影瑤瞧著他，微笑道：「你還記得嗎？」梁柏龍點點頭，當下將這些年比較重要的經歷說了。只是與石影瑤有關和危及性命的事卻絕口不提，免得父母憂慮。

何靜聽罷，問道：「龍兒，你兩位師父於金兵來到之前探望過我們，說你身邊有一個女伴兒。」說著轉頭望著石影瑤道：「是她嗎？」梁柏龍答道：「是的。娘，你別急。我現在就跟你介紹。」頓了一頓，接道：「她姓石名影瑤，是江湖三豪俠之一、蕭然的千金。」

石影瑤見他剛才絕口不提與自己經歷的事，心中微有不快。現在又聽他簡單說一下自己就完了，心裡更是不快，小嘴一扁，向他道：「沒有啦？」梁柏龍搭著她的肩，伸手捏了一下她的臉蛋，說道：「怎麼啦？不要扁嘴，你笑的樣子可愛一點。」

梁天全看到兒子能與這個女孩深深相愛，形影不離，不禁老懷安慰，哈哈大笑。何靜也笑道：「龍兒，你看來還不明白女兒家的心意，難怪她會不快。」梁天全道：「不要緊，此事容後再說。對了，龍兒，本欲待你長大成人後，我才跟你說祖先的事情，並將武功秘笈相授於你。想不到，從你師父口中得知原來你已自得機緣，找到秘笈。那麼，你知不知道修練《寒冰俠經》有什麼地方要注意？」梁柏龍點頭道：「原來師父都跟你們說了。據經上記載，修練時要以愛情的力量支持，否則進境更快，發招威力更高。這裡我一直看不明白，那麼沒有愛情是不是更強？」

梁天全點頭道：「你所知的只是表面，讓我告訴你。修練時心裡必須存有伴侶的愛，對方也是如此。『鳳凰十八式』與其中十八路武功配合，每一招一式，不論分擊、合擊，都是恰到好處。當兩股力量造成一連串攻勢時，自然合二為一，達『兩心相印合一，其勝功力在數十年之上者』的境界。」

石影瑤向梁柏龍道：「原來修練及發招時都必須心意相通。既然如此，咱倆就不用怕張黑迪這壞蛋了。」何靜一怔，問道：「張黑迪？就是領兵攻打河鄉鎮的那個人嗎？龍兒，剛剛聽你說，是他殺了唐大俠，是不是？」

梁柏龍臉色變沉，怒道：「對！是他殺死了師父的，此仇不共戴天！」

梁天全與何靜知道兒子要為師父報仇，實在艱險萬分，何靜連忙勸道：「龍兒，這太危險了！我不允許你這樣做！」梁柏龍道：「不！只要練好《寒冰俠經》上的武功，就一定大仇得報！」

梁天全鄭重道：「龍兒，要練成經上記載的武功，非一朝一夕的事，決不可操之過急。報仇之事，日後再談吧！時候不早了，你們趕了這麼多路，想必也累了……早些休息，明兒再說。」說著四人便站起來，何靜走到石影瑤身邊，握著她的手，微笑道：「好！好！唐大俠也沒說錯，你還真標緻！我該怎麼叫你才好？」石影瑤微笑答道：「伯母，你叫我小瑤就可以了。」何靜微微一笑，說道：「男女始終有別，剛好有一間廂房空了出來，你今晚就睡在那裡吧！」便隨丈夫回到客房休息。

石影瑤挽著梁柏龍的手臂進入臥室，兩人站著對望，只聽她說道：「龍哥哥，你父母也是擔心你才這樣說，而且報仇不是說報就報得了。你得沉著氣，勤力練武，待兩、三年後差不多練成時再說吧！」梁柏龍道：「說得也是，而且天大地大，要找張黑迪並不容易，我也衝動了些。我累了，明天再說！」話聲剛落，脫去將軍盔，放下配劍；衣服都沒有換，人已躺在床上，連被子都不蓋就睡去了。

她吻了梁柏龍一下，替他蓋好被子，便獨個兒坐在他的床沿上笑道：「別裝強壯啦！著涼就不好了。」靠在床邊上望望天空，想了一會，便悄步離開房間，往後園走去。

天色明朗，圓月照人，繁星滿空，這是令人舒暢的美景。石影瑤坐在石椅上，心想：「他被報仇沖昏頭腦，只想著如何練功，全沒有把我放在心上……」想到此處，她便悶悶不樂地伏在桌上嘆了口氣，手指在石桌上劃圈道：「秘笈裡提到沒有愛情的力量支持，武功的進境將會更快，威力也更高。既然他要報仇，我不如離開他一段時日，待他練成後再找他，會不會更好呢？」想著想著，人便站起身來，忽然一把聲音道：「是誰欺負我的女兒啦？」

石影瑤驀地轉頭向西邊望去，說道：「爹，是不是你？快出來見見瑤兒！」一名身穿藍袍的男子從牆上躍下，哈哈大笑道：「我還以為我的女兒正忙著跟梁柏龍親熱談情，想不到卻伏在這裡無人相伴。」石影瑤思念父親良久，加上這些日子發生的事令她無所適從，又怕梁柏龍知道後會不喜歡；抑壓的擔憂與悲傷終於可以釋放，如何叫她再痛苦忍耐？當即和身撲入蕭然的懷裡，放聲號哭：「爹！」

蕭然見平常笑臉盈盈的女兒變得如此悲傷，心中也感到難過，忙道：「乖女兒別哭！告訴我發生什麼事令你如此傷痛？」說話的同時，不忘伸手輕拍她的頭以示安慰。

石影瑤將箇中情由說了一遍，蕭然明瞭道：「男子不羈豪放，也是正常。不過你說這秘笈上的武功一定要同練，是因為要有愛的力量這個緣故吧！不過這不一定的。」石影瑤微感愕然，抬頭望著他問道：「經上是如此記載，還有假的？」蕭然見女兒對梁柏龍情根深種，彷彿分開一刻都不行，只道：「跟我走吧！到你完全學懂我的武功修為，相信他也該練成了。而且，他好像太依賴你了。」石影瑤聽後，轉念一想：「不錯！龍哥哥也該獨立一點，不是嗎……不知道……我的心很亂！」

想著便脫離蕭然的懷抱，滿眼淚水地運起輕功，一溜煙的跑掉。蕭然當即運功，遠遠跟在她身後數丈，但不追上去，讓女兒冷靜一下，自己平復心情。

次日清早，梁柏龍打了呵欠，伸伸懶腰，便打開房門走到石影瑤的房間，敲門良久卻不見回應，於是大膽地輕力推門。只見房間空空如也，不見石影瑤在睡，心裡一陣疑問：「小瑤這麼早到哪裡去了？」當即走到廚房，但不見人影，於是在家中左找右尋，還是找不著，心裡大急起來：「糟了！她往哪裡去呢？是不是昨天我說錯話令她不高興，於是她就跑了？」想到此處，心念一灰，走到後園靜思：「我到底做錯了什麼？小瑤為何又離我而去？」苦惱了半天，決定不留在家中練功。他跟父母說了原委，梁天全與何靜只是搖搖頭，均說不知石影瑤去向，只好走到大門處跟梁柏龍餞行。

他決定飄泊天涯，練功時順道打聽石影瑤的下落。當即收拾包袱，等到巳時一到，便去龍渡客棧會合鄉友，一同到師父墓前致祭。

失去伴侶的愛，使他的人生逐漸迷茫。梁柏龍在唐嘯風的墓前叩了數十個頭，只聽鎮長歐陽禮師道：「龍兒，才回來不過一天，這麼快又要遠行了？」梁柏龍答道：「小瑤與師父都離開我了，父母也希望我好好練功。但我現在沒有心情，只想四處走走。或許他日回來，再與各位重逢。鎮長，您多保重。」說著神色黯然，向眾人拱手一下，便逕自而行。

梁柏龍離開河鄉鎮後先到唐嘯風墓前旁邊的小山丘，懷念一下昔日與師父一起的情景，然後就東西南北的四處遊走；見賊就殺，有別人欺凌弱者就出手阻止。在這段期間，他經常到隱秘處練功，卻從沒有想過，石影瑤早回到蕭然隱居的地方，繼續向父親學藝。至於蕭然隱居之處，他自是不知道，天南地北亂走，哪有機會撞個正著？

「人生不是為了愛情而存在，卻為了愛情而燃燒。我真的很糟糕呢！想到了爺爺的事，為什麼確信爺爺背後那個女生是跟自己有些淵緣？從來這些可遇不可求的事情，都是順其自然的。但真的順其自然，還是我想多了才會發生？世上最高深的學問莫過於此吧！相信小瑤也不喜歡我頹廢不振，難道獨行俠的宿命真的不能扭轉？我是一個守護幸福的獨行俠，還是一個只會薄倖多情、追風逐浪、遊戲人間的浪子？」千百串疑問與悲傷交結心中，就是沒有一個肯定而明確的答案。梁柏龍想著想著，便拔劍練起十八路祖傳「動情劍法」來。

與此同時，石影瑤亦運功練習「鳳凰十八式」，心裡想著：「即使失去愛的懷抱，也有機會重回身邊。龍哥哥，希望你早日練成祖傳武功，得報師仇，不要時常思念我了……」

二人分道以後，練功度日，各自開始新的生活，時間也如此流逝……

第二十回　抓不住的流星

白駒過隙，日月如梭，轉眼已是五年後的立秋，也意味著石影瑤與梁柏龍分開了這麼久……

由於缺乏經文參閱，石影瑤無法將「鳳凰十八式」完全練成，只練熟了其中十式便無法再練下去。多年來，她一直追隨父親學藝，深得其真傳；從琴棋書畫，乃至武功，都大有精進。

當初定下三年後的臨安之約亦隨著唐嘯風離世而瓦解，時值孝宗淳熙三年。這時石衛飛、石影瑤和范翼行均不約而同地到了臨安。三年之約雖一早已過，但三人卻不經意在長華茶館重聚。

石衛飛正獨自吃著糕點，忽見一個女子從遠處走來，近看認得是梁柏龍的伴侶。當下抹了把嘴，問道：「咦？怎麼只有你一個人？小龍呢？」那女子正是石影瑤，臉上已沒有少年時的稚氣，卻帶幾分高貴優雅。聽得他問，便答道：「我不知道。」石衛飛給這句話堵得一時語塞，無法回答，只好繼續低頭吃糕點。

這天長華茶館擠滿了人，石影瑤很早便來到，她本自思念梁柏龍，卻又要自己祝福他未來過得更好。雖怕再見面時會不知所措，但無論如何也希望碰碰運氣。只記得他曾說過怎樣也好，都會來臨安一趟。不過已經不是三年不三年的問題了，也無人知道他何時會來；只是她深信著這句話，最後還是來了。

決心再大，終究還是敵不過真心的愛。

此時忽聽一名男子道：「石影瑤？你怎麼也在這裡？」石影瑤聞得聲音，轉頭望去，只見范翼行從遠處走來，說道：「前輩，您也來了，真是巧，今天我碰到很多認識的人。」范翼行坐下，見同桌有一名青年男子望著自己和石影瑤，好奇問道：「你是誰？」石衛飛嚥下食物，答道：「晚輩石衛飛，師承劉桑，跟梁柏龍是好友。」范翼行一怔，說道：「劉桑？那你也認識她嗎？」說著便望望石影瑤。石衛飛續道：「之前在華山附近的名流村跟石姑娘打過照面，但如果說認識的話，相信是現在才算是吧！」范翼行點點頭，又轉頭望著石影瑤問道：「你怎麼一個人來了？龍兒沒跟你同行嗎？」石影瑤搖搖頭，不發一言。

石衛飛猜想二人之間定是發生了一些事，相信現在梁柏龍是與她分離了。當下說道：「前輩，恕晚輩無禮。最近我也是四處走走，但是沒有小龍的消息，我也很擔心，不知他這陣子過得怎樣。」石影瑤坐在一旁傾聽，聽罷很是失望，於是娓娓道來：「我跟龍哥哥分開後，一直待在家中跟父親學藝，最多都是在附近的市鎮走走。直到今天才前來臨安，希望梁柏龍也記得他說過會來，好讓我碰上……」

范翼行微感驚訝，忙問道：「你和龍兒好好的，怎麼分開了？」頓了一會，接道：「不過說到龍兒的消息和他所作的事，我卻略聞一二，相信唐兄泉下有知，定感欣慰。」石衛飛與石影瑤聽到范翼行得知梁柏龍的事，大感好奇。石影瑤提起神來問道：「范前輩，你快說呀！」范翼行笑道：「看你一副非知不可的樣子，不告訴你是不行的了。」當下將梁柏龍在江湖上為人所知的事一一詳說。

原來最近幾年，江西一帶山賊為患，地方政府受賄放行，任由山賊打家劫舍，放火殺人，甚至連官兵也參與其中。加上當地一帶政府苛徵重稅，百姓無以維生，買賣人口的情況日趨嚴重。

山賊更發展成一個有系統的組織，山寨裡住有數千名山賊。後來有一獨行俠隻身前往山寨大本營，火燒營寨，劍殺賊寇。雖然山賊首領是江湖有名的大盜，武功也不弱，但他還是逃不過獨行俠的劍。此次一鬧，山賊大半死亡殆盡，餘下的則屈服於獨行俠的威風下，將搶來的東西全數歸還。

接著，他又前往不同地方，看看各地人民的生活情況，又從中收集情報。只要發現有庸官當政禍民，或者寇賊為患而地方政府無力平息，均出手相助，致使南宋這幾年內盜賊問題得以有所改善。就連一些小賊都聽過他的名字，對他敬畏三分。

一切平定後，百姓紛紛起來慶祝，家庭成員很多在獨行俠協助下得以破鏡重圓。據當地百姓所說，他們只見過月下一名高瘦青年站在城樓上，只是一眨眼便不見人影。

這些關係到政府的要事也傳到朝廷中，當時孝宗聞得有人仗義相助，絲毫不計較得失安全，當下頒下聖詔，命受過獨行俠恩惠的百姓或知道獨行俠所在的人盡快上報朝廷。當時一些大臣認為獨行俠行事太過狂妄，加上一些地方官員因而犧牲，便請旨要求派人刺殺獨行俠。但孝宗不為所動，反在下詔時道：「大宋故地在佞臣當道下無法收復，百姓對秦檜亦深感痛恨。現今有一江湖好漢挺身而出，助朕大宋皇朝。若能招他歸順於朕，於宋室可說是大有裨益，試問此人怎能殺得？」

詔令在江南一帶頒佈，受惠眾人皆稟告獨行俠的偉業如何幫助自己過活。此外，江南土豪與地主兼併土地、北方金兵不時騷擾邊境等禍害，獨行俠亦走遍大江南北相助百姓，救他們於水火之中。因此自淮河到江南一帶，百姓大多安居樂業，務農為生，即使荒年亦不怕挨餓受寒。因此江湖上「獨行俠」的名頭也越傳越廣，便是一個小孩子也曉得獨行俠的事蹟。有些父母甚至激勵下一代以他為目標發奮，為國家效力。

石影瑤聽罷心裡大喜，甜甜一笑；石衛飛呆了一會，因為他從沒想過兒時多愁善感和愛哭的梁柏龍，有朝一日竟成為了時人共知的大俠，不禁心裡暗暗佩服。范翼行又道：「殺師之仇，相信龍兒是不會忘記的。況且他應該已練成了祖傳武功，如今四處行俠仗義，承繼了唐兄的遺志，順道打探張黑迪的消息。不過他練成的速度，卻比我想像之中快了很多。」石衛飛道：「這些日子難怪有人說獨行俠，我起初沒有留意，原來獨行俠就是他。不過前輩說他這樣四處浪跡的話，要找他可是難了。」

石影瑤相信隔了這些年，以梁柏龍現在的名氣，相信他一定找到了另一位佳人。不過她偏想梁柏龍沒有對別的女子動情，只是一味為了報仇而修練秘笈上的武功，然後行俠仗義。心裡正自矛盾如何是好，忽聽范翼行道：「想不到咱們談了這麼久，將近晚上了，快回客棧休息吧！我另有事要辦，有緣再聚吧！告辭！」說罷便快步下樓離開。接著石衛飛也站起來道：「石姑娘，帳單給我結了就好，你可以多留一會。不過我約了師父過幾天在揚州再會，好不容易總算找到他了，得好好談一下。希望像我和梁柏龍一樣，彼此都放下心中大石，望他不再因往事而過分內疚。現在我要回去休息和打點一切，希望下回再見時，梁柏龍就在你身邊。」石影瑤想到梁柏龍的事，暗自分神，沒留神石衛飛說些什麼。聽得他要離開，就微笑一下拱手道：「好的，你也保重。」石衛飛接著便拱手道：「告辭。」然後頭也不回的離開了。

石影瑤一個人伏在桌上，想起很多關於梁柏龍的事情。直到圓月高掛，她才獨自走到臨安城外不遠處、一個人跡罕至的湖邊，抱膝坐下。此時明月當空，冰冷的光線照在她的雪白肌膚上；秋夜涼風吹過，使她倍感寒意，不禁憶起從前在名流村時與梁柏龍練功和互相呵護的日子。越想越多，淚水終於忍不住落下，想起他呵護備至的體貼與昔日練功、河邊談心的美好時光；她和他互相了解、心意相通的情境，既溫暖又動人。現今卻只剩下自己孤對明月、獨望湖水，心裡更添幾分悽意。

就這樣大半個時辰後，欲要起身回城到客棧休息，附近忽然亮起一把雄壯的聲音道：「這不是蕭兄的千金嗎？怎麼一人待在這兒？」石影瑤正沉沒在交纏的傷感與思念之中，忽聽話語聲大作，忙拭去淚水叫了聲：「誰？」

只見東邊走出一名身穿淺褐長衣的大漢，兩幅大袖迎風飄搖；手持白銀棍，臉形肥大，雙眼兇悍有神，正是張黑迪。只聽他道：「怎麼不見你的佳偶呢？叫他來見見我吧！」石影瑤知他是來打秘笈的主意，恰逢自己心情極壞，但如欲脫身可就難了。心裡盤算著脫身之計，不滿地道：「秘笈不在我身上，龍哥哥也不在這裡！你要秘笈到別的地方，別來找我！」張黑迪見她不肯坦白，語氣登時變得兇惡，喝道：「別騙我！你想死的話就繼續撒謊。快說！秘笈在哪兒？」

石影瑤心知這場架非打不可，但打起上來自己準是九死一生的；而且心情在他一罵後變得更壞，不禁臉有不快，擺開架勢，回道：「我說沒有就沒有！你怎麼這樣蠻不講理！你真是一個麻煩的大胖子！要打要殺就來，我不怕你！」張黑迪見她意欲拼命的樣子，便把白銀棍放在背上繫著，運功上前道：「小娃兒真不怕死，爺爺我來成全你！」說著一招「巨鯨翻浪」，強風挾勁，疾掃而至；石影瑤運起雙掌舞動，還了一招「流星過空」。這幾年她跟父親學武，加上「鳳凰十八式」已有了頗深的根底，故此刻運功而攻，去勢不弱。

張黑迪見來勢猛惡，不禁退身閃避，隨即右掌擊出，一招「風雨掃地」，正打在石影瑤的肩上。頓時「哇哇」兩聲，鮮血從她口中如箭噴出，身子遠遠地落在地上。張黑迪躍前，正欲舉掌劈落；石影瑤此時已無力運功閃避、擋架，自知死前不能再見梁柏龍一面，熱淚再度流出，心裡萬念俱灰。張口驚呼，張黑迪左掌眼看快要落在她的左腰要害……

在這千鈞一髮之際，一道迴旋的銀光突然挾著強風，從半空極速旋至張黑迪身前，迫使他急忙運功後退，拿出背上的白銀棍擋架。只聽「錚錚」聲巨響，迴旋的銀光與白銀棍擦出耀眼的火花。饒是他內功深厚，亦須盡平生之力納定身子去擋；勁注銀棍，但還是被這道銀光推開了兩尺。到他站直身子時，才發現自己已離石影瑤十多尺之遠，白銀棍也在剛才磨擦中破蝕了一個大缺口，幾近斷開。

張黑迪從未遭逢如此大敵，只見銀光迴旋至左方樹頂上便消失，心裡暗讚：「此人內功很是不錯，看來我得好好討教！」轉念一想，疑問便起：「此時也算夜深，這裡人跡罕至，我跟在她身後良久才待到機會，豈知又殺出一個人來礙事。但蕭兄來救，所發的暗器也不會如此明顯，力道也未有剛剛的銀光這麼強……到底是誰有這鬼怪般的武功？」

石影瑤本來合上眼驚呼，後來待了一會，睜眼又見自己沒事的躺在地上；手肘撐起身子，四處望望誰人來救。只見張黑迪望向左邊樹頂，也跟著他的視線望去，但見月光下一個人穿著斗篷站著，除此之外別無他人。石影瑤不禁暗喜：「是誰來救我？」忽感肩上劇痛，只得用手按著，運功調息，雙眼卻不離樹頂上的人。

張黑迪乾脆把白銀棍折成兩截，大聲喝問：「閣下可是名震江湖的獨行俠？」只見樹頂上的人突然消失，兩道迴旋的銀光又再打來，一名高瘦的青年男子伴隨銀光如風掩至，卻沒有答話；他神色肅然，眼裡充滿怒火，在銀光中現出刀刃來攻。張黑迪本想用棍打開兩道銀光，但見銀光比剛才來勢更兇，兩根白銀棍勉力擋著，使他左右手倍感辛酸。當下只得勉力運起勁來，「錚錚」兩聲將銀光打回去，不料此時白銀棍又現出缺口。眼見劍刃閃至，只好挺棍來擋，「錚」聲巨響，一時劍棍相交。

石影瑤望著二人不斷廝打，定睛欲看時，卻已無力昏倒在地。這名高瘦青年見他格擋，一腳踏在他的白銀棍上一躍，借力上揚半空，接著又拔出左肩的回力刀來，一扔就是一道銀光。只見他身子一擺，左臂運勁前推，銀光再襲向張黑迪的後背；接著身子在落地前，左右手交叉伸直，兩柄劍從手中冒出！劍刃寒光閃現，張黑迪用棍架開回力刀，此時白銀棍已斷成數截，手臂更感劇痛酸軟；右手只好將斷開的白銀棍扔掉，並拔出腰間佩劍，把左手手中的一截白銀棍使勁扔出。

雖然白銀棍去勢急勁，但獨行俠只是用右劍重重斬開，接著便以比飛矢更快的速度衝將過來，勢如洪湧。張黑迪運功後躍，長嘯一聲，將預先埋伏在此的金兵喚出，自己便乘隙脫逃。獨行俠武功雖強，但突被一群嘍囉纏上，再也抽不開身去追擊他；被圍困的他心中怒火大熾，將滿腔憤恨全發洩到這群金兵身上。一招「流星劃空」，雙劍斜送，橫揮後再以箭環圈穿越數十個金兵的身體，回力刀此時彈回，套入獨行俠左邊肩上的甲內，眾人渾身受傷、口中血如泉噴，不絕倒下。不過一盞茶的時間，獨行俠便將圍堵的金兵悉數殺盡。

這名高瘦青年就是人所共知的獨行俠。他接回被張黑迪架開在半空、迴旋到自己身邊的另一片回力刀，套進右肩的護肩甲中。又將雙手的劍放入腰間的佩甲內，只餘劍柄外露。整理好後轉身，只見石影瑤的左手按著肩膀，已然昏倒在地．臉色蒼白，彷彿睡去；當下走上前橫抱起她，站著不動，定睛瞧著她的臉。

這時石影瑤迷糊地強睜雙眼，只感到自己被抱著；她望向救了自己的人，定睛看時，這人身上所穿的已非冰洞求生時的黑色戰衣，而是已變成一套護甲；肩甲露出兩個柄位，應是剛才戰鬥用的回力刀。兩肩前後多了一層鐵黑色的護甲覆蓋著，腰間各有一柄劍，腳穿黑甲靴，雙手至手肘處也裝了一個像鷹翼一樣的護甲，甲中相信藏了小刀、暗器。他頭戴將軍盔，額上有一個箭頭似的標記，在月光映照下光芒閃現。眼前人雙眼炯炯有神，臉形較瘦削，臉上已然失去少年時的純真，表現出成熟青年的風範。

石影瑤目睹這一切時，不禁雙頰一紅，心裡甜蜜蜜的不知所以；只想到能夠與他重遇，和他在一起，便已足夠。無意中傷處波及內勁，又痛得昏了過去。獨行俠似乎沒有察覺她在細看自己，只是在明月中一直看著她的臉蛋，感覺似乎陌生，卻又好像是一個照顧過自己的人，想罷便運功飛向城中，尋找客店落腳。回到城內，一間尚未打烊的客店老闆認得是獨行俠，急忙給了一間上房招待，二人不久便安頓下來。

石影瑤在疲累與痛楚交困的情況下，早已昏沉睡去。獨行俠伸手按在她的肩上，調轉內息助她療傷，直到丑時將盡，才把她的內傷治好；為她治理後亦感自己體力消耗，便坐在窗旁睡去。

到得晨光微現，獨行俠醒來欲要離開，石影瑤卻早在他身旁，抓著他的手腕道：「龍哥哥，你不是說過要我永遠不離開你，自己也會來找我嗎？我相信你會守信用。最後你真的來了，不過為什麼又要走啊？」獨行俠轉身看著她，想起昔日被她無故拋下離去，使他身心大受打擊，此後更沒有再說一話。現在相見，愛人比從前更美麗動人，當下他只想到「清水出芙蓉，天然去雕飾」一句。她自是更勝從前，但他不得不承認，自己曾氣她沒來由地拋下他，教他孤獨一人面對往後日子。不過若不是她這樣做，他的武功非但沒有這麼快練成，更無法獨立面對未來的日子。當下冷冷地還了一句：「你也無故拋下我一人離去，你既然不守信用，現在我走你也無權干涉。我也習慣了一個人的日子，你何必多留？我不喜為人所知，也不是你什麼的龍哥哥！就此拜別。」說著便想奪窗離去，卻聽見她的哭聲，故左腳踏在窗子邊緣，沒有整個人跳出。

石影瑤被他這樣一說，心中刺痛，熱淚盈眶，掩臉哭道：「我想你成熟一些，也能快些練成祖傳武功，為師報仇。而且秘笈內不是說沒有愛情的話，進境會更快嗎？昨晚不是你挺身而出，我與你已陰陽永隔……而且爹爹知道後，一定對你改觀……」

話未說完，獨行俠怒道：「夠了！我的苦處你是不會明白的！便算我真是愛你又怎樣了？你跟著我也不會幸福的。」說到這裡，心情一頓，接道：「我是一個江湖中人，一個追風逐浪的浪子，這也是命運使然……」石影瑤變得激動，淚水奪眶而出，哽咽道：「我不理！我不理！我沒法叫自己打從心底來祝福你未來的日子安好，也無法叫自己忘記你！難道你對我的愛，這些年來已經消失殆盡了嗎？」說完便「嗚嗚」哭了起來。

記憶與愛使人堅定前進，但記憶與愛同時加重了人的負擔……

獨行俠就是梁柏龍，自從他與石影瑤分別後，便獨自修習《寒冰俠經》。由於對情人思念日深，而且久無相伴，致使梁柏龍對愛情由激烈沉醉漸轉麻木。深深的渴求使他出現走火入魔的感情狀態，令他能在短時間內完全練成經上的武功，並四出江湖行俠仗義。不過換來的代價是，練成者會在一年內，因內息無法藉愛情的甜蜜和幸福，轉為提升功力、浸潤全身的暖氣，最後冰冷而死。不過石影瑤只知道前半，後半所提及的時限卻不知道。

梁柏龍也流下淚來，他本是口硬心軟的人，看見愛人哽咽痛哭，心中越發不忍。加之他素來重情重義，即便說自己已習慣在孤獨中堅強生存，最後又是否能真正做到？於是坦誠地將自己會在一年內死亡的情由，簡略地向石影瑤說個明白，其他事情卻絕口不提。

如此高強的武功要以死亡作為代價，石影瑤哭得更厲害，撲入他的懷中抱著哭道：「我不要你死！我不要你死啊！為什麼我倆久別重逢，最後的結果竟是陰陽相隔？難道沒有改變的方法？」梁柏龍甩開她，搖頭道：「沒有，今年八月十五，中秋月圓之夜，便是我死去之時。屈指一算，我只餘下一個月左右的性命。所以我才說一些為難你的話，但我也是想你過得好才說……」頓了一頓，接道：「因為我沒有多餘的時間陪你，也不相信自己能生存下去。故此，現在只能盡全力把張黑迪給殺了，為恩師報仇過後才理會其他事。」頓了一頓，望著天空道：「因此，我死了你也不要殉情。這種傻事千萬別幹，否則我死了也會憎恨你。反而你要過得幸福快樂，這樣的話……」說著別過頭道：「我的生命才有值得回味的價值。」說著便從窗緣一躍而出，飛快的離去了。

石影瑤的眼淚由悲傷轉為感動，雖然萬念俱灰，但在他死前知道他的心願與心意，是真心為自己設想，過去的誤會總算告一段落，再難過也感到溫暖滿足。可是待得自己回過神來，梁柏龍早已離去。今後要再次重逢，或許更難，可是現在就算開口對著窗邊大叫，他也不會聽到。

梁柏龍想到自己時日無多，右拳一緊，心道：「張黑迪，我絕對不會原諒你！」

石影瑤望著天空，感覺他的身影仍在，昨晚抱著自己的溫度仍留在心底：「你若然恨我，為什麼要救我……」方才醒覺梁柏龍確實滿口復仇，心底裡卻仍將她放在最重要的位置。並非為了生存及練功，也不是寄望她用「鳳凰十八式」助他復仇；單純是不管有沒有武功，他都會一如既往地對待自己而已。

可是，還會有再見的機會嗎？

最終回　讓幸福交錯在星和月之間的天空

日上三竿，梁柏龍眨了眨眼，自與石影瑤一別後，他便離開了臨安向北而行；在城外二十里的一條村子住上了，第二天便躍到樹上，又睡了一會。但感陽光溫暖，人生時日不多，憶起自己之前一直所做之事，又想起了唐嘯風與父母，還有石衛飛與自己先對立後和解的事情，心中暗嘆。忽感寒氣襲人，全身有如浸在極地冰水一樣，急忙運起功來抗衡調息。

此時石影瑤也剛巧醒來，她看著這間大房，欲要離開，卻見桌上有紙一張，當即打開來看，只見紙上寫著：「此房我已向客棧店主付了一月的租金，就算有人來也決計不讓。張黑迪那一掌傷了你的筋脈，眼下別再亂走為佳，好好於臨安休養。」原來那夜，梁柏龍已囑咐了店家一番；客棧店主見他雖是鼎鼎大名的獨行俠，卻沒有半點威壓下來，還連一毛錢都跟他算足了，也都沒有可以挑剔的地方，當即應是。當然，石影瑤猶自沉睡養傷，並沒有了解這些。如今想起昨日跟梁柏龍吵嘴，並沒看到桌上有紙，便一直哭了好大半天，連藥都沒心情去抓，就這麼休息著。哭得餓了便想找點吃的，豈知飲食也被包上去了；小二說，她這個月如要吃什麼、要抓藥的，均可隨時吩咐店家找人幫忙，一毛錢都不用給。

「這個龍哥哥，到底花了多少錢在我身上？算是什麼啊！現在搶到貪官的錢，就可以隨便將我置在這裡嗎？」石影瑤帶點不滿，卻又意外他的細心留意，並希望他會安好。這種情誼，已經不知到底梁柏龍是否真的痛恨她，還是因為不想她難過而做戲而已？

石影瑤低下了頭，呢喃道：「你心裡現在只有報仇，就是什麼都不在乎……」

過了一會，石影瑤命人抓藥回來煎給她服用，然後便坐在窗緣，看著藍天，想想之後的打算：「他會死嗎？報了仇後還是會死了，那麼報仇的意義是什麼呢？如果你一直跟我一起，還像以前一樣像個孩子撒嬌，有事就站起來保護我，是不是會更好？」想起他為自己挺身而出，裝帥卻又帥不了、打又打不過的樣子，如今只成了少年追憶。也許……再過一段時間，便成為永恆的回憶了。「自己什麼都做不到」的感覺一時浮起來，她才明白當時他為何會氣憤自己一事無成、有心無力。

「龍哥哥，每人總有些有心無力的時候，才會不按常理地行動起來，你想跟我這麼說吧？如果你真的要死了，我也希望在你死前找到你。你卻故意讓我在這舒服的環境住上一月，我實在辦不到！只要我狀態好了，就一定會去找你！」心計算定，收拾心情、定時吃飯服藥、不遲睡早起的念頭便在心底翻動著。

此時在大樹樹枝上坐著的梁柏龍轉念想了一會，便奔回昨天晚上跟張黑迪作戰的湖邊空地。但見陽光明媚，長河依舊流動，湖面寂靜非常，四處佈滿了被梁柏龍用劍破開、死狀可怖的金兵屍體，已然發臭。張黑迪所用的白銀棍斷成四、五截，散落在地，在陽光映照下不減銀光銳色。他一躍便躍到樹頂，居高臨下，俯瞰整個景象，心想：「光是殺了些金兵，只是一洩心頭之恨。在流浪的這段日子，我要殺的人幾乎沒有一個是殺不成的，但殺得多了，最後換來的又是什麼？難道我只為報仇而活嗎？」

就這樣，他一直站了兩個時辰去思考餘下的日子怎樣度過，忽然卻見遠處很多人走來，更有衛兵、侍從在側。走近了只見居中一頂大轎，極其豪華，需前後八人來抬；人群慢慢走來，並看見一些繡上龍身的旗幟，亦有「宋」字旗幟隨風飄揚。

雖然獨行俠在江湖上的事蹟無人不曉，其真正樣貌卻鮮為人知，加上每次行動只在深夜或寧靜之處進行，見過他真面目的多半是土豪惡賊，最終皆給他殺死。是以在世人只知獨行俠，卻無人知其真人是何等模樣。

那群人慢慢走來，梁柏龍從樹頂一躍而下，落到地面正面向著人群，卻見兩旁分站著衛兵。看清了後面那一頂巨大的金色轎子，忽聽一人張口高呼：「皇上駕到！」所有人不敢抬頭仰望，只有梁柏龍佇立於路中，盯著不動。

但見轎子已到跟前，衛兵見他不讓路，大喝道：「你站著幹什麼？看不到皇上正在巡幸嗎？」坐在轎中的正是當今聖上的孝宗皇帝。宋孝宗好奇心起，揭開一角瞧向外面，但見梁柏龍打扮非凡，不是一般凡人，放下簾幕，說道：「停轎！」抬轎的十六人聞言便慢慢地將轎放下。只見宋孝宗掀開簾幕走了出來，衛兵走上前道：「皇上，小人已經向他道明，但他卻依舊不讓路，十分無禮。」宋孝宗揮揮手，示意他退到一旁，然後向梁柏龍道：「朕瞧你的打扮，相信身分非凡。不知出身哪個大家？還是地方一員？」

宋孝宗望一望身穿黑色戰甲的梁柏龍，只見陽光下，他的黑甲猶如塗上了一層黃金，雙眼更流露出堅定的神色。梁柏龍半跪在地，拱手道：「草民梁柏龍，拜見皇上，願大宋國泰民安。」宋孝宗曾聽說過月下有一披肩者即為獨行俠，專懲江湖劣徒、庸官奸吏，而且身形高瘦，正與梁柏龍相吻合。當下伸出左手，掌心朝上平舉，說道：「免禮，平身！」梁柏龍道：「謝皇上。」說著便站起來。

宋孝宗本欲出宮到淮河一帶巡視，未幾便碰上梁柏龍，便道：「你可是威名震遍大宋及北地的獨行俠？」梁柏龍點頭答道：「正是。威名可不敢當，但獨行俠確是本人。」宋孝宗聽後大喜，說道：「你如今人在臨安，雖然不知你有何目的，但是朕一直都想見你一面。沒想過詔令一下，人依然是找不到，現在卻給朕親自碰上。未知大俠可否跟朕喝一杯茶，聊一陣子？」

梁柏龍本欲回去臨安，細看石影瑤的舉動再謀打算。現在皇帝有旨，自己殺了這許多朝廷命官，若要推卻，定當難為。當下拱手道：「謝皇上盛情相邀。不過梁某不願為人所知，故未能久談，還望皇上開恩。」宋孝宗回道：「朕亦要到淮河一帶辦事，順道視察民情，也不會久留，大俠盡可放心。」說著，便伸手向前道：「請！」梁柏龍拱手還禮，宋孝宗命人安置小桌，二人便在湖邊坐下喝茶。

宋孝宗先開口問道：「獨行俠威名，朕於宮中早已聽說。不過朕真的很想知道，閣下的心意和方向到底為何？畢竟朕乃一朝天子，大俠未經朕的同意便大開殺戒……縱然聽取民意，朕自知官員庸碌無能，但你的所為卻令朕的天子之威有失！」梁柏龍見他直接問到，語中帶刺，狀甚不滿，自己若是說錯話惹怒龍顏，後患定然無窮。故只是低了頭沉思，不久便抬頭道：「我心無所向，在世亦無意。皇上此言，梁某未能盡聖意……如今仍有更重要的事必須要辦，僅此而已。」宋孝宗見他婉拒，也知道談判無望，嘆了口氣，說道：「其實朕很想留你這種勇武之人在身邊，為己所用。今天一見，方知獨行俠果然人如其名，不喜為人所知。聞說大俠所到之處，必行善舉……」說著招手，示意下人去取物。不久便有人端著一個蓋著長紅布的盤子，宋孝宗將其取下，單手握著放到梁柏龍跟前，說道：「這把玉龍寶劍是朕親自命人找臨安城最好的鑄劍師合力打造，此劍雖非什麼驚世奇珍。但見此劍如見朕，日後在大宋行事，大俠或者有用得著的地方。朕既然不能留你在身邊，那麼希望你能收下這把寶劍，當是圓了朕的一個心願。」

梁柏龍見劍鞘用純金打造，配上玉石及龍鱗繡邊；劍身略闊而長，手工精美細緻。當下更不打話，握到手中便單膝跪下，雙手捧著，謝道：「謝皇上賞賜，這把劍，草民定會好好善用，不負聖恩。」宋孝宗微微一笑，站起來道：「日後若有機會，歡迎你隨時到訪臨安宮中，朕定當禮遇。朕亦耽擱不久了，是時候出發了。」梁柏龍卻開口問道：「皇上能否回答草民一個問題？」宋孝宗將轉了半個的身子扭回來向著他，說道：「但說不妨。」梁柏龍知道好像找錯對象說話，但也沒有人再可與他說話了，當下便直接道：「皇上乃一朝天子，掌握整個國家的去向及生死，草民只是一介武夫，只會舞刀弄槍。皇上貴為天子，要什麼都會得到，要找的都會找到，那麼皇上最想要的東西，是不是活此一遭就都能得到呢？」宋孝宗見他年青，卻說出這種行將就木的話，呆了一會兒，然後哈哈大笑數聲。他側身望著湖邊，回道：「朕雖貴為天子，卻也不是要什麼就有什麼。」梁柏龍不解其意的望著他，不發一言。

宋孝宗接道：「朕做了皇帝，或許也是天生之幸。朕的親父並非皇帝，只是高宗無子，須從宗室挑人，朕才過繼成了太子……做了太子不久便登基稱帝，可朕沒有被殺，也沒有捲入奪位之爭，更無將軍帶軍奪位謀反。眼下大宋雖是尚算太平，卻終究是隱憂處處。朕希望有些作為，像開國太祖皇帝一樣為人尊敬，只可惜卻苦無人才，亦久無良機。如是者歲月一直流逝，到最後江山還是打不回來。我還是想跟自己最重視的人一起，早些年皇后死了，我雖立新后，卻不如前。朕身為天子，統領大宋江山，但最後卻連一個人都沒法留住，那麼這個不全的江山，就只有管治下去的的意義。什麼光復河山那些壯志，早就湮滅了。」

梁柏龍聽後似懂非懂，欲待要問，宋孝宗搶先說道：「朕不滿你殺了很多官員，大可治你死罪，但念你是為國家做事。如果朕恃著皇帝的身分殘害忠良，那跟秦始皇的霸道又有何區別？既不服人，國家亦會頃刻而亡。同樣地，你作為大俠，也一定有些行俠仗義以外的事情很想用此生去完成。有時朕還會羨慕像你這樣的世俗人物，不用在意別人的目光，想做就做，生活倒來得寫意；朕作為天子，卻不可以這麼隨心所欲。朕是昏庸還是英明，一言一行都牽連舉國百姓的幸福，是安居樂業抑或無情毀滅。因此，朕希望有生之年能看到更多百姓的歡顏，這樣他們才會更愛戴朕這個皇帝，如今你已幫助朕做到了這些事。」

「有些事情失去了，就是失去了，永遠無法再回頭。朕也有國事須處理，大俠相信也有自己相信且誓要完成的事情，也會有想尋找、想遇見的人。獨行俠的名字看來雖然非常令人害怕，但獨行俠也是有他的存在意義。今日朕能親身碰上你，倒是緣分。」

宋孝宗嘆了口氣，繼續道：「人生誰都只是活一次，故此不要讓自己重視的事情和人白白溜走才好。否則就算是朕這般的身為最尊貴的天子，也一樣無能為力。」

梁柏龍深深作了一個揖，隨後拱手道：「皇上一番肺腑之言，草民定當銘記於心。」宋孝宗道：「都是些閒話，朕在宮中也沒有人能這麼說話呢！能跟大俠分享這些，朕的心願又完了一個。」宋孝宗轉頭望著梁柏龍道：「真希望能再跟大俠一談，但願朕有生之年，能於臨安宮中再會大俠，即使不能留為己用，朕亦心滿意足。」只見他轉身道：「擺駕！」然後走上金轎，隨從放下簾幕，坐穩後眾人便徐徐起行。後面跟上的衛兵前來收拾桌子及杯壺，放進大箱內鎖上，很快便跟上大隊離開。

梁柏龍一直拱著手俯身向皇帝作別，直至人群遠去只能用眼遙遙追望時，才站直身子，一直思索著宋孝宗的話語。

另一邊廂，石影瑤康復後便快馬奔至河鄉鎮。只見前方一名持拄老者走來，附近又圍了一群民眾，持拄老者說道：「這不是龍兒的伴兒嗎？怎麼孤身一人來了？龍兒沒有跟在你身旁啊？」石影瑤認得是鎮長歐陽禮師，當下笑道：「鎮長您好！龍哥哥不知去向了，我來這裡純粹是希望能碰上他。」話聲剛落，剛巧梁天全和何靜便從後方自遠而近走來，石影瑤大喜，快步上前作了個揖：「伯父、伯母安好。」何靜認得石影瑤，執著她手微笑問道：「太好了，今兒又碰上了你。自從龍兒離開後，我們一直都想念他。」梁天全看見她只是自己一人，大概猜到了一點：「龍兒沒有跟你一起吧？他到了別處？」

石影瑤不敢將實情告知，只是跟他有事分別了，而現在梁柏龍成為了獨行俠的事情，卻稍為詳細的轉述了。梁天全和何靜大感驚訝，沒想到一直傳聞四起的獨行俠，居然是自己的兒子！但令梁天全感到憂慮的，卻是兒子的生命安危。

「那麼說，他已經練成武功……可惜又少了你在身邊，刻下隨時便會身亡了……」梁天全黯然道出事實，石影瑤也低下頭來道：「對不起，我沒有留在他身邊便離開了。有一次殺了他師父的人來殺我，他卻出現救我了。我從他口中得知，即將來臨的中秋之夜，他就會被寒氣侵襲全身而亡……」何靜聽後神情大變，眼淚流了出來，又拍著石影瑤的肩說：「你為什麼要離開龍兒呢？不是說過不能在沒有愛情的情況下習武嗎？你怎麼這樣狠心對待我兒啊！嗚嗚……」說著便站不起來，虛軟地靠在丈夫懷中哭成淚人，站在旁邊的鎮長歐陽禮師卻道：「你叫什麼名字？」石影瑤紅了的雙眼，不忘答道：「石影瑤。」

「那麼你能告訴我，梁柏龍為什麼要這麼急著報殺師之仇嗎？」歐陽禮師微笑地問道，石影瑤流出了眼淚，卻答不出話，待了一會才道：「師父於他有救命之恩，也教了他一身武功。所以這份回憶是帶不走的了。」梁天全十分冷靜，他知道石影瑤的離開是有其原因，並不是故意要害死自己的兒子，否則也不會拖到現在才說，更不會主動跑來河鄉鎮說這麼多話。但見妻子哭成這個樣子，只得在旁安慰，聆聽鎮長與她的對話。

鎮長歐陽禮師輕按她的頭一下，微笑道：「梁柏龍這個小子率性真情，對重視的人從無半點虛假，卻孩子氣得緊。我想，他跑掉也是想借四處遊歷麻醉自己而已。他除了報仇，另一件事就是想著你。」石影瑤呆著看著鎮長，不明所以地問道：「為了我什麼啊？他口中常提的也是報仇一事。想起客棧的對話，也不過是不想我跟著他，什麼不會令我幸福的話。大言不慚，老是覺得自己是世界唯一！明知別人在乎卻偏偏這樣做，我真的不知他是為了我，還是有別的意思……」歐陽禮師點點頭道：「張黑迪想殺你，而他立即便能現身來救你，證明他很早就找到了你。只是不讓你發現，一直守在你身後。卻沒想到你居然會有危險，他就不得不出手相救。同一時間找到殺師仇人，也守護了自己最愛的人。他奮力追殺張黑迪，不是因為張黑迪可惡，而是你最需要他的守護，他的劍揮出去才有意思。」

石影瑤這才明白，梁柏龍雖然很生氣她拋下自己不顧，但也知道她不是故意的；而且也想確認自己是否真的喜歡她，所以才花這許多時間。他一直避免出現在她眼前，是怕她又會因為不知什麼原因而跑掉，是故一直沒有在她身前出現，只是暗地裡作看守。真相大白後，石影瑤於是哭得更厲害，當下泣不成聲，淚水弄濕了整隻右手，連拿出的手帕都濕了大半截。

話分兩頭，張黑迪在上次敗陣後便狼狽地撤回北方，眼見因攻打河鄉鎮而弄得損兵折將又賠錢，跟梁柏龍交手又被他打得落花流水，心裡很是不甘，終日苦思對策反擊。對於心高氣傲的他來說，敗給一個黃毛小子自然是奇恥大辱。因此返回北方後便帶同數十金兵南下，不但要親手將梁柏龍殺掉，還要把秘笈搶過來，將秘笈上的絕頂武功練成，實現其號令天下的野心。

不過，很多金兵都聽過獨行俠梁柏龍的威名。上次張黑迪的兵卒無一生還，之前攻打河鄉鎮的同袍又多半陣亡，現在再跟一個武功高強的大俠開戰，無疑是自取滅亡。可是軍令不敢違，只能硬著頭皮跟在張黑迪背後前進，這天已抵達河鄉鎮附近的小山丘。

八月十五之期轉眼將至，梁柏龍已沒多久生存時間。他的心志一天比一天消沉，這晚便到了昔日與唐嘯風練功及練氣的山丘上，坐在草地上靜看明月升起。眼見死亡之時漸漸迫近，他的心亦隨時間流逝，漫無目的地胡亂轉向。

忽然，有一人輕拍了他的頭一下，笑道：「這陣子除了復仇，你什麼都想不到，就是東跑西走的。」梁柏龍想得出神，完全沒有留意到有人慢慢接近自己，當即嚇了一跳，移開數步道：「你……你怎麼知道我在這裡？」石影瑤與他重遇，紅了眼流著淚道：「還好說！有人在客棧拋下我，又付了一個月房錢、飯錢等，覺得這就是對我好了……你知不知道我到底有多想念你？」梁柏龍聞言已站起來，看著她哭得可憐的樣子，鐵壁似的心早已溶解，卻沒勇氣走上前輕撫她的髮絲或者擁她入懷。滿以為這樣待她，她傷癒後便可健康快樂地生活下去，怎料她為了見自己最後一面，卻遠遠跑來河鄉鎮。雖不知當中原委，但今兒再重遇她，又想起宋孝宗當時在湖邊的話，突覺天地之間，再無重要的事。只是心中大石不除，就算死了，石影瑤也有機會慘遭毒手，這是他不想看見的事情。

「我說了很多次，我不是要一個英雄啊！」石影瑤嚎哭著吐出這句話，梁柏龍走上前，左手搭在她右肩上，卻見她沒有因此平靜下來，反而哭得更厲害。

大家心中都沒有說話，主因是此刻互訴如何地深愛對方云云，還是怎麼熱情擁抱，詛咒也不會因此化解。梁柏龍仍然要面對將近眼前的八月十五之死期，就會被寒氣侵襲全身而亡的事實。故此，二人再不捨、再難過，都沒有用。

「我起初是很痛恨你離開我，但現在我知道說什麼都沒用了。我感激短暫的生命中曾有你這麼一個天真無邪的美好女子，我不會忘記，曾有那麼一個樂天深情的女孩一直看顧著我這種優柔寡斷、瘦弱無能的傢伙，還得不時要忍受他的小孩子脾氣。老實說，你不被氣走我實在很驚訝，你沒有因為我莫名的偏執而失望離開。對你，我是打從心底裡感激，只是未曾掛在口邊。」梁柏龍清晰道出這些話，石影瑤看著他堅定的眼神，不再像從前愛撒嬌一樣軟弱依賴，當下縱身撲上去環著他的後頸，哭道：「答應我！答應我！你就算真的要死，也要守護著我。」

梁柏龍聽後才想到，一直以來，就算再差勁的人，其實也傳授了很多道理給他，只不過那些事情是自己決計不做的反面教材而已。所以他從沒有放在心上，甚至忘掉了。當下他伸出左手按著頭盔的左邊，側了側頭，嘆氣道：「一直以來，我以為變強了就可以控制一切。所以在你走了以後，雖然很是難過，腦內只有很多片面、負面的種種想法；但如果我仍是跟從前的老樣子，不但沒有進步，而且像這樣再遇你時，我想也不可能輕易地擊退張黑迪、救你一命。說不定救不了你之餘，還被他殺掉呢！直到現在，當自己明白，犧牲一切後，隨時可能連命都沒有時，腦袋裡除了殺了張黑迪以外就沒有其他想法。因為我覺得他會不斷傷害身邊疼愛我的每個人——父母、你、石衛飛、師父范翼行等……」

他拉著石影瑤的手走著，看看剛升起的明月，仰頭望月續道：「所以除去了他後，就算再也見不到你一面，師父及父母知道後縱然傷心，往後日子也會相對安穩許多。而我可以做的也都盡力完成了，也算是活著走此一遭的無憾。」

轉身看著石影瑤清麗的臉龐與水汪汪、湛然有神的雙眼，鬆開手轉為按著她的頭道：「就算時間重來，生命可以再走一次，我也從未後悔當時遇上了你。雖然沒有了少時只有熱血便去拼的傻瓜念頭，但是遇上你是我的幸運。因為你令我成長了，你令我看到更多，也讓我知道了自己的不足，而不是一味的相互依偎。若是只有風花雪月，又有何意義？我說不出對你是什麼感覺，我也不知道你再見我時有什麼感覺。只是，如果可以，我不會忘記，那段你曾經令我長大的日子。只有你來到我的世界裡，才使我的生命不再孤寂無聞，像此際圓月一樣。」他拔出腰間動情劍，劍柄上的晶石在圓月金光下發出奪目的黃光，劍身直指夜空上的明月，微笑中不減認真神態。

石影瑤看他這樣深情款款地道來這些，其實不是要感動她，是想將自己餘下的生命裡，將未及訴說而又必須向她明示的心情全都吐露出來。得知真相的一刻，她便希望可以立馬時光倒流、當初的自己可回心轉意，使他免除厄運。可是《寒冰俠經》上記載的詛咒，不是隨意找個感覺或者立時握著真心喜歡自己的女生的手，便可迎刃而解。錯過了修煉的時間，也等同錯過了回復的機會，功力雖然以倍數上升，但生命也會以倍數扣減，而且不遲也不早。梁柏龍練成之日，扣減後的日子剛好就是今天，八月十五、中秋節圓月剛滿之時。

石影瑤萬般不捨，水汪汪的眼睛又再掉下淚來：「你可以再答應我一件事嗎？」梁柏龍微笑地伸指拭去她臉上的淚水，點頭道：「你說，我做到的一定會答應。」

「假如你八月十五日前找到張黑迪並贏了他，最後一定要跟我一起過，不管結局怎樣……」說著，哭得更激動，梁柏龍的手也來不及擦去眼淚，手掌手背都濕透了。她續道：「但是，你如果找到他，又跟他打得難分難解，一定給我打贏他，否則我不原諒你！」梁柏龍聽著，好像不解，仔細想過來，理解到的是：「總之將他揍扁了就是？」當下點頭道：「我不知做錯了什麼，但沒有八月十五日之前的話了，因為今天就是啊！不過我可以答應你，將他狠狠揍扁就是了。」

石影瑤破涕為笑，一掌拍在他胸口上道：「你不要我啦，自己一個走了，還想我原諒你喔？想得美！哼！」別過了臉裝怒。梁柏龍走到她面前，輕聲道：「是的，我還期望活著的最後一刻，仍能見到你。」二人相視而笑，不覺已是酉時三刻。

「可是，客人總算找上門了。」二人聞聲神色突變，眼神頃刻變銳利的梁柏龍忽然劍指石影瑤身後。石影瑤轉身，入目的正是張黑迪！心知他必在山丘附近埋有伏兵和陷阱，故為了讓梁柏龍能專心應戰，她一躍便使出「鳳凰十八式」其中一招「鳳凰針雨」，只見金針在月光下照耀得閃閃發亮，接著便傳來連串慘呼聲。「果然如此！」石影瑤心想，就沿路下山施放暗器，清除障礙。

剛才說話的人正是張黑迪，他見天色將晚，於是將隨行數十個士兵帶到山丘附近，希望找一處停下休息，自己則走上山練一練功，待明日再作打算。怎料走到上來，便看見目標人物——梁柏龍及石影瑤。當下毫不客氣，一手拿出白銀棍，虛舞兩下，梁柏龍彈後雙手交叉拔出回力刀，一招「銀光捲簾」，使勁將回力刀擲出，連施猛招。張黑迪見他一副急不及待的樣子，一躍便連施殺手，只得拿出白銀棍還擊，心想：「這小子上次跟我交手時，也沒有這樣急攻，難道他的威力是有時間限制的嗎？」轉念一想：「如果沒推斷錯誤，我且把戰鬥的時間刻意延長，到他元氣大耗時才出手也不遲。」思念及此，心生歹計，使出「亂葉飛天」，白銀棍橫掃直指；當下「砰砰」兩聲，勉強將回力刀架開，站穩身子想道：「很強的力量，不容易輕鬆度過這段時光啊！不過也得盡力拖延。」再使招「風捲落葉」，半空旋棍橫掃，由上而下的擊落；「碰」的一聲，地面的石頭碎裂激起，沙石飛揚。梁柏龍亦不甘示弱，拔劍迴身一招「冰牆屹立」，把碎石擋開反震到張黑迪身上；再用「破冰流星」，突出煙塵，連人帶劍衝上去。「錚」的一聲，劍棍相交，火花四濺；又是「錚」的一聲，二人各自彈開五尺遠，落在地上。

梁柏龍不待張黑迪站穩，便把轉回來的回力刀用劍敲打，「錚錚」兩聲，回力刀轉得更快更遠，左右兩方夾擊張黑迪。梁柏龍同時左掌運功拍出，一招「冰風雪雨」，挾著寒氣直襲張黑迪跟前，再用右手補一招「飛躍天河」，迫使張黑迪手腳忙碌得很，不絕架開、格擋；他的白銀棍棍身亦各現缺口和裂紋，只有勉力運勁於棍，來一招「天掃雷霆」，使四周棍影挾著銀光不斷在梁柏龍附近閃現，疑真似假地襲向他身前身後各個方位。梁柏龍見狀不對，登時劍上加勁，一招「冰龍盤旋」，用劍影籠罩自己以護身。劍影到處，範圍廣闊，無所不至；草木皆動，狂風突起。不過只擋得十餘招，梁柏龍的左肩、右腰、右小腿和背部均中了棍擊，還好已用劍影相隔，削弱了來招力道，是以只如被重物砸了一下，但力道仍感厚重。當下「哇哇」兩聲，鮮血噴出，強行運氣躍開一丈遠暫避鋒芒。只見棍影窮追不捨，根本沒有辦法逃離棍影喘息。

明月隨時間慢慢高升，四周環境漸暗，天空漸被繁星佔滿。鬥多兩個時辰，他已無力拍掌踢腿，只靠兩把回力刀一攻一守的支持著，同時藉間隙運功抗寒喘息。

張黑迪見他的力量果然隨著時間流逝而不斷下降，每次攻來的回力刀已慢慢失去威力，甚至可以輕鬆地用斷開的白銀棍打開。當下又再使出「天掃雷霆」，舞動斷棍。

四周棍影銀光處處，但只是閃現了一會便消失，梁柏龍的戰甲已多處破爛，背上的斗篷亦失去光澤；衣上多處染上血跡，嘴角亦滲出血來。他感到身體忽冷忽熱，已經去到失控的地步；加上內外俱傷，饒是內功深厚，也只能勉強站穩，右手的動情劍亦只能勉強抓緊才不致脫手。他心想：「糟了！我的大限差不多了嗎？難道我真的什麼都不可以完成嗎？」腦裡湧起父母的愛護、友伴的決裂與和解、兒女私情的坎坷與幸福……一連串悲傷與快樂交織著的情境在腦海中不停湧現，很多事還沒有真正體會和完成啊！淚水終於和著臉上的血一同流下，在血淚交替的臉上，忽然露出堅定的神色，把心一橫：「對呢！一路走來，我確實負了很多對自己有期望的人，但其實自己一直想怎樣，卻從來沒有想過。眼下還記得答應了小瑤，無論如何都要狠狠地揍扁他。師父窮一己之力，守住了我的家鄉及家人，我也可以！英雄莫問出處，身死何須尋找當然之所？能夠守住自己喜歡的人，能夠完成對愛人許下的承諾，不是一樣值得鼓舞嗎？」

張黑迪將白銀棍拿在手中，叉手笑道：「哈哈哈！梁柏龍，怎麼了？上一次交手還很厲害的啊？還將我打得落荒而逃！怎麼今天卻是一副敗家犬的樣子，求死不能？」說著臉色變得陰狠，接道：「不要緊，我很快就會給你來個了結！」梁柏龍聽後不以為然，勉力站穩，左手抽出腰間與動情劍相對的絕情劍，把兩劍劍柄尾部接合，高舉轉了數圈後握在身側，又將身體餘下的氣力運聚於劍。雖然身體失去溫暖，寒氣漸溢，但頭盔上的琥珀玉石被月光直射，猶如夜中獵豹雙眼有神虎視獵物。梁柏龍將雙劍橫舉向天，一聲大叫：「不要把什麼都看作理所當然啊！張黑迪！」一招「冰河震地」，劍風與劍氣籠罩四周，劍鋒化成幻影，所到之處草斷樹折、石碎泥濺；張黑迪嘿了一聲，拔出腰間佩劍運勁上前，大喊道：「誰跟你有空多言，給我去死吧！」說著便是一招「抽刀斷流」，刀鋒強勢凌人，環繞全身。靜夜之中，只聽「砰」、「錚」之聲大作，二人交錯只是一瞬間，然後便分站東西，各自緊握武器不動。

張黑迪身中多劍，劍痕深達兩寸，著劍處登時鮮血迸出；本來手上的白銀棍已斷成數截，最後更成碎片散落在地，只餘握手部分未碎。他心中只想著，自己為何會再次敗陣？可惜，在答案出現之前，他已無力細思，轟然倒在地上便死去了。

梁柏龍亦被他的劍勢將肩甲削成兩截，肩膀脫皮流血。但感身子寒氣刺骨，直衝天靈，最後終於按捺不住，兩把劍脫手落地。瞬間人隨劍落，側身伏在地上動也不動。

這時石影瑤已奔回山丘頂上。她走遍全山上下，也花了兩個時辰，中途稍作休息，採果充飢，又繼續奔跑各處，將張黑迪帶來的金兵盡數殲滅，好讓梁柏龍能專心應敵。此時只見四周碎石散滿各處，草斷木折，更有些小樹橫倒路上，沙塵滾滾，卻是空山寂靜。四下無聲，心生懼意，只有掩著口鼻，用手使勁拂動著，叫道：「龍哥哥！龍哥哥！」雖然不停呼喊，但卻沒有傳來一聲回應。

待濃塵消散，已是子時將至。只見山頂地上的大石全成碎屑，附近不時有劍削或棍擊而碎裂的小石；粗壯的樹幹上有些留下長長的劍痕，地面上有些地方略為下陷，明顯是受力的腳印。到得石影瑤重回山頂之上，彎腰仔細看看，但見一些白銀棍碎片散落在地，在月光映照下閃閃生光；滿山幽靜，只餘風聲，景狀荒涼。忽見附近一名大漢伏在地上，細看之下赫然發現是張黑迪，登時大驚！她俯身探了探脈息，又見其身上留有數處劍痕，劍痕處鮮血直流，一臉驚愕，已然死去。

目睹這死寂的慘狀，石影瑤心裡不禁急起來，眼淚直流，心想：「不會的！龍哥哥一定沒有死去！最後一定能活過來的！就算是死，他一定會回來見我！但是……」

她越想越急，伴隨著高掛空中的圓月，更覺諷刺。雖是人月兩團圓之日，卻成了二人陰陽永隔的忌辰，這事實教石影瑤接受不了。她運起輕功在山頂上各處尋找，終於在張黑迪的屍體二十尺以外，找到伏在地上不動的梁柏龍。

她停下腳步，望著倒在地上不動的梁柏龍。臉上染有泥土、血汗，身上戰甲破損得不像話；兩把長劍染血平放在他的身旁，而人就側著身俯伏在地上。背上玉龍寶劍亦有崩缺，背甲破損染血；

一靠近他，只覺寒氣極其逼人，但他全無知覺的被明月銀光照耀著。

石影瑤走到他身前，心灰意冷地跌坐在地，失聲痛哭，久久無法釋懷：「你守住了對我的承諾了……那麼我呢？」她抱起梁柏龍染滿血污的身軀，緊緊擁在懷裡，脫口高呼：「梁柏龍你這個壞蛋！」呼叫過後，便放聲大哭起來。

梁柏龍被她的淚水濺到臉上，當時他與死神並肩，更兼大戰了幾個時辰，力量早已用盡，已預計自己不能也無法生存下去。死念甫定，卻感到石影瑤的淚水滴在臉上，然後全身寒氣突然停止不絕襲向各處之勢；隨著她的淚水慢慢落下，寒氣便一點點的慢慢退散，身子亦漸漸溫暖。

直到子時三更來臨，寒氣突然又再襲人，卻時而退卻，時而再冒；可惜身體因為受了棍傷及耗盡了力量，再也無法運勁對抗，寒氣便任意襲向身體各方。石影瑤雖然雙眼通紅，仍是繼續痛哭。

石影瑤正哭得欲死，本來刺骨的寒氣可凍傷她，她卻寧願被凍死也要緊抱自己鍾情之人，後悔自己當初逃避卻反過來是將他害死。哭得無力後稍稍回過神來，強行抑制刺痛的傷感，抽泣著哽咽著，用手擦去臉上的淚水；定睛一看，只見梁柏龍染血的臉上尚有一點似有若無的血色。悲傷被剎那間的驚喜沖淡，石影瑤將他抱得更緊，含淚笑問：「壞蛋！難道老天爺可憐我倆相愛不能相守，讓寒氣消失了嗎？」梁柏龍的身軀已沒有冰冷刺骨的感覺，但寒氣仍存，她凍僵了的一對手也沒了感覺似的輕摟著他。一雙淚目再也忍不著，繼續掉淚，並讓他輕輕靠在自己的懷裡。

「我……真的很難過……我，真的更難忘掉和你經歷的種種……」

石影瑤將他輕放橫臥，讓他像之前在湖邊拯救自己、打跑張黑迪後的情況一樣，一雙淚眼露出擔憂，未知梁柏龍生死如何。但運下山去，恐怕有力運回城中，他亦已返魂乏術。清麗泛紅的臉上在圓月下滑落了兩行清淚，輕輕閉上眼，吻在他染血的唇上。

「就算時間重來，生命可以再走一次，我也從未後悔當時遇上了你。雖然沒有了少時只有熱血便去拼的傻瓜念頭，但是遇上你是我的幸運。因為你令我成長了，你令我看到更多，也讓我知道了自己的不足，而不是一味的相互依偎。若是只有風花雪月，又有何意義？我說不出對你是什麼感覺，我也不知道你再見我時有什麼感覺。只是，如果可以，我不會忘記，那段你曾經令我長大的日子。只有你來到我的世界裡，才使我的生命不再孤寂無聞，像此際圓月一樣。」

這時，星空間劃出無數流星，石影瑤抬頭細看；梁柏龍的話語聲彷佛就在耳邊迴盪著，與圓月之夜構成心湖上的一張畫圖，靜靜地在時間的洪流中慢慢飄去。

「一旦錯過了，就像流星一樣，可以抓緊嗎？」

完

創作後記

當我成書之時，你已經不經覺離開我的身邊已有十多年了。但這書之所以能夠成功面世，您是居功第一，名列最前。可是我知道就算用盡全世界的每一個文字，您都不可能回來。

「爺爺，您的生活安好嗎？在另一邊的世界過得充實嗎？相信以您堅強積極的態度，強而有力的交際手腕，您身邊已堆滿不少擁護自己的支持者、好朋友。」

最初的手稿是爺爺離世後發生的一件事激發而成，靈感很多「離地」及虛構成分，有點像日本動漫的情節，透過成長時經歷的友情與愛情的變幻，漸漸像拼圖一樣逐塊而成，修改成今天書本的樣子。

二零一五年末及二零一七年初經歷的巨變，讓我親眼看清了愛情與友情的殘酷、自私及醜惡的一面，更對此書造成了實際的打擊（名譽及構圖，小說構圖全數失去）。事件幾乎要牽涉法律的紛爭。受此重創後，二零一六年初失眠三月仍持續上班上學，預備重整出書步伐；二零一七年三月更大病半月，所有運作停頓。靠著家人及朋友真誠支持，將重要訊息紀錄及保留證據後，事情總算暫告放下，再重新專注新書準備工作。這些與自己站在一起對抗順逆的人，在我每字每句中，都在心裡流動，時刻銘記，時刻感動，因為，緣來不易。

接二連三的失敗及波折其實不可怕，如果我選擇繼續以「絕望的化身」傷害身邊愛護及留意自己的每個人，那麼，舊時的一切都沒有改變，即使遇上了更美好的人，也會失望地錯過了。

「絕望的化身」跟變強了的自己一樣，可以與「希望」一起保護身邊重要的人，我們不是傷害別人，但是當別人已用行動傷害自己最根本及重視的一切時，人真的能「以和為貴」？要做什麼才算真正的「幸福」？

《交錯的幸福》一書並不是在一個很樂天的環境下寫成，我相信世界有邪惡的存在，在你看到星空的一刻之前，中間要經歷無際的黑暗與困難，多少淚水及憤怒？挫折會打擊你的意志，只要撐過了，並不是只能一面倒的忍耐，而是懂得解決問題，為自己，為身邊的人締造幸福。友情是，愛情亦應如是。

感激真摯的友人及前輩的再三包容、鼓勵，令我一直向前走到今天。答案會在前方出現，你永遠不知道有誰留意著你，也不知道誰會成為你下一個的支持者。生命影響生命，人不是機械，不是換個零件或寫個程式進去就會改變。

雖然在最不成熟的時候，讓你在生之年一直受氣難過，但可以做的，就是堅持下去，直至星空出現，幸福也會在身邊。爺爺，即使沒有什麼根據也好，這是你一直以來留存我心底中最無形、最真實的身教。我單方面一直深信。

六篇序言，今次可謂用盡友情卡數，這六篇有長有短，中間各有所思，亦有感激。雖然有些往後都未必會再見或者聯絡，不管中間是有什麼事情發生了，我亦衷心感謝這些人用真誠陪我走過人生的一段路！

願看過整篇故事的每個人，做最好的選擇，善待身邊珍重自己的人。

縱橫星空交錯，擁抱著《交錯的幸福》。

按：「絕望的化身」引用自日本遊戲「Bravesaga」第一代的故事配角，坂下洋的暗黑化，名為基路迪（ギルティ）。

星龍

記於二零一七年清明節

交錯的幸福

作者：　星龍
編輯：　若曦
設計：　4res
插畫：　靛
出版：　紅出版（青森文化）
地址：香港灣仔道133號卓凌中心11樓
出版計劃查詢電話：(852) 2540 7517
電郵：editor@red-publish.com
網址：http://www.red-publish.com

香港總經銷：香港聯合書刊物流有限公司

台灣總經銷：貿騰發賣股份有限公司
地址：新北市中和區中正路880號14樓
電話：(886) 2-8227-5988
網址：http://www.namode.com

出版日期：　2017年5月
圖書分類：　流行讀物／小說
ISBN：　978-988-8437-41-2
定價：　港幣70元正／新台幣280圓正